T0246821

# El desafío de Miho

NEFELIBATA

# Hika Harada

# El desafío de Miho

Traducción de
Anna Copoví, Silvia Gummà y Marta Moya

**Duomo ediciones**
Barcelona, 2023

Nota: las conversiones se han hecho teniendo en cuenta
la época de la publicación original de la novela.

Título original: *Sanzen'en no tsukaikata*

© 2018, Hika Harada
© de la traducción, 2023, Anna Copoví Carda, Silvia Gummà Ros y Marta Moya
Guillén; coordinación: DARUMA Serveis Lingüístics, S. L.
© de esta edición, 2023 por Antonio Vallardi Editore S.u.r.l., Milán

Todos los derechos reservados

Primera edición: marzo de 2023

Duomo ediciones es un sello de Antonio Vallardi Editore S.u.r.l.
Av. Riera de Cassoles, 20. 3.º B. Barcelona, 08012 (España)
www.duomoediciones.com

Gruppo Editoriale Mauri Spagnol S.p.A.
www.maurispagnol.it

ISBN: 978-84-19521-02-6
Código IBIC: FA
DL: B 20.590-2022

Diseño de interiores:
Agustí Estruga

Composición:
Endoradisseny

Impresión:
Grafica Veneta S.p.A. di Trebaseleghe (PD)
Impreso en Italia

# 1

# La forma de gastar tres mil yenes

—La forma en la que alguien gasta tres mil yenes[1] determina su vida —dijo la abuela.

—¿Qué? ¿Tres mil yenes? ¿Qué dices, abuela? —preguntó su nieta Miho Mikuriya, una estudiante de secundaria, levantando la vista del libro que estaba leyendo—. ¿Qué quieres decir con que «determina su vida»?

—Pues precisamente eso: que lo que compras con una pequeña cantidad, como tres mil yenes, lo que eliges, lo que haces con ese dinero, en última instancia dará forma a tu vida.

Miho había ido a visitar a su abuela, que vivía en el mismo barrio, y había estado leyendo *Ana, la de la isla*, senta-

---

1. Aproximadamente veintidós euros. (*N. de las T.*).

da en el suelo en un rincón de la habitación, abrazándose las rodillas. Mientras tanto, su abuela se tomaba un té en la mesa.

Pero aquella explicación no terminó de convencer a Miho. Al ver su cara de confusión, la anciana soltó una carcajada.

—A ver, pongamos un ejemplo... ¿Cuándo te compraste ese libro?

—En Año Nuevo, con el dinero que me diste tú.

En esa ocasión, su abuela le había regalado tres mil yenes y ella se los había gastado en varias visitas al McDonald's con unos amigos y en ese libro. Pero no se arrepentía. En el restaurante lo había pasado en grande charlando con sus amigos, y ya era la tercera vez que leía el libro de *Ana, la de la isla*, pero, lejos de cansarse de él, lo seguía disfrutando cada vez, así que no lo consideraba como un despilfarro... Y, sin embargo, por algún motivo, el dinero siempre se le acababa en un pispás. Y lo mismo le ocurría con la paga de todos los meses.

—¿No llevas las cuentas de cómo te gastas el dinero?

—Es que tampoco me dan tanto como para tener que llevar cuentas, abuela...

La paga mensual de Miho era de quinientos yenes. Esta cantidad se esfumaba nada más quedar con sus amigos en un McDonald's o comprarse algún libro. A veces, cuando no le llegaba el dinero, conseguía lo que le faltaba a base de ponerse pesada e insistirles a sus padres.

Su abuela meneó la cabeza con aire resignado, como si pensase: «No sé por qué no me sorprende... Típico de Miho».

—Dime una cosa: ¿en qué se gastó tu hermana el dinero de Año Nuevo?

—Pueees... ¿En qué fue...? Me parece que mamá la llevó al centro comercial y se compró un monedero rosa de charol. Se ve que no le llegaba el dinero y mamá tuvo que poner algo.

El regalo de Año Nuevo que la abuela le había dado a la hermana de Miho, que ya cursaba bachillerato, también habían sido tres mil yenes. Y el monedero que se había comprado con ese dinero era muy mono y le daba un toque de madurez. Su hermana se moría por llevárselo al viaje de fin de curso.

—Así que tú, Miho, te gastaste el dinero comiendo en el McDonald's y comprándote un libro, mientras que tu hermana Maho se lo gastó en un monedero rosa. Esas elecciones reflejan a la perfección vuestra personalidad, ¿no te parece?

—Que a mí me gusten los libros y a ella las cosas monas no define nuestra personalidad —respondió Miho.

—Algún día lo entenderás —se limitó a murmurar la abuelita.

Pero Miho no terminaba de captarlo y no podía estar de acuerdo. Su vida justo acaba de empezar, así que ¿cómo podía ser que las pequeñas decisiones que tomaba en ese momento cambiasen su curso?

—Abuelita, te pareces a Marilla Cuthbert.

—¿Quién es esa?

—Da igual, nadie.

Un día, sin más, aquella conversación volvió a la mente de Miho de forma súbita.

Se encontraba delante del estante donde se alineaban las teteras, en una tienda de artículos para el hogar. El recuerdo le provocó un resoplido y casi hizo que se le cayese la que tenía en la mano.

Había empezado a vivir por su cuenta hacía seis meses, pero todavía no tenía tetera. En su lugar, se había estado preparando bolsitas de té negro o comprándoselo en la *konbini*, antes de tomar el tren para ir a trabajar.

Después de mirar en distintos sitios y comparar las opciones, se había decidido por una tetera de cristal de líneas sencillas que costaba exactamente tres mil yenes.

Esa tetera le permitiría ver el color y el contenido del té de hierbas que preparase y se integraría sin problemas en su casa, que era de tonos claros. El té verde se vería también precioso.

Intentó recordar qué clase de tetera tenía su hermana, que era cinco años mayor que ella y ya estaba casada y con una hija. Si mal no recordaba, ella tenía una cafetera de acero esmaltado que también servía para hervir el agua y podía usarse como una teterita. Le sonaba que le había dicho que se quedó prendada de aquel utensilio desde el momento en que lo vio en la cuenta de Instagram de un ama de casa *influencer* que compartía trucos para ahorrar. Como era un poco cara, fue ahorrando poco a poco hasta que pudo comprársela. Miho todavía conservaba la imagen de las manos de su hermana mientras lavaba con cuidado la tetera para que no se dañara el esmalte. Y, aunque decía que era cara, en realidad le había costado 3980 yenes. La tetera de su madre, es decir, la que siempre habían usado en casa, se la habían regalado unas amigas por su cumple. Se trataba de una pieza de marca fabricada en el norte de Europa. Su madre se llevaba muy bien con esas amigas desde la universidad y, quizá porque su juventud coincidió con el período de la burbuja económica, perdían la cabeza por los artículos de moda y la buena comida, y siempre estaban ojeando revistas dirigidas al público femenino.

Por otro lado, su abuela usaba una tetera de porcelana blanca y azul de la casa Royal Copenhagen y otra pequeñita que compró durante un viaje: una pieza única fabricada a mano por un alfarero. Ambas debían de haberle costado un ojo de la cara. Tres mil yenes no le darían ni para empezar a pagarlas, eso seguro.

Sin embargo, llevaba usándolas muchísimos años, así que el precio por año no llegaría a esos tres mil yenes. Debía de tener ambas teteras más que amortizadas, ya que las usaba hasta el punto de que, en el recuerdo de Miho, su abuela siempre aparecía tomando té con alguna de ellas.

«Vaya, pues a lo mejor la manera de gastar el dinero sí define a una persona», pensó Miho, devolviendo la tetera de cristal a la estantería. Al pensar que aquello que comprara representaría quién era ella, ya no estaba segura de si aquella tetera de cristal, transparente y de aspecto frágil, resultaba la más apropiada.

En los últimos años, las metas vitales de Miho habían pasado por graduarse en la universidad, conseguir un trabajo e independizarse.

En ese momento trabajaba en una compañía informática, ubicada en el barrio de Nishi-Shinjuku, que podría incluirse en la categoría de mediana empresa. Era un sector que tenía la mala fama de ofrecer unas condiciones laborales pésimas... Además, aunque su superior tenía una mentalidad relativamente moderna, un peldaño más arriba en la jerarquía de la empresa, ese escalafón formado por el director ejecutivo y los demás roles directivos que manejaban el cotarro, apestaba a carcamal.

En cuanto a la empresa, se trataba de la filial de una filial de una compañía que, cuando se fundó, se dedicaba a las telecomunicaciones. Haría unos diez años que se había independizado de la matriz e incluso le habían cambiado el nombre, pero todavía recibía encargos por parte del gobierno y de otras entidades públicas, así que tenía un negocio muy bien establecido.

Durante su época universitaria, Miho se había sentido atraída por distintos sectores y había dudado bastante sobre qué tipo de empresa elegir. Esa concretamente le había llamado la atención porque combinaba la vivacidad típica de las compañías informáticas con un sistema bastante fiable que aseguraba el bienestar de los empleados.

Más o menos al cabo de un año desde que empezó a trabajar, Miho alquiló un apartamento en el barrio de Yûtenji.

Siempre había soñado con vivir por su cuenta.

Su hogar natal se encontraba en la zona este del vecindario de Jûjô, a diez minutos a pie de la estación, muy cerca de la calle comercial de Jûjô Ginza. Como esta zona se encontraba en el distrito de Kita, hacia el este de Tokio, siempre había soñado con vivir algún día en un barrio ubicado más hacia el oeste de la ciudad.

Otro aspecto que le encantaba de su nuevo vecindario era que la definición de área residencial tranquila le venía como anillo al dedo. Además, en bicicleta, el popular barrio de Nakameguro estaba a cinco minutos, y la cafetería Blue Bottle, que estaba tan de moda, también quedaba cerca.

El precio del alquiler, incluyendo los gastos administrativos, era de 98 000 yenes. Un poco caro, pero estaba dentro del rango que se podía considerar normal en el oeste de Tokio. Además, era un apartamento bastante nuevo, de veinte metros cuadrados y con la cocina separada del dormitorio. La inmobiliaria lo ponía por las nubes; decía que era un chollo.

Así que, en general, Miho estaba contenta con su vida.

Desde siempre, cuando se había propuesto algo, lo había hecho realidad. Tanto en los estudios como en el trabajo.

Pero eso duró hasta que despidieron a la señora Machie Oda.


La señora Machie tenía cuarenta y cuatro años. Había sido la mentora de Miho desde que empezó en la empresa. Era una persona con mucho talento y un gran corazón, y sabía hacer bien su trabajo. Pero no tenía la personalidad fuerte y enérgica que suele caracterizar a ese tipo de gente, sino que más bien parecía una dulce doncella que se hubiera hecho mayor sin perder su candor. De hecho, en realidad era una señorita de clase alta. Una vez Miho visitó su casa, que se encontraba en el barrio de Suginami. Vivía con su madre en una vieja mansión rodeada de altas vallas y un jardín lujoso con exuberantes árboles. Después de llamar a un timbre algo envejecido, la señora Machie y su madre acudieron juntas a recibirla. Su madre era una persona de baja estatura y bastante entrada en años, ya que había tenido a su hija con más de treinta y cinco, lo cual era inusual para la época.

—Esta casa es tan vieja que ya está todo para el arrastre —dijo la señora Machie cuando Miho se mostró impresionada ante la visión de la gran mansión. Y no parecía que lo dijera por humildad, sino porque de verdad lo pensaba.

Ese día llevaba el conjunto que solía ponerse también para ir a la oficina: una blusa marrón a cuadros, una chaqueta de punto y una falda del mismo color. Cuando tenía una reunión de empresa o iba a recibir a algún cliente, se ponía una americana de color azul marino. Se decía que el inconfundible estilo de la señora Machie no había cambiado casi nada desde que había llegado a la empresa. En realidad, no podía decirse que la mujer tuviera un gusto exquisito para la moda, ni mucho menos.

—Soy hija única y mi padre falleció muy pronto.

Miho tuvo suficiente con un vistazo para saber que la señora Machie siempre había vivido sola con su madre en aquella casa.

La hicieron pasar a un salón donde había sofás cubiertos con fundas blancas.

—Madre, mire, esto nos lo ha traído la señorita Miho.

—Vaya, qué amable. No hacía falta que se molestase...

Cuando Miho oyó la conversación mantenida en voz baja en la cocina sobre la tarta de queso que había comprado en Nakameguro, estuvo más segura que nunca de que la señora Machie era de lo más refinada.

—Siento mucho la demora en prepararlo, pero, ya que has sido tan amable de traernos un refrigerio, ¡no está de más que lo tomemos juntas!

—¡Tranquila, sin agobios! —gritó Miho sin pensar.

Aunque hubiera crecido en el vecindario de Jûjô, que era de clase obrera, no le habían faltado ocasiones de visitar los hogares de otras personas, así que sabía que lo más educado habría sido decir algo como: «No se preocupe, señora Machie». Pero, sin querer, había levantado la voz y se había tomado demasiadas confianzas con su compañera de trabajo, por lo que se sintió algo avergonzada.

Madre e hija rieron en voz baja y fueron sacando el té en unas tazas fabricadas en Japón, con pequeñas rosas pintadas. A su lado, colocaron la tarta de queso que había traído Miho y también unos dulces.

—Los dulces son caseros: los ha preparado mi madre —explicó la señora Machie, con las mejillas ligeramente ruborizadas.

—Sequé algunos de los pasteles de arroz que compramos por Año Nuevo —explicó su madre, también ruborizada—. Hace años que los encargo a la misma tienda de dulces tradicionales y siempre me los hacen demasiado grandes. Mira que ya sé que Machie y yo solas no nos podemos terminar unos pasteles tan grandes, pero me sabe mal pedirles que los hagan más pequeños...

—Eso es porque hace mucho que conocemos a los dueños —añadió la señora Machie.

Tnlnl, que eso es lo que he usado para preparar estos dulces, pero, al lado de algo tan exquisito como lo que nos has traído, se quedan en nada. No hay comparación.

—¡Para nada! Estos dulces están riquísimos.

Era la primera vez que Miho probaba unos dulces espolvoreados ligeramente con azúcar, pero su sabor le resultó nostálgico. Aunque estaban fritos, no eran nada grasientos. Debía de haberlos freído con un buen aceite y mucha delicadeza.

—Soy de lo que no hay. Siempre que tenemos invitados termino sirviéndoles lo mismo, porque es lo único que se me ocurre.

—Mi abuela hace igual. Como se le da bien preparar col china encurtida, no puede aguantarse las ganas de servírsela a todos sus invitados.

—¡No me digas! Pues qué envidia me dan, porque a mí me encantan los encurtidos.

De nuevo, ambas rieron sutilmente, juntando un poco las caras. Al verlas, Miho se acordó de los rumores que difundían algunos empleados varones de la empresa, que decían que la señora Machie era «virgen sí o sí», y le entraron ganas de cogerlos y atravesarlos a todos juntos con un palo. En la oficina un buen número de personas dependían de la señora Machie, y era querida por muchas otras, pero también se había convertido en el objeto de burlas crueles como aquellas.

Durante la primavera de ese año, la señora Machie había sufrido un derrame cerebral leve. Afortunadamente, estaba en casa cuando ocurrió, así que la llevaron al hospital enseguida y, al cabo de un mes de estar ingresada, volvió al trabajo tras hacer rehabilitación. Al principio arrastraba un poco las piernas, pero en unos meses ya no se notaba nada. Aun así, durante un tiempo la eximieron de hacer horas extras. Tanto su superior como sus compañeros, y también Miho, la instaron a tomárselo con calma. La señora Machie lo agradeció y continuó con su rehabilitación.

Entonces, Miho se sintió conmovida y también orgullosa del lugar en el que trabajaba. «Aquí todo el mundo es más bueno que el pan. Sabía que no me equivocaba con esta empresa», pensaba, y un sentimiento cálido le inundaba el corazón.

No obstante, al llegar el otoño, la empresa puso en marcha un plan de reestructuración a gran escala y uno de los primeros nombres que apareció en la lista de despidos fue el de la señora Machie. Acto seguido, tuvo que dejar el trabajo.

Al irse la señora Machie, Miho se empezó a dar cuenta de que se sentía rara. Mientras trabajaba, mientras almorzaba, mientras asistía a las reuniones de la empresa... En cualquier momento, de repente, le venía a la cabeza la señora Machie.

Se acordaba de sus palabras, de sus enseñanzas, de sus expresiones y de su forma de reír.

Y se preguntaba cómo estaría viviendo, junto con su pequeña y elegante madre, en aquel viejo caserón. Y se le estremecía el corazón.

Había más de una posible razón por la que incluyeron a la señora Machie en el plan de reducción de personal: que no había podido hacer casi horas extras debido a su enfermedad y, en consecuencia, obtuvo una nota algo baja en su evaluación; que era soltera, sin hijos y, aunque sí tenía a su madre, poseía una gran vivienda, cosa que la hacía «fácil de despedir» (todo el mundo estaba al tanto de la reputación de señorita bien que tenía la señora Machie); que no ocupaba un cargo directivo y, aun así, recibía un salario bastante alto por antigüedad, ya que había empezado a trabajar en aquella empresa nada más graduarse en la universidad... Ese tipo de cosas.

Pero, en realidad, cualquiera podía convertirse «fácil de despedir», fuera quien fuese.

La madre de la señora Machie ya tenía una edad y, aunque parecía que todavía gozaba de buena salud, no sería raro que de pronto necesitase asistencia en el día a día. Y todo el mundo sabía que la señora Machie, con más de cuarenta años, lo iba a tener muy crudo para encontrar un nuevo trabajo.

Al día siguiente de la partida de la señora Machie, Miho vio el escritorio vacío justo enfrente del suyo y le dio la sensación de que el suelo se tambaleaba bajo sus pies, como si todo lo que había dado por sentado, todo aquello en lo que confiaba, se hubiera vuelto incierto de repente.

En cambio, durante el descanso, el gerente, el subgerente

y los demás empleados se reían mientras hacían tonterías como imitar el *swing* del golf. «Estos siguen adelante con sus vidas, como si nada. Les importa un comino la señora Machie», pensó Miho. «¡Con el disgusto que me he llevado yo!».

Sin embargo, si le hubieran preguntado qué podía hacer ella al respecto, no habría sabido qué decir.

Por mucho que le pesase, cuando incluyeron a la señora Machie en la reducción de plantilla le resultó imposible proponer algo como «despídanme a mí en su lugar». Y eso que sabía que, aunque pudiese tardar un tiempo, era casi seguro que a ella, siendo más joven, le resultaría más fácil encontrar otro trabajo. Odió a la empresa por hacerla sentir de ese modo.

En diciembre llegó la época del fin de año.

Como era costumbre, la empresa de Miho también celebraba una fiesta por estas fechas para recibir el nuevo año con la mente fresca. La celebración se dividía generalmente en dos rondas: la primera era un evento al que asistían el jefe de departamento y todos los empleados de este, por lo que se congregaban unas doscientas personas; en la segunda ronda, el grupo se dividía en las distintas secciones del departamento y celebraban sendas fiestas en distintos locales. Los organizadores de ambas actividades siempre eran los nuevos empleados o, lo que es lo mismo, el personal más joven de la empresa.

De modo que, durante esa época, los empleados de veintipocos años llevaban el trajín propio de fin de año y, además, tenían que preparar la fiesta, por lo que, sin exagerar, dudaban de si saldrían vivos de aquella locura.

Miho también lo había pasado fatal el año anterior. Si había podido sobrellevarlo, había sido solo gracias a la ayuda de la señora Machie.

Ella era la única empleada de más edad que se dignaba a asesorar a los novatos sobre la fiesta. Cada año echaba una mano a los nuevos empleados del departamento, tanto a la vista de todos como de forma más discreta, ayudando con los preparativos de tal celebración a gran escala, que era algo a lo que no estaban acostumbrados: ella se prestaba a darles consejo si se lo pedían, e incluso lo revisaba todo al final para que no hubiera errores.

Al recordar todo esto, Miho sintió tal nostalgia que sus ojos se llenaron de lágrimas y estuvo a punto de dejar de trabajar en los preparativos de la fiesta. Estaba completamente segura de que, si el año previo no hubiese gozado de la inestimable ayuda de la señora Machie, no habría salido airosa de aquello. En aquel momento se sintió agradecida de corazón por todo lo que le había enseñado. Y ella también se esforzó por ayudar a sus compañeros más jóvenes tanto como pudo.

Llegó el día de la fiesta y, de algún modo, consiguieron que la primera parte del evento transcurriese sin contratiempos. Luego se desplazaron hasta el karaoke, donde continuarían la celebración. Para que todos los empleados de la sección de Miho pudieran estar juntos, habían reservado una sala de karaoke de tamaño grande. Como los jefes no terminaban de decidirse a cantar, aunque en realidad se morían de ganas, Miho tuvo que tomar la iniciativa e interpretar un dueto con el subgerente para animar el ambiente. Después de eso, casi se pegaban incluso por cantar. «Lo que hay que hacer...», pensó Miho, sentada en un rincón de la sala. Se había pasado toda la primera parte sirviendo copas y asegurándose de que los estofados que se preparaban en cada mesa se cocinaran bien, de modo que casi no había probado bocado. Ya más relajada, estaba comiendo un trozo de *pizza* fría y unas patatas cuando oyó una voz tosca que decía:

—Así que... ¿crees que el gerente Minamiyama se la estaba tirando?

No pudo oír toda la frase, pero empleaba un tono tan vulgar que Miho tuvo ganas de taparse los oídos con las manos, lo que le dejó claro que estaban poniendo verde a alguien.

—¡Ni de coña! Al menos, Minamiyama siempre lo ha negado. Y creo que ni siquiera él podría caer tan bajo.

Oyó risas ahogadas. Desvió la mirada con disimulo hacia el lugar de donde provenían y vio que cinco o seis de los jefes del grupo habían formado un corro en un rincón de la sala y cuchicheaban entre ellos.

Mientras tanto, el gerente Minamiyama estaba pasándoselo en grande cantando, ajeno a todo.

Daba la impresión de que cotillear sobre la persona que cantaba se había vuelto el nuevo aperitivo para acompañar el alcohol.

—Entonces, ¿la señora Machie todavía es virgen?

—Supongo que sí.

Nada más darse cuenta de que hablaban de la señora Machie, Miho sintió que se le helaba la sangre, tanto que las
puntas de los dedos se le enfriaron.

—Pues vaya. Y yo que la trataba con tanto respeto porque pensaba que era la amiga del gerente...

—Te digo yo que no, que no movió ni un dedo por ella
cuando la despidieron.

—También es verdad.

—Por otro lado, podría ser que lo hiciese aposta para no
levantar sospechas, porque estaba al tanto de los rumores
que corren sobre ellos.

—Sea como sea, lo cierto es que ella se aprovechó de eso
para pasearse por la oficina dando órdenes, como si fuese
la dueña del lugar.

—Pues, después de haber disfrutado de tantos privile-
gios, lo pasará muy mal ahí fuera.

La voz que pronunció aquellas palabras le sonó extrañamente familiar y vio que pertenecía al jefe de sección, el señor Saitô, que había sido un compañero cercano a la señora
Machie, ya que ambos habían empezado casi al mismo tiempo en la empresa: él solo le sacaba dos años de antigüedad.

—Claro, si es que los de arriba no paraban de echarle
flores y de consentirla solo porque hacía su trabajo más o
menos bien y, al final, ella se lo tenía muy creído. Cuando
esté en otra empresa, con otro trabajo, verá lo que es bueno.

La criticaban con un tono condescendiente, casi como si
les diera pena. Como si ellos llevaran razón en todo.

—Visto así, también se podría decir que es una víctima
de nuestra empresa —dijo también con tono de superiori-

dad moral el subgerente, que había entrado en la empresa un año después que la señora Machie.

Miho no pudo soportarlo más y se fue al baño. Quizá había comido demasiado, porque empezó a sentir un malestar que le oprimía el pecho y echó todo lo que tenía en el estómago.

—Es como si ya nada tuviera sentido.

Al oír las palabras de Miho, Daiki Hasegawa posó la taza de café con leche que tenía en la mano sobre la mesa.

Era la primera vez desde principios de diciembre que quedaba con Daiki, el chico con el que salía, ya que ambos habían estado ocupados. Aunque, sin querer, había pasado mucho tiempo sin verlo, Miho no pudo evitar contarle con pelos y señales lo que había ocurrido en su empresa.

—Si hasta alguien como la señora Machie, que lo daba todo por la empresa, recibe ese tipo de comentarios, no sé qué sentido tiene esforzarse en el trabajo.

Daiki respondió eligiendo las palabras cuidadosamente y con la mirada perdida:

—Si empiezas a plantearte cuál es el sentido de trabajar o de vivir, es normal que te sientas perdida. Le ocurriría a cualquiera. No solo a los empleados jóvenes como nosotros, sino también a los más veteranos de una empresa.

—Puede que sí.

—Al final, todos somos humanos y tenemos nuestras limitaciones. Lo mismo ocurre con esos hombres mayores de tu empresa: seguramente se ensañaron de ese modo con tu excompañera para aliviar sus inseguridades, reafirmándose mutuamente al compartir la misma opinión. Creo que también es importante entenderlo. Pero a mí, personalmente, me parece magnífico que tú seas capaz de mirar a esos miedos e inseguridades directamente a los ojos, Miho.

Cierto, Daiki siempre había sido así: un chico muy amable que sabía cómo hacer que se sintiera mejor. A pesar de su apariencia, Miho era mentalmente débil y tendía a desfallecer, pero Daiki siempre conseguía animarla.

Por eso le gustaba.

—Además, puede que haya algo de verdad en lo que dicen esos hombres.

—¿Qué?

Justo en el preciso momento en que, después de tanto tiempo, la invadía la sensación de estar llenándose de nuevo de aquella amabilidad suya, una especie de viento gélido atravesó su cuerpo.

—Aunque tú no lo sepas, cabe la posibilidad de que la señora Machie sí tuviera esa faceta, Miho.

—Eso es imposible. La señora Machie no es ese tipo de persona. Imagínate que te ves envuelto en esa clase de rumores. ¿Qué harías?

—Bueno, supongo que no echaría más leña al fuego, pero no diría nada y me reiría al oírlos. Los rumores son un mal necesario en una empresa. Además, si giran precisamente en torno a una mujer que no aspira a ascender dentro de la organización, no hacen daño ni perjudican a nadie.

«Ascender». De repente le vio el rostro más viejo, como de hombre mayor.

—Eso es un poco cruel, ¿no te parece?

—No. Para empezar, lo que dijeron sobre ella no me parece para tanto.

De nuevo, aquello le dolió como una bofetada. Aunque no fuese gran cosa, a Miho le sentó como un jarro de agua fría.

—Está claro que tú sientes mucha admiración por la señora Machie, pero su función era algo así como de facilitadora, ¿no? Básicamente se preocupaba de que todo funcionase con fluidez, pero internamente. No es como si su papel estuviese relacionado directamente con el pilar central del negocio, que son las ventas, así que no sé yo si realmente se puede decir que hiciera bien su trabajo. En mi empresa también hay mujeres sin talento ni habilidades que aprovechan su antigüedad como excusa para darse importancia y mandar sobre los demás. Sinceramente, son un incordio. Aunque muchos piensen que estaríamos mejor sin ellas, las dejan seguir ahí como si nada. En el pasado... durante la época de la burbuja, con todo aquel crecimiento económico, pues todavía, pero hoy en día las empresas no pueden permitirse tener a gente chupando del bote.

«Chupando del bote...». La dureza de sus palabras la hizo estremecer.

—Además, sea como sea, no hay nada que hacer, ¿verdad? Tú no puedes hacer nada al respecto, Miho.

Para terminar, le asestó el golpe final, lo que le provocó un escozor rabioso.

—Entonces, ¿quieres decir que te daría igual si yo siguiese trabajando y un día dijesen ese tipo de cosas sobre mí?

—A ti no te ocurrirá. Algún día te casarás, tendrás hijos y dejarás de trabajar, como es normal.

«¿Qué? ¿Casarme? ¿Algún día? ¿Qué quiere decir con eso?».

Quizá en otro momento, en otro lugar, las palabras de Daiki no le habrían afectado tanto. Sin embargo, en aquel momento lo hicieron. Miho se sorprendió y lo miró fijamente a la cara, pero él desvió la vista.

—Oye, que no me busqué un trabajo para luego dejarlo a las primeras de cambio. Además, hoy en día las mujeres siguen trabajando, aunque tengan hijos.

No sabía que Daiki tuviera una mentalidad tan retrógrada.

—Bueno, pues trabaja todo lo que quieras.

Extrañamente, Miho se sintió como si él la hubiese empujado lejos de sí. Como si le hubiese dicho que su vida y la de ella no eran iguales.

Sin percatarse del desasosiego de Miho, Daiki se puso a hablar sobre un nuevo equipo de trabajo que habían formado en su empresa.


Para las vacaciones de Año Nuevo, Miho volvió a la casa de sus padres, en el barrio de Jûjô.

Recibió un correo apremiante de su madre, que decía: «Vuelve pronto a casa y ayúdanos a limpiar y a preparar la comida».

Pero, después del último día laborable del año, el 27 de diciembre, se fue directamente a esquiar con unas amigas de la universidad y volvió el 30 por la noche. Al día siguiente, el último del año, se levantó de la cama hacia el mediodía y llegó finalmente a casa de sus padres casi al atardecer.

—¡A buenas horas, Miho! ¿Cómo es que vienes tan tarde?

Al abrir la puerta de la entrada, la recibió la voz de su madre, que no sonaba tan enfadada como aparentaban sus palabras, y también una carcajada que, por algún motivo, estalló en ese preciso momento.

—¡Hola, ya estoy aquí! —saludó, sin contestar a la pregunta de su madre.

La vergüenza que sintió al darse cuenta de que se burlaban de ella se mezcló con el sentimiento de culpa por no haber estado allí para ayudar, y se puso de un humor de perros.

—¡Miho, ahora ya no hay nada en lo que puedas ayudar! —dijo la voz de su hermana Maho, entre risas.

Luego, su hija de tres años, Saho, llegó corriendo a la entrada.

—¡Miho, ya no hay! —repitió, imitando la forma en la que su madre fruncía los labios, como si fuera una adulta.

Saho era su adorada sobrina. Miho sabía que solo repetía las cosas que oía, sin entenderlas del todo, pero aquel día se sentía extrañamente irritable.

—Saho, si dices eso, no te daré tu regalo de Año Nuevo, ¿sabes?

Al ver la cara de pocos amigos de Miho, Saho volvió corriendo con su madre, mientras gritaba:

—¡Miho da miedo! ¡Da mieeedo!

Acto seguido, Miho entró en la cocina. Su abuela, su madre y Maho estaban sentadas alrededor de la mesa, abarrotada con los distintos alimentos que conformarían las cajas de la comida de Año Nuevo.

Las tres alzaron el rostro para mirarla, sus caras se parecían tanto que casi daba repelús. Aquella era su abuela paterna, así que no tenía un vínculo de sangre con su madre. Sin embargo, tanto la forma redondeada de sus rostros, de tamaño un poco grande, como aquellos labios poquoños y finos presentaban tal similitud que, con la cara de su hermana justo en el medio, parecían tres habas recién sacadas de la vaina.

Y no podía decirse que Miho fuese la excepción; estaba harta de ver aquel careto en el espejo todas las mañanas.

—Anda que... Cuánta madurez, Miho.

Su madre la fulminó con una mirada diez veces más terrorífica que la que Miho le había lanzado antes a Saho, que escondía el rostro en el pecho de su madre.

—Bienvenida a casa, Miho.

Su abuela fue la única que la recibió con un tono afable.

—Gracias, abuela.

—Te has hecho de rogar, ¿eh? Ya hemos terminado de limpiar y tenemos la comida casi lista.

—Pero si ya te dije que me iba a esquiar con unas amigas, ¿o no?

—Tú siempre igual: solo vienes a comer. Y yo que quería pedirte que limpiases la bañera...

—Pero si yo...

Miho se dio cuenta de que no serviría de nada contestar, de modo que se mordió la lengua y se dejó caer sobre el sofá que había en la salita contigua.

—No te quedes ahí sentada. Ayuda en algo, por lo menos.

—Bueno, pues decidme dónde está el colador para preparar el puré de boniato. O puedo colar las claras y las yemas de los huevos cocidos para el pastel de huevo, como prefiráis. Ambos platillos solían aparecer sin falta en la comida de Año Nuevo de su casa, y hasta alguien como Miho, que era un desastre para la cocina, sabía prepararlos.

—Eso ya está hecho.

A Miho, la labor, o más bien la ceremonia de preparar la comida de Año Nuevo siempre le había parecido un rollazo, porque se dedicaba a colar ingredientes como si no hubiera un mañana. Pero por lo que se veía, esta vez, hasta su hermana había tenido que ponerse las pilas.

—¿Y qué hay de los rollitos de pescado? ¿Ya habéis enrollado el arenque con el alga? ¿También lo habéis atado con las tiras de calabaza seca?

—Tu hermana está en ello.

—¿Y ya habéis trenzado el *konjac* para el cocido?

Miho sabía que las tareas que le esperaban después de colar eran enrollar y trenzar.

—Sí, eso ya está.

—¿Habéis pelado los cormos de taro?

—Eso lo dejamos listo ayer.

—¿La zanahoria ya está cortada en trocitos con forma de flor?

—Maho lo ha hecho.

—¿Y ya habéis cocido las habas negras de soja?

—Es lo único que falta por hacer, pero no creerás que te pondremos a cargo de eso, ¿verdad?

Pues no, no lo creía. Su madre y su abuela, a saber por qué razón, se habían propuesto encontrar la manera de hervir las habas sin que les salieran arrugas. Y cada año lo intentaban como si les fuera la vida en ello. Para conseguirlo, iban probando diferentes métodos.

En momentos como esos, en los que la familia se reunía para una ocasión especial, su madre y su abuela actua ban como si se llevasen de maravilla. Sin embargo, de vez en cuando, cuando su madre hablaba por teléfono con la suya propia, en el dialecto de la región donde nació, se daba cuenta de que no mostraba su verdadera personalidad ante la que, a fin de cuentas, era su suegra. Aunque tampoco hablaba mal de ella ni nada por el estilo, porque sabía que sus hijas adoraban a su abuelita, pero no podía decirse que tuvieran una relación de madre e hija.

—Este año hemos decidido volver al método inicial y, en vez de usar la olla a presión, herviremos las habas a fuego lento e iremos añadiendo el azúcar poco a poco. Ya hace tres días que las tenemos en remojo y...

—Pero ¿el puré de boniato está hecho del todo? ¿También habéis pasado la masa colada por la olla para añadir el resto de ingredientes y le habéis dado forma?

Miho cambió de tema sin miramientos porque sabía que su madre podía tirarse tres horas hablando de las habas negras de soja.

—El año pasado te pedí que hicieses eso mismo y me quemaste la masa. Ahora ya no me fío. Este año me encargaré yo.

—Entonces, ¿qué falta por hacer?

—Pues mira: falta sazonar el cocido y las habas, freír con sal las gambas y la dorada... y colocarlo todo dentro de las cajas. Ya ves que no queda nada que te podamos encargar a ti.

—Tanto hablar y al final no hay nada que pueda hacer.

—Es que has tardado demasiado en venir.

Aquello era como oír un disco rayado. Miho se tumbó en el sofá, enfurruñada.

—¿Por qué no juegas con Saho?

—Está bieeen...

Miho volvió la cabeza para mirar a Saho, pero parecía que había herido sus sentimientos al ponerle mala cara antes, porque la niña, que normalmente la buscaba hasta el punto de ser pesada, estaba pegada a su madre como una lapa.

—Tú descansa, Miho. Debes de estar hecha polvo de tanto trabajar —dijo su abuela con amabilidad.

—Abuelita, eres demasiado blanda con Mii-chan. Yo también estoy cansada, que me toca ocuparme de todas las tareas del hogar y de cuidar a mi hija todos los días —protestó Maho a voces. Miho la ignoró, fingiendo que estaba dormida.

Pronto, las tres mujeres retomaron sus labores y volvieron a charlar distendidamente.

En el fondo no les importaba tanto. Aunque Miho no estuviera, nadie se vería en un aprieto ni nada por el estilo. La comida de Año Nuevo y la limpieza se terminarían igualmente sin problemas. Para empezar, la casa estaba siempre como los chorros del oro porque a su madre le gustaba limpiar.

En ese momento, Maho pedía consejo a su madre y a su abuela sobre volver a trabajar una vez que Saho empezase el parvulario. Parecía que le estaba costando encontrar un trabajo que se adaptase a sus necesidades. También empezó a quejarse de que el salario de su marido era muy bajo. Sin embargo, por mucho que ella dijese que lo pasaban mal porque les faltaba dinero, Miho no terminaba de tragárselo. Si realmente iban tan mal de dinero que no les llegaba ni para comer, seguro que Maho trabajaría de lo que fuera sin poner tantas pegas. Daba la sensación de que su madre y su abuela pensaban lo mismo, porque solo asentían sin decir nada.

«Es que, para empezar —pensó Miho—, aunque quizá esté mal decirlo... Bueno, creo que también tiene narices que se casase con un hombre que solo gana 230 000 yenes al mes y que tuvieran una hija y todo...».

Su cuñado, Taiyô, tenía un físico bastante atractivo: era un bombero de piel tostada por el sol y dientes blancos. Había estado saliendo con su hermana desde que iban al instituto y, nada más encontrar trabajo, se casó con ella. Su hermana terminó dejando el empleo que tenía en la agencia de valores frente a la estación después de haberse sacado el ciclo formativo.

«Yo, en su lugar, no digo que no me hubiera casado con una persona que gana poco más de tres millones de yenes al año, pero no me habría dado tanta prisa en dejar el trabajo y tener hijos... Ay, no, pero ¿qué me pasa hoy? —se reprendió—. No sé por qué no paro de tener pensamientos tan desagradables. Mi cuñado es una buena persona y, al ser un funcionario, tiene unos ingresos estables. Y Saho es adorable. Cuando nació, me emocioné tanto que hasta lloré un poquito. Aun así, ¿cómo es que...?».

—Tía, ¿qué te pasa? ¿Estás durmiendo?

Sin que ella se diera cuenta, Saho se le había acercado e intentaba examinarle el rostro.

—¡Que no me llames «tía»! ¡Llámame Miho!

Saho salió por patas mientras gritaba:

—¡Aaah, la tía está despierta!

Aunque solo tenía tres años, la muy pillina ya sabía que Miho se enfadaba cuando la llamaba «tía», así que seguía haciéndolo para pincharla.

—¡Como te pille...!

Miho se levantó de un salto del sofá para perseguirla, y Saho se puso a corretear por toda la casa, riendo a carcajadas, más feliz que una perdiz.

De repente, Miho tuvo la sensación de estar persiguiendo una felicidad que nunca alcanzaría.


Como le costaba mucho sentirse a gusto en su hogar natal, al final terminó regresando a su casa en la tarde del segundo día del año con la excusa totalmente falsa de que tenía trabajo.

Cuando llegó a la estación de Yûtenji, vio que la panadería artesanal a la que solía ir estaba abierta. Así que, antes de volver a su piso, entró y compró pan de molde para el desayuno, una botellita de leche y pan de higo.

Nada más entrar en casa sintió un alivio tan profundo

que, casi sin darse cuenta, exhaló un largo suspiro. Al oírlo, se sorprendió de su propia reacción.

No se sentía de este modo al principio, cuando acababa de mudarse a su propio apartamento, no se sentía de ese modo.

A pesar de haber deseado con todas sus fuerzas tener una casa propia, por la noche solía entrarle miedo y se asustaba del menor ruido. También llamaba por teléfono a su madre cada dos por tres y volvía a la casa familiar todos los fines de semana.

No obstante, cuando regresó el día antes de Nochevieja, se dio cuenta de que hacía meses que no la visitaba.

Aunque viviese sola, hasta hacía poco la tranquilizaba pensar que, si las cosas iban mal, siempre podría volver a su hogar con su familia. Pero era posible que aquella casa ya no fuese su hogar, porque no estaba destinada a serlo de manera indefinida.

Enseguida llenó la bañera de agua caliente, echó sus sales de baño favoritas y, mientras sentía como iba entrando en calor poco a poco, se lavó el cuerpo a conciencia.

Cuando salió del baño, abrió la nevera y vio que todavía quedaba un poco del vino tinto que había comprado para Navidad. Se lo sirvió en un vaso y fue tomándolo acompañado del pan de higo. Estaba muy frío, pero le gustó.

De nuevo, un suspiro se formó lentamente en su interior y se le escapó de entre los labios. Aquel era el vino que había tomado con Daiki en Navidad, cuando él había subido a su piso. Ni siquiera se habían terminado la primera botella. La velada había transcurrido sin pena ni gloria: habían cenado en un restaurante y habían intercambiado regalos (él la había obsequiado con un pequeño colgante, y ella, con una pluma estilográfica que le había costado diez mil yenes); más tarde, habían ido al piso de Miho y habían pasado el rato viendo una película en una plataforma de *streaming*.

Pero, bueno, qué sorpresa se había llevado al ver que, en el segundo día del año, la panadería ya estaba abierta, cuando normalmente las tiendas cerraban por lo menos cuatro o cinco días en Año Nuevo.

Quizá eso significaba que, en ese vecindario, había mucha gente que necesitaba comprar pan, incluso por aquellas fechas. Quizá eran personas solitarias, como Miho, que no visitaban a su familia por Año Nuevo. «Sí, este barrio me gusta», se dijo, reconfortada por el sabor del vino y del pan de higo.

Ya había oído hablar de ese problema.

Lo había vislumbrado aquí y allá, en algún programa especial de la cadena NHK y en algún hilo de Twitter.

Pero era la primera vez que lo veía en persona.

En el segundo lunes de enero se celebraba, como cada año, el Seijin no Hi, el «día de la mayoría de edad», en el que los jóvenes de veinte años festejaban que ya eran adultos y todo el mundo disfrutaba de un día de fiesta nacional. Miho decidió aprovecharlo para ir a pasear sola por Nakameguro.

Cuando uno pensaba en ese bullicioso pero sofisticado barrio, no le venía a la mente una persona paseando sola; más bien solían transitarlo parejas y grupos de amigos. En especial, los restaurantes y cafeterías de la zona que rodeaba el río Meguro, donde habían puesto tiendas de productos de *idols* masculinos, estaban siempre abarrotados de chicas que tenían toda la pinta de ser admiradoras de esos famosos.

Esos días Daiki también andaba ocupado, así que Miho no lo había visto desde finales del año anterior. Solo había hablado con él por teléfono y por LINE, pero sus sentimientos por él se habían enfriado tanto que ya casi le daba igual.

Durante el último medio año, había albergado el constante presentimiento de que la relación se terminaría pronto. Le daba la sensación de que era algo inevitable.

Al trabajar en empresas distintas, sus valores y puntos de vista habían cambiado. Antes, Daiki parecía el tipo de persona que estaba a favor de que las mujeres trabajasen. No se imaginaba que alguna vez le soltaría algo como lo de aquel día. Quizá lo que pasaba era que Miho ya no le interesaba tanto como al principio.

—¡Guau!

De repente, Miho oyó un ladrido muy fino y agudo.

Cuando miró a su alrededor para buscar de dónde provenía, el ladrido se repitió con insistencia. Parecía que dijese: «¡Eh, que estoy aquí! ¡No pases de largo!».

Se encontraba en un área donde aparcaban autobuses y taxis, justo delante del edificio que había enfrente de la estación de Nakameguro. En un rincón de ese pequeño espacio, que algunos establecimientos de comida aprovechaban para poner sus tenderetes, estaba «él».

Un chihuahua con el pelaje del lomo negro la miraba con

los ojillos muy abiertos. A su lado se sentaba un perro blanco de tamaño grande y mirada apacible.

Volvió a observar con más atención y se dio cuenta de que se trataba de la caseta de una protectora de perros y gatos. Habían colocado un montón de fotos de los animales, una cajita para recolectar donaciones y demás cosas propias de una organización de ese tipo. En comparación a las casetas que vendían salchichas recién hechas o verduras cosechadas hace poco, esa era de lo más modesta.

Sin embargo, con lo adorables que eran aquellos perros y gatos, no había manera de mirar hacia otro lado, así que la falta de cualquier otro reclamo estaba más que compensada.

Sin pensar, Miho se acercó corriendo a los perritos y se puso en cuclillas delante de ellos.

—¡Hola! Somos de la protectora de perros y gatos Shine Angel —empezó a decir una chica de apariencia afable. Vestía una camisa de un tono crudo y unos pantalones caqui, y llevaba el pelo recogido en un moño y cubierto por una gorra.

—¿Estos perritos también están en adopción?

Le pareció que estaría mal si solo le hacía caso al chihuahua, de modo que también acarició al más grande. Al hacerlo, el chihuahua empezó a gemir lastimosamente, como si estuviese celoso, y el grande observó ese comportamiento con indulgencia.

—Sí. Los hemos acogido a ambos en nuestras instalaciones.

—¡Vaya! ¿Incluso un chihuahua como este?

—Pues sí. Lo acabo de sacar del refugio.

—¿Cuántos años tiene?

—No lo sabemos con seguridad, pero puede que tenga unos cinco años.

El chihuahua frotó la cabeza contra las rodillas de Miho, que todavía estaba agachada.

—Con lo mono y pequeñito que es...

Miho conocía el problema de los perros en adopción, pero pensaba que la mayoría eran grandes y de razas mixtas o, también, perros viejos que necesitaban cuidados especiales. Estaba convencida de que ella no sería capaz de ofrecerles los cuidados que necesitaban y admiraba sinceramente la labor de las personas voluntarias de los refugios.

Sin embargo, al ver a aquellos dos, se emocionó. Si se trataba de unos perros tan sanos como esos, quizá hasta ella sería capaz de cuidarlos.

—¿Verdad que sí? ¿Le gustan los perros?

—De pequeña tenía uno...

No pudo decir más, porque sintió una punzada de dolor en el pecho.

—¿Y ahora mismo reside en un lugar donde pueda tener mascotas?

—No, vivo en un piso de alquiler.

—Vaya..., entonces es complicado.

La chica le pasó un panfleto.

—Aquí aparecen otros perros y gatos que buscan un hogar. También puede echar un vistazo a nuestra web, donde está toda la información actualizada.

—Muchas gracias.

—Para poder adoptar, hay algunos requisitos que debería cumplir, pero ese es el más importante. Si su situación cambia y tiene la oportunidad de hacerlo, agradeceríamos mucho su solicitud, así que no dude en ponerse en contacto con nosotros.

—Pues muchísimas gracias.

Para terminar, le dejó coger al chihuahua en brazos y Miho se sorprendió de lo calentito que tenía el cuerpo y del modo en que la miraba fijamente a los ojos.

Desde que se encontró con aquellos perros en adopción, Miho no pensaba en otra cosa.

Durante su niñez, había tenido un perro salchicha al que llamaban Cacahuete o Tito, por «cacahuetito». Le habían puesto ese nombre porque, cuando era un cachorro, tenía el pelaje exactamente del mismo color que un cacahuete.

Sus padres se lo habían comprado después de darles la lata con que quería un perro, así que era como un tesoro para ella. Cuando Miho ya había empezado la secundaria y Tito tenía más de diez años, se perdió.

Un poco antes de eso, hubo algunas señales que presagiaban lo que ocurriría. Al hacerse mayor, Tito parecía que chocheaba... o que se despistaba a menudo. Y, un día de lluvia, de alguna forma, se escapó de casa y ya no volvió.

Miho lloró su pérdida desconsoladamente.

Aunque había jurado que ella se haría cargo del perrito y que lo cuidaría siempre, al empezar el instituto, entre las actividades del club, los estudios y los amigos, su vida se volvió más ajetreada y terminó dejándoles el cuidado del perro a sus padres.

A veces se peleaban por dicha cuestión. Sus padres se enfadaban por tener que cuidarlo y Miho les gritaba:

—¡¿Y qué queréis que haga?! ¡Yo también estoy muy ocupada!

En esas ocasiones, Tito los miraba con ojos tristes desde un rincón de la habitación. Era un perro muy listo, por lo que seguramente llegaba a comprender que discutían por su culpa y tal vez pensase que ya no lo querían.

Incluso en la actualidad, al recordar aquella mirada, a Miho se le encogía el corazón.

Cuando se perdió, lo buscó con todo su empeño, pero no consiguió encontrarlo.

Más adelante se enteró de que lo habían encontrado y lo habían llevado a un refugio de animales y también descubrió la cruel verdad de que, después de esperar a su amo durante un tiempo sin resultado, lo habían sacrificado.

En aquel entonces ni siquiera se le pasó por la cabeza que pudiera estar en un refugio de animales, y luego se culpó a sí misma por ello.

Su perrito Tito se quedó para siempre en su corazón como una espina clavada.

Quizá si pudiese adoptar a alguno de esos perros, si pudiese salvar a alguno de esos animales de correr el mismo destino que Tito, aquel remordimiento se mitigaría. Aquello se convirtió en el nuevo objetivo vital de Miho, su razón de ser.

Al volver a casa, examinó atentamente la web de la protectora.

Había una cantidad apabullante de fotos de perros, que aparecían en hileras interminables. Encontró la foto del chihuahua que había visto antes. Y también había muchos otros perros de tamaño pequeño.

Se dio cuenta de que, sin querer, su mirada se iba posando sobre los perros más monos o los más jovencitos, y se sintió tan mal que estuvo a punto de cerrar la página.

Pero luego pensó que, en realidad, el perro que eligiese la acompañaría durante muchos años, así que no había duda de que lo mejor sería adoptar uno que le pareciese bonito y que encajase bien en su vida. Mientras se autoengañaba con excusas como esas, continuó explorando el sitio web.

«Ahora que lo pienso, la chica del refugio ha mencionado unos requisitos», recordó, e hizo clic sobre un enlace que decía: «Si está pensando en adoptar...».

Allí se enumeraban los diferentes requisitos.

El primero era que el adoptante debía sufragar el coste total de las vacunas y de la esterilización del animal. El segundo, que el perro o gato debía disponer de un espacio adecuado para vivir, por lo que un voluntario entregaría el animal personalmente en el domicilio del adoptante para comprobar que este poseyese las condiciones y permisos necesarios para cumplir dicho requisito. El tercer requisito imprescindible era aportar la firma de un aval que pudiese hacerse cargo del animal en caso de que el adoptante no estuviese en condiciones de hacerlo (por enfermedad o defunción, por ejemplo).

Aparte de eso, había algunas otras normas y obligaciones, pero esas eran las más importantes.

Le parecieron unos requisitos bastante estrictos. Pero, precisamente por eso, le transmitieron el amor que movía a aquella organización.

Acto seguido, Miho se puso a buscar viviendas cercanas donde se permitiese tener mascotas.

Tal como se imaginaba, había muy pocas y el coste del alquiler era extraordinariamente alto. La mayoría costaban el doble de lo que pagaba por su apartamento.

Con su sueldo no había manera de que pudiera permitirse uno de aquellos pisos. Aunque se estrechase el cinturón para hacerlo, si luego la despedían o le bajaban el sueldo, tendría que irse a vivir bajo un puente con el perro. Si eso le ocurriese solo a ella, no importaba, pero no quería arrastrar a un perro a pasar por algo así. No podía considerarse una buena ama para un animal si su vida era tan inestable.

De repente, se dio cuenta de algo. Aquellos requisitos no describían solamente lo que necesitaría un perro, sino también lo que ella misma necesitaba: una casa donde poder vivir adecuadamente, buena salud y, por supuesto, dinero.

Tanto si adoptaba un perro como si no, eran cosas necesarias en su vida.

Ya se había dado cuenta de que la casa de su familia no sería «su hogar definitivo». No tenía planes inmediatos de casarse. Y, para colmo..., hasta hacía poco creía que su empresa era su garantía, una base estable sobre la que se asentaba toda su vida. Confiaba en ello. Sin embargo, cuando despidieron a la señora Machie supo que aquel sitio no era nada estable. Aunque le fuese bien mientras tuviera veintipocos, cabía la posibilidad de que la pusiesen de patitas en la calle en cuanto se hiciese un poco mayor. Esa era la clase de sitio en el que estaba.

«¿Cómo deberías vivir a partir de ahora?».

Parecía que los pequeños perros de la pantalla le lanzasen esa pregunta silenciosa.

A esas alturas, ¿todavía estaba a tiempo de conseguir un trabajo que le ofreciese más estabilidad? Tendría que ser un puesto con un sueldo bueno y seguro.

Pero sabía que sería difícil echarle el guante a un trabajo así sin haber conseguido el título universitario pertinente, después de estudiar muy duro. No podía plantearse hacerse médica, enfermera u abogada, por ejemplo. Simplemente, no eran opciones realistas. Y tampoco quería trabajar en nada de eso.

A fin de cuentas, lo único que podía hacer era ir acumulando pequeñas «garantías» poco a poco.

Miho volvió a observar las fotos de todos aquellos perritos pequeños.

«¿Qué es lo que puedo hacer ahora? ¿Tal vez comprar un piso o una casa donde se permitan mascotas? Conozco el caso de algunas mujeres que se compraron una vivienda cuando eran jóvenes, pero siempre había pensado que eso no era para mí».

Miho abrió una pestaña nueva en el ordenador con cierto nerviosismo.

Era consciente de que sería imposible, pero, aun así, tenía que saber hasta qué punto lo era.

«Piso, segunda mano, Meguro» fueron las palabras clave

que introdujo en el buscador. Echó un vistazo a los resultados y se le escapó un suspiro.

«Piso, segunda mano, Setagaya». Tampoco había por dónde cogerlo.

«Piso, segunda mano, Suginami», «piso, segunda mano, Yokohama», «piso, segunda mano, Taitô», «casa, segunda mano, Setagaya»,..

Y de este modo, la búsqueda que había empezado a medianoche continuó hasta el amanecer.

—¿Así que ahora te ha dado por ponerte en modo ahorradora, Mii-chan?

Aquello sucedió en un día festivo del mes siguiente. Su hermana la había llamado y en ese momento se encontraba en su piso, en el barrio de Jûjô.

Maho le había estado enviando correos que decían: «¡Pásate por casa a comer alguna vez!». Puede que ella también se hubiese quedado con mal sabor de boca por cómo se había enrarecido el ambiente durante la celebración de Año Nuevo.

Su hermana parecía una mujer algo distraída, pero solía prestar una especial atención a ese tipo de cosas.

—Vente a comer este domingo, que Taiyô se va de viaje por trabajo y estaré más sola que la una.

Presentar la invitación como si fuera un capricho suyo también era muy propio de su hermana. Miho sabía que lo hacía para allanarle el terreno y que le fuera más fácil ir. A la tercera que le lanzó la invitación, Miho se hizo a la idea de que tendría que aceptarla. Sin embargo, no pensaba pasar por la casa de su familia, aunque estuviese casi al lado.

El piso de dos habitaciones de su hermana estaba tan limpio y ordenado como siempre. La comida que le sirvió fue una hamburguesa de estilo japonés, acompañada de espaguetis a la boloñesa. Era un plato típico de una familia con niños, nada pretencioso, pero la hamburguesa estaba jugosa y muy rica. Cuando le sacó un pastel de manzana casero de postre, Miho no pudo evitar admirarla.

A pesar de haber tenido algún roce durante la celebración de Año Nuevo, ahora que estaban sentadas tranquilamente a la mesa, Miho sintió que, al fin y al cabo, eran hermanas, así que terminó por revelarle su intención de ahorrar dinero para poder encontrar una casa donde se permitieran mascotas.

—¡Caramba! ¿En serio vas a comprarte una casa, Miichan? Y, encima, no un piso, ¿sino una casa casa? ¡Eso es genial! Nosotros, en cambio, mira: igual nos pasamos toda la vida de alquiler...

Saho había estado armando jaleo hasta después de comer, cuando por fin se había quedado dormida dulcemente, y ellas aprovechaban ese breve intervalo de tiempo para charlar entre susurros.

—Eso es porque tal vez sea más realista comprar una casa que un piso.

Miho le mostró la página de búsqueda que tenía abierta en la pantalla del móvil.

—Ahora los pisos están muy de moda, así que una casa

de segunda mano sale más barata. Aunque también depende del sitio, pero, bueno...

—Vaya...

—Además, los pisos incluyen el depósito y los gastos administrativos, ¿verdad? Si tienes en cuenta que eso hay que pagarlo todos los meses, puede que resulte más barato comprar una casa.

—Ya, pero entonces te tocará a ti administrar la casa. Y eso es bastante caro y pesado. ¿O no te acuerdas de que mamá siempre se queja del mantenimiento de la casa?

Cómo se notaba que su hermana era ama de casa: se fijaba bien en esas cosas.

—Eso es verdad, pero mira, también hay casas como esta.

Miho le enseñó una casa ubicada en las afueras de la ciudad, que rondaba los diez millones de yenes.

—Esta casa con jardín cuesta 13 800 000 yenes. Con un precio como este, no resultaría tan difícil llegar a comprarme una.

—Pero conseguir un préstamo para una casa de segunda mano no suele ser nada fácil.

«Esta mujer sabe de todo», pensó Miho, admirando de nuevo las amplias nociones de economía que su hermana exhibía inesperadamente. Luego se acordó de que Maho, antes de casarse, había trabajado en una agencia de valores.

—Por eso quiero ahorrar y, así, tener un buen colchón. Además, después de las Olimpiadas de Tokio, puede que los precios bajen todavía más.

Entonces, su hermana le dedicó una dulce sonrisa y asintió con la cabeza.

—Me alegra ver que piensas a largo plazo. Vas en serio, ¿eh?

—Pues claro.

—Pensaba que igual solo te había dado por ahí, que sería una fase temporal, pero tanto una mascota como una casa son para siempre. Son una responsabilidad.

—Ya lo sé.

Tal vez los perros de la protectora solo habían sido la causa inmediata que la llevó a empezar a pensar en ahorrar dinero, pero, ya desde antes, cosas como el despido de la señora Machie y las discrepancias con su novio habían formado el sustrato de aquella idea, que finalmente germinó cuando supo de la existencia de aquellos perros: ellos fueron la chispa que había prendido el fuego.

Miho se tomó la segunda taza de té que le había servido su hermana con aquella preciosa tetera de esmalte.

—Bueno, pues entonces tienes que ahorrar diez millones de yenes.

—¿Qué?

—Claro. Piensas comprar la casa sin pedir un préstamo, ¿no? Entonces, tienes que ahorrar esa cantidad para empezar.

Diez millones de yenes. Maho tenía razón: no podía pretender comprarse una casa por menos. Pero todavía no se había atrevido a enfrentarse a aquella cifra.

—Nosotros también nos hemos propuesto ahorrar diez millones porque tenemos que pagar la educación de Saho.

—¿Qué dices? ¿En serio? ¿Tú tenías la misma idea, Maho? Entonces, hasta ahora, ¿cuánto tenéis ahorrado?

Lo había soltado sin pensar. Aunque Maho fuese su hermana, aquella pregunta estaba fuera de lugar. O, al revés: precisamente porque era su hermana, no podía preguntarle nada parecido.

—Disculpa. No tienes que contestar si no quieres.

—Por ahora solo llevamos un poco más de seis millones de yenes ahorrados —contestó ella como si nada.

—¡No fastidies!

Miho se llevó una buena sorpresa. No se esperaba que su hermana tuviera tanto ahorrado después de solo seis años de casada, con una hija y un marido que ganaba poco más de tres millones de yenes al año.

—Un millón era mío, de antes de casarme, pero Taiyô no tenía ahorros. Digo que es un poco más de seis millones porque invertimos un tercio de ese dinero, así que la cifra va cambiando. No hemos podido ahorrar más porque, el año que nació Saho, acabamos gastando bastante.

Por el modo en el que se apresuró a justificarse, estaba claro que Maho había malinterpretado su reacción y había entendido lo contrario que quería expresar.

—No, no, ¡si me parece un montón! Es casi un millón al año, ¿verdad? ¿Cómo habéis conseguido ahorrar tanto?

Si ella fuera capaz de hacer lo mismo, en diez años podría ahorrar diez millones. No quería decirlo muy alto, pero la verdad era que ganaba más que su cuñado. Y, además, no tenía que mantener a una hija ni a un cónyuge.

Miho miró con nuevos ojos lo que había encima de la mesa.

—¿No será que, en realidad, os alimentáis exclusivamente de tofu y brotes de soja o algo así? Hoy habrás tirado la casa por la ventana preparando una tarta y todo.

Aquello provocó que Maho soltase una risa teñida de satisfacción.

—¡Qué va! Siempre comemos así. Nunca preparo nada demasiado glamuroso, pero nos apañamos bastante bien con los veinte mil yenes de presupuesto para comida que tenemos al mes.

—¡Venga ya!

La segunda sorpresa del día.

—¡Pero si yo sola me gasto de treinta a cuarenta mil yenes al mes en comida!

—Eso te pasa precisamente porque estás sola. Como trabajas en una empresa, no te queda tiempo ni energía para cocinar.

—Aun así, no sé cómo podéis ahorrar tanto... —Miho exhaló un suspiro—. La verdad es que yo no lo consigo. El mes pasado puse todo mi empeño en cocinar y tal, pero, al hacer cuentas a final de mes, vi que me había gastado todavía más de lo habitual. Creo. O quizá el problema es que, hasta entonces, tampoco sabía exactamente cuánto me gastaba. Pero, bueno, la cuestión es que perdí dinero.

Era la pura realidad. Con el propósito de ahorrar, compró ingredientes en el supermercado para empezar a prepararse fiambreras. Hasta fue a la tienda de artículos para el hogar y se compró una hecha de madera de cedro natural y con un contorno redondeado. Le costó la friolera de ocho mil yenes. Sin embargo, solo pudo preparársela un día y, al no consumir los ingredientes antes de su fecha de caducidad, tuvo que tirar la mayoría. Para ahorrar electricidad y agua, aguantó todo lo que pudo sin encender la estufa y, en lugar de bañarse, empezó a tomar duchas. Como consecuencia, quizá pasó algo de frío o lo que fuera y la historia terminó con un catarro y varias facturas del médico.

Además, se sentía tan culpable por haber dejado que la comida se echara a perder que se agobió y empezó a comer fuera de casa incluso más que antes. También se deprimió bastante al darse cuenta de que, tal vez, lo de cocinar en casa era imposible para ella.

—¿Cuánto tienes tú ahorrado, Miho?

—Pues... unos... ¿trescientos mil yenes?

—¡¿Qué?! ¡¿Solo eso?!

Maho la miró fijamente a la cara.

—Pues está claro que te hace falta un cambio radical. ¿Y si revisas primero los gastos fijos? A ver si puedes recortar algo por ahí.

—¿Gastos fijos?

—Me refiero al dinero que sabes que tendrás que pagar seguro, como el alquiler o la factura del móvil.

—Pero, tal como dices, esos gastos son fijos, así que no hay forma de cambiarlos.

—Aunque revises el coste de la comida o de la electricidad, esos gastos son muy pequeños y no marcan una gran diferencia. Lo más fácil para ahorrar es empezar recortando los gastos fijos.

«Humm...», pensó Miho, no muy convencida.

Se sentía muy cómoda en su piso de Yûtenji, le encantaba. Vivir allí era algo que la llenaba de orgullo.

—¿El alquiler cuesta 98 000 yenes, dices? Madre mía, ¡qué caro! Además, el coste de la comida también es más caro en esa zona. ¿No está llena de supermercados con productos de alta gama y locales pijos?

—Bueno, sí...

—Pues, entonces, deberías volver a vivir aquí, en Jûjô. El barrio de Shinjuku, donde trabajas, queda más cerca y el alquiler te saldría diez o incluso veinte mil yenes más barato. ¿Y cuánto pagas de teléfono?

—Alrededor de diez mil yenes al mes.

—Uf, ¡menuda clavada! Yo pago dos mil yenes. Y tengo llamadas ilimitadas, mientras sean de menos de diez minutos.

—Guau...

Maho le mostró su móvil. Era de un color rosa bastante bonito.

—No me digas que es un móvil de esos baratos...

—Sí. Y me hicieron un descuento porque había una promoción especial. Mira: si recortas veinte mil yenes del alquiler y ocho mil de la factura del móvil, fácilmente puedes ahorrarte treinta mil yenes al mes.

—Ya, pero es que Jûjô...

—Jûjô no está tan mal. Puedes encontrar comida preparada muy rica y muy económica, y también hay un montón de supermercados con precios regalados. Además, podrías ir a comer a casa de vez en cuando o pedir que te preparasen alguna fiambrera de comida.

—Buf, no sé...

Cuando voló del nido, declaró toda digna que se independizaba y que, a partir de entonces, se las apañaría por su cuenta.

—Mamá y papá se alegrarán. Nosotros también nos pasamos por casa una vez a la semana y ellos nos ayudan un montón. Y también vamos a casa de la abuelita. Así, ella ve la cara de su nieta y de su bisnieta. Matamos dos pájaros de un tiro.

—Humm...

—O mejor: ¿por qué no vuelves a vivir en casa de mamá y papá? De ese modo, podrías pagarles unos treinta mil yenes al mes, o algo casi simbólico, ¡y ahorrarte todo lo demás! Decidido, harás eso.

—¡Ni de coña!

Aquella perspectiva le resultó tan desalentadora que se dejó caer sobre la mesa de casa de su hermana.


Miho lo sabía bien.

Sabía que su hermana tenía razón en todo lo que había dicho.

Después de eso, Maho también sugirió lo siguiente:

—Bueno, pues, para empezar, ¿por qué no pruebas a ahorrar cien yenes todos los días?

—¿Cien yenes?

Miho tuvo la sensación de que la tomaba por tonta. Como si dijese: «No das para más».

—Cien yenes pueden ahorrarse con solo dejar de comprar alguna bebida que sea un poco cara o un dulce, ¿verdad? Y, si lo haces cada día durante un mes, ahorras tres mil yenes. ¿Por qué no inviertes esa cantidad todos los meses en el mercado de valores?

—¿Que invierta? ¿Eso se hace en el banco?

—Se puede hacer en el banco, sí, pero mejor abre una cuenta de inversión en una agencia de valores y elige el tipo de índice bursátil por el que te cobren menos tasa de comisión. Si consigues esos tres mil yenes, tráemelos, que yo te enseñaré cómo hacerlo. Ah, y antes de abrirte la cuenta, avísame, que mi agencia ofrece un incentivo por llevar a nuevos clientes.

»Así yo también saco tajada —añadió Maho por lo bajini y luego rio complacida al ver que Miho no se había enterado.

—Vale, pues me compraré una hucha de camino a casa.

—No te gastes dinero en eso, boba.

«Vaya, ya hacía tiempo que no me llamaba "boba"», se fijó Miho.

Pero no se lo tomó tan mal como habría hecho en el pasado, porque aquel «boba» tenía un fondo nostálgico, como si hubieran vuelto a la época en la que eran niñas.

—Me la compraré del todo a cien, entonces.

—Ni «del todo a cien» ni nada. No desperdicies cien yenes.

Maho rebuscó entre los estantes de la cocina y sacó una pequeña lata con tapa incluida.

—Esto era una lata de nueces que una amiga me trajo de su viaje a Hawái. Úsala como hucha.

En ese momento, Saho se despertó de su siesta y ya no pudieron seguir hablando de cosas complicadas.

Miho le dio las gracias a su hermana y volvió a su casa. «Conque cien yenes...».

Cuando Maho le había propuesto esa idea se había sentido un poco ofendida, pero, ciertamente, ahorrar esa cantidad parecía factible.

A la mañana siguiente, antes de ir a trabajar, se paró en la cafetería originaria de Seattle a la que solía ir y, mientras se tomaba el nuevo *frappuccino* que habían lanzado, se quedó un rato pensando.

Miho siempre esperaba con ilusión ese momento del día en el que, tras levantarse un poco temprano, pasaba por aquella cafetería cercana a su empresa para organizar su horario. Era uno de los placeres de su vida y le daba energía. Después de eso, normalmente iría a una tienda a comprarse una botellita de alguna bebida y se dirigiría a la oficina.

Pero ese día no lo hizo. En vez de eso, se había llevado de casa un termo de té. Así ahorraba ciento cincuenta yenes. Aunque no era nada comparado con la meta de diez millones.

Las monedas que sumaban ciento cincuenta yenes tintinearon cuando las dejó caer en la lata de nueces que le había dado su hermana. A partir de ese día, la tendría sobre su escritorio, en la oficina, para ir acumulando monedas poco a poco.

Sin embargo, lo que todavía no se decidía a cambiar era lo que le había dicho su hermana sobre los gastos fijos.

El contrato de permanencia de su teléfono móvil era de dos años, y todavía faltaban seis meses para que expirase. Una vez que eso ocurriese, no dudaría en cambiar de compañía. Eso lo tenía clarísimo. Aunque esas promociones baratas podían tener aspectos algo preocupantes, si era por uno de esos perritos adorables, podía soportar tener un móvil un poco viejo o cutre durante un tiempo.

En cambio, el alquiler...

Vivir en la zona oeste del centro metropolitano había sido su sueño desde hacía tiempo, pero lo peor era esa sensación de que volver a la casa de sus padres o cerca de allí sería... ¿una derrota? Sí, no conseguía desembarazarse de esa imagen de alguien que tiene que volver a su pueblo natal porque no ha logrado labrarse un futuro en la gran ciudad, o que incluso huye de las deudas que ha contraído allí.

—¡Qué va! Si Akabane, que está justo al lado de Jûjô, ha quedado últimamente entre los barrios más populares de Tokio para vivir...

O eso había dicho su hermana, al menos.

«Pero podría haber otros métodos para ahorrar... —pensó—. Claro, podría leer libros o asistir a seminarios sobre el tema. Mi hermana no es una profesional de las finanzas y, aun así, me ha aconsejado un montón. Así que, si le preguntase a un especialista de ese campo, quizá podría descubrir algún método todavía mejor para ahorrar».

Cuando sus pensamientos llegaron a ese punto, continuó sorbiendo el *frappuccino* por la pajita.

«Qué soso. Aunque solo me he tomado la mitad, el hielo ya se ha derretido del todo y se le ha quedado un sabor dulce, como de café aguado», observó.

Siempre igual: seguía siendo incapaz de terminarse el *frappuccino* entero mientras todavía sabía bien.

Y entonces cayó en la cuenta de algo: «¿Puede que este café sea un gasto innecesario?».

Miho comprobó el precio una vez más.

Como siempre pagaba con la tarjeta recargable del establecimiento, no era muy consciente de los precios, pero el *frappuccino* más barato costaba cuatrocientos veinte yenes sin contar impuestos, mientras que un café con hielo normal costaba doscientos ochenta yenes y un café con hielo de una *konbini* costaría unos ciento y pico...

Hasta entonces, siempre había pensado que la diferencia de precio entre un tipo de café y otro no era para tanto, que, total, por cien yenes más o menos, valía la pena tomar el que más le gustase.

Pero ahora que se había propuesto el reto de ahorrar cien yenes al día, lo veía de otro modo.

Eso no quería decir que fuera a dejar de ir a esa cafetería. Pero, para estar ahí un ratito pensando en sus cosas, bastaba con pedir un café con hielo. Podía sustituir el *frappuccino* una vez de cada dos y ver qué ocurría.

—¿Le importa que me siente aquí?

Cuando levantó la mirada vio a un joven, tal vez universitario, vestido con ropa informal, que señalaba el asiento contiguo al suyo.

Como ya solo faltaban cinco minutos para el comienzo de la sesión, muchos de los asientos que Miho encontró vacíos al llegar estaban ya ocupados.

—No, en absoluto. Adelante.

Quitó su bolso de la silla mientras se fijaba en que el chico, aunque no llegase a ser un bombón, tenía un aspecto fresco y aseado.

—Gracias.

Ese día asistía al seminario sobre cómo ahorrar que daba Sûko Kurofune, la autora de *8 x 12 es un número mágico*. Era una asesora financiera cuyo libro se estaba vendiendo bastante bien.

Sin embargo, Miho, en realidad, todavía no se había leído su libro. Simplemente la había visto por la tele por casualidad y, al buscarla con el móvil, había dado con la información del seminario.

Además, con ocasión del aniversario de la primera edición del libro, la entrada solo costaba tres mil yenes. Y le llamó la atención el subtítulo: «Este seminario va dirigido tanto a hombres como mujeres de veinte o treinta años, y especialmente a trabajadores y estudiantes universitarios que pronto entrarán en el mundo laboral».

«Es que, sinceramente, de poco me serviría que me enseñase trucos de ahorro dirigidos a amas de casa», se dijo.

Tras una breve presentación a cargo del moderador, la señora Kurofune apareció en el escenario con desenvoltura. Era una mujer bajita y regordeta que tendría más o menos la edad de su madre. Le dio la sensación de que estaba más gorda de lo que parecía en la televisión. «Y eso que dicen que la televisión engorda...».

—Antes de nada, queridos asistentes, quiero que memoricen lo siguiente —comenzó diciendo la señora Kurofune sin más preámbulos. Deslizando un bolígrafo sobre la superficie lisa de una pizarra blanca, escribió una fórmula bien grande: «8 x 12».

«Eso es tal cual el título del libro», recordó Miho.

—Eso es todo. Es lo único que tienen que memorizar hoy. Quiero que estas cifras se queden grabadas a fuego en sus subconscientes. Y ahora, díganme: ¿cuánto es ocho por doce?

—¡Noventa y seis! —contestó el público al unísono.

—Exacto, han acertado. Ahorrarán ochenta mil yenes al mes y veinte mil de cada bonificación que reciban en su empresa. Y, al hacerlo, ¡fíjense qué curioso!: al cabo de un año habrán ahorrado un millón de yenes. De ese modo, si ahora están en la treintena, cuando lleguen a los sesenta, la edad de jubilación, habrán amasado treinta millones de yenes. Si ahora tienen veintitantos años, pueden conseguir cuarenta millones de yenes para entonces. Y si, encima, aplicamos un tipo del tres por ciento de interés, quitando los impuestos, estas cifras se convertirán en unos 44 000 000 y 77 600 000 yenes, ¡nada menos! ¡Y a disfrutar de la jubilación sin preocupaciones!

Algunos asistentes rieron entre dientes y resoplaron con escepticismo.

—No me creen, ¿verdad? Están pensando que no digo más que disparates, ¿a que sí?

Miho no pudo evitar sonreír y asentir con la cabeza. De reojo, vio que el chico de al lado también lo hacía.

—Ahora mismo, todos ustedes están bajo el influjo de un hechizo, de un encantamiento. Una vez que han oído estas cifras, ya no podrán sacárselas de la cabeza: en algún rincón de sus mentes, recordarán el número ochenta mil. Y, antes de que se den cuenta, intentarán ahorrar esa cantidad todos los meses. Aunque sea imposible conseguirlo de inmediato, ¡irán buscando maneras de acercarse a esa cifra, cada vez más y más! Al fin y al cabo, mientras reserven ochenta mil yenes al mes, ¡podrán hacer lo que quieran con el resto de sus ingresos! Y lo mismo ocurre con las bonificaciones anuales de sus empresas: solo tienen que apartar veinte mil yenes y, si quieren, ¡pueden pulirse todo lo demás!

Después de un breve momento de estupefacción, la sala estalló en una risotada general. Como colofón a su discurso, la señora Kurofune había extendido los brazos ampliamente, como si fuera una cantante de ópera. Pero aquellas risas no eran de burla, sino que tenían un punto de calidez y positivismo. Miho también rio con ganas y su mirada se encontró de manera natural con la del chico de al lado, que asintió con la cabeza levemente hacia ella.

—Señoras y señores, han invertido muy bien esos tres mil yenes que costaba la entrada de este seminario. Y, ahora, vamos a examinar punto por punto cómo conseguiremos ahorrar ochenta mil yenes al mes. Lo primero que revisaremos son los gastos fijos.

Miho soltó un gritito sin querer. ¡Eso era lo mismo que había dicho Maho!

Aun así, después de reír tanto, ya no tenía ganas de negarse a aceptarlo.

«Lo has clavado, hermana», pensó.

Todavía no sabía si ella sería capaz de conseguirlo, pero

abrió una libreta y se puso a tomar notas como una estudiante para preservar todas y cada una de las palabras de la oradora.

# 2

# La búsqueda de trabajo de una persona de setenta y tres años

Kotoko Mikuriya, que estaba leyendo el periódico con el suave zumbido que producía la máquina de fondo, se levantó de un sobresalto.

—«El banco Mangô ofrece una promoción especial para jubilados. Con una oferta del interés anual del dos por ciento (impuestos no incluidos)».

Kotoko estaba sentada en el sillón de masaje más moderno del mercado, disfrutando de una sesión de cuerpo entero de quince minutos. El sillón estaba reclinado de tal manera que parecía que estuviera tumbada en el sofá, así que para levantarse tenía que hacer unos movimientos un poco bruscos, pero no le importó.

—¿Dónde habré dejado las gafas?

Sin perder de vista el periódico, se puso a buscar por todos lados como si estuviera imitando un gag humorístico. Al final, las encontró en el respaldo del sillón y, una vez arreglado aquel pequeño percance, se puso a leer con detenimiento.

—Veamos... «El banco Mango ofrece una promoción especial para jubilados. Con una oferta del interés anual del dos por ciento. Esta promoción solo es válida para jubilados y matrimonios formados por hombres y mujeres de más de sesenta años».

El anuncio debía tener alguna cara oculta y seguro que estaba escrita en letra pequeña. Kotoko, como era una consumidora muy inteligente, se puso a leerlo con mucha atención. Efectivamente, había una letra tan diminuta como una semilla de amapola, infinitamente más pequeña que la que habían usado para escribir el artículo. Al sufrir ya de vista cansada por la edad, leer ese tipo de letra le resultaba muy complicado, pero, como se suele decir, a grandes males, grandes remedios; precisamente para casos como ese tenía siempre preparadas las gafas.

—«Se aplicará un interés del dos por ciento durante los primeros tres meses en el caso de que haya un depósito superior a diez millones. Pasados los tres meses, el interés será del 0,01 %».

Ese tipo de promociones ofrecían incrementar los intereses, pero la oferta terminaba normalmente entre el primer mes y el medio año. Transcurrido ese plazo, el tipo de interés que solían dar era aproximadamente el mismo que el de un depósito normal.

No obstante, ese 0,01 % seguía siendo una buena oferta,

ya que, normalmente, el interés que ofrecían para una cuenta en un banco cualquiera solía ser del 0,001 %.

—Qué tontería... —murmuró—. Aunque las condiciones han mejorado un poco respecto al 0,001 %, ¿cuánto deben de ganar los bancos?

Pero ese no era el momento de criticar a los bancos.

—A ver, un interés del dos por ciento sobre diez millones de yenes... diría que en tres meses son unos cincuenta mil.

Kotoko se levantó de la silla, se fue a la cocina y de un cajón sacó un ábaco, que hacía mucho tiempo que no usaba, para realizar unas operaciones básicas. Después de terminar la secundaria, Kotoko trabajó durante mucho tiempo en un centro comercial de Ginza, por lo que era más rápida haciendo este tipo de operaciones que una calculadora.

—¡Exactamente! Con un interés del dos por ciento sobre diez millones, ¡a los tres meses son unos 49 998! Si le resto los impuestos, queda un total de 39 548.

Kotoko cogió el *smartphone* que llevaba usando desde hacía tres años y buscó información sobre el banco Mangô.

—El banco Mangô no parece que sea muy de fiar. Su nombre de por sí ya parece una broma, igual que el banco Tomate...

El banco Mangô estaba en el instituto de la prefectura de Miyazaki, en Kyûshû. Diez años atrás se conocía por un nombre más complicado de recordar. Este tipo de promociones con un interés tan elevado solían hacerlas los bancos locales. Al ser un banco local, era muy probable que con una simple llamada por teléfono se pudiera hacer todo el papeleo y pudiera abrir directamente una cuenta. Solo haría falta ingresar el dinero y ya estaría, por lo que no sería necesario que se desplazara hasta Miyazaki.

El objetivo de poner ese tipo de intereses tan elevados era obvio: buscaban atraer a todos los cachorritos viejos.

Hacía varios años, estuvieron haciendo ese tipo de promociones con la promesa de «¡Recibirán sin falta un interés del cinco por ciento!». Incluso algunos bancos se tomaron la libertad de hacerle una simulación de ganancias a Kotoko. Aquello fue durante la inflación, todavía en medio de la recesión económica bajo el gobierno del partido demócrata. El precio de las cosas era bajo y el yen estaba alto, por lo que la situación era muy favorable para ahorrar. En una ocasión, Kotoko casi se dejó engatusar.

—Abuela, ¡no lo hagas! Aquí dice que te dan el cinco por ciento, pero en ningún lugar está escrito cuándo lo van a hacer. Si esperas a que te lo suban al cinco, quizá pretendan hacerlo cuando hayas muerto y será una situación un poco extraña, porque no podrás reclamar nada y perderás todo el capital. ¡Es un fraude en toda regla!

Menos mal que su nieta Maho, que había trabajado en una agencia de valores, se dio cuenta de la estafa y la advirtió. Le faltó muy poco para caer en ella.

—¡¿Cómo puede una gran compañía hacer algo tan despreciable?! —dijo resentida.

Después de eso, gracias al milagro del Abenomics, la política monetaria de Shinzô Abe, la actividad económica del país se recuperó y los bancos empezaron a ofrecer un cinco por ciento de interés, que, esta vez, sí podían cumplir. A raíz de esto, a los empleados de los bancos se les empezaron a subir los humos y, con cara inocente, empezaron a sugerir inversiones de nuevo. Fue un momento triunfante para la banca.

A Kotoko siempre le había dado mucho miedo el tema de las inversiones y nunca lo había intentado. Pero un amigo le comentó: «No pienses que es una inversión, sino una manera de hacer crecer tu dinero».

Los bancos empezaron a ver a los jubilados como un público objetivo. Era una forma inteligente de utilizar productos de alto interés y ganar dinero extra. Y, al igual que había hecho el banco Mangô, muchos otros empezaron a ofrecer este tipo de condiciones con el dos o el tres por ciento de intereses. La idea era encontrar bancos así e ir cambiando el depósito de sitio una y otra vez.

Kotoko le pidió consejo a Maho, quien se tomó su tiempo para leer el folleto del banco.

—Si es así, perfecto —dijo su nieta asintiendo con la cabeza—. Abuela, me das mucha envidia, a los jóvenes no nos ofrecen este tipo de intereses. Y eso que nosotros también necesitamos ahorrar para nuestro futuro.

Y, aunque le daba pena oír a su nieta lamentarse, decidió lanzarse a por ello. Para la banca, las personas mayores eran una presa fácil a la que, fuera como fuera, querían dar caza, así que lo que tenían que hacer los ancianos era ser inteligentes y saber bien adónde ir.

Además, Kotoko había heredado la fortuna que había ahorrado su difunto marido a base de sudor y lágrimas, por lo que debía ser cuidadosa: no podía dejarla en cualquier lado. Su marido había trabajado de comerciante y hacía cinco años que había muerto de cáncer de pulmón. Había sido un gran fumador desde los veintipocos y nunca se hizo ningún chequeo médico. Pero, cuando fue al hospital por una tos muy fuerte, le comunicaron que estaba en estadio IV: tenía metástasis pulmonar.

A Kotoko, mover diez millones de yenes cada dos por tres le daba miedo, no había forma de que se pudiera acostumbrar a ello. Era como ir sola con una mochila que no sabía dónde dejar, pero, en su caso, cambiando de banco constantemente. Una vez cada mes o cada tres, debía hacer ese trámite. El papeleo no era lo más pesado, es más, podía rellenar tantos documentos como hiciera falta. Total, tenía tiempo de sobra.

—¿Los banqueros no te miran mal al ver que vas «de flor en flor» todo el rato? —dijo Maho burlona.

Que la miraran así no era para tanto, solo era cuestión de acostumbrarse.

Kotoko se fijó un objetivo: «Me compraré un sillón de masaje solo con los intereses».

El año anterior, después de tres años, lo cumplió; al fin se compró el sillón que quería. Fue un sillón de más de cuatrocientos mil yenes, que hacía masajes de cuerpo entero, desde el cuello hasta la planta del pie, y que no tenía ninguna intención de devolver. Cada mañana, se tumbaba en la butaca y leía el diario de principio a fin. Esto se había convertido en su momento más esperado del día.

Pero, como la situación económica del país había mejorado, había mucha gente que había hecho como ella. Más o menos desde el año anterior, no paraban de aparecer ese tipo de promociones. Sin embargo, hacía mucho tiempo que no veía una oferta tan buena como la que ofrecía el banco Mangô.

Aun así...

Kotoko volvió a leer el periódico y de repente se dio cuenta de una cosa:

Ya había comprado el sillón.

Ahora no había nada que deseara en especial.

Sabía que eso era un lujo y se sintió agradecida.

En el pasado había querido comprar muchas cosas, especialmente cuando estaba criando a sus hijos. A ellos, sobre todo, les encantaba un yogur que se vendía en envase de plástico. Ahora solía comprarlos en ofertas especiales del supermercado, pero antes eran muy caros y no podía hacerse con ellos habitualmente. Sin embargo, como quería ver la cara de felicidad de sus hijos, y puesto que decían que era bueno para la salud, Kotoko a veces se quedaba sin comer para poder darles ese capricho.

Eso no significa que fuera pobre. Había muchas familias a su alrededor que estaban en las mismas condiciones económicas que ellos. Iban tirando, pero no fue una época en la que pudieran ir derrochando el dinero.

Kotoko, que había estado inmersa en sus pensamientos, volvió en sí.

Para beneficiarse del tipo de interés, tenía que llamar al banco, pedir los documentos necesarios, rellenarlos y devolverlos. Además, debía ir al banco donde en aquel momento tenía depositado el dinero de su jubilación y rellenar una gran cantidad de papeleo para efectuar el proceso de retirada.

«Uf, qué pereza», pensó por primera vez al planificar esa operación, cosa muy extraña en ella.

Antes de comprarse la butaca, ese tipo de operaciones la emocionaban. Le parecía divertido mover su dinero de aquí para allá. Con ello aprendió que la gente no tiene que hacer grandes compras para sentirse eufórica, a veces es suficiente con la mera idea del cambio. Había sido como un juego para ella.

Pero ahora, por alguna razón, se había cansado.

Y eso que si moviera su dinero podría ganar casi cuarenta mil yenes de intereses...

Sin embargo, Kotoko tenía otros motivos para no querer mover su dinero, aparte de la pereza. Tras la muerte de su marido, no solo había recibido esos diez millones, sino también varios más que tenía en cuentas de ahorro de la oficina de correos.

Su pensión se había visto reducida, así que había recurrido mucho a esas cuentas. Y en aquel momento solo le quedaban alrededor de cien mil yenes.

Era precisamente en esos momentos en los que tenía que encontrar una buena promoción y hacer crecer su capital. Pero no recibiría el dinero hasta pasados tres meses, así que, si tenía algún gasto repentino, aquello podría ser problemático.

Cuando su marido murió, pensó que los millones que había recibido eran una cantidad muy elevada, pero no había tenido en cuenta que el dinero se iba muy rápido.

Esos diez millones de ahorros eran un gran alivio para Kotoko.

Pensaba utilizar ese dinero si en un futuro tenía que ir a una residencia o reformar la casa para su comodidad. Pero no podía evitar preocuparse por si se veía obligada a retirar ese dinero tarde o temprano. En realidad, eso la atormentaba desde el año anterior. Se preocupaba y no sabía qué tenía que hacer, pero nunca se había parado a pensar en una solución. Era como si esa promoción hubiera llegado para que se planteara las cosas de nuevo.

—Ya me gustaría a mí tener esa clase de preocupaciones.

Yasuo Komori se rio enérgicamente cuando ella le habló de la promoción de jubilación; se lo contó todo excepto el hecho de que con su pensión no llegaba a fin de mes.

—¿Eso crees?

—¿Por cuarenta mil? Yo podría vivir durante un año entero con ese dinero, ni me lo pensaría. Tú con un millón puedes vivir tranquilamente durante un año. Si yo tuviera tanto dinero, probablemente prolongaría mi viaje un mes más. En esta época del año quizá iría a Bangkok, en Tailandia... Bueno, no, que Khao San últimamente está muy caro. Quizá iría a Malaca, en Malasia, y me relajaría un poco. Aunque tampoco sería mala idea quedarse en casa y leer algún libro. —concluyó sonriendo. Su piel estaba quemada por el sol.

Yasuo era amigo de Kotoko y entre ellos había mucha diferencia de edad. Se conocieron en noviembre del año anterior, delante de unos grandes almacenes un poco alejados de la casa de Kotoko.

Kotoko se encontraba ante un dilema en aquel momento: en la zona de jardinería había varias cajas de plástico con semilleros de violeta que se vendían juntos por seiscientos yenes. Dentro de una de esas cajas había unos treinta brotes. Es decir, que cada planta valía veinte yenes. Para su sorpresa, estaban de oferta. No tenían muy buen aspecto, por lo que seguramente esa fuera la razón de la bajada de precio.

Kotoko se agachó para verlos más de cerca.

Algunas plantas no habían echado flor todavía, y las que habían conseguido florecer estaban marchitas. En cambio, las que habían crecido y se hallaban ya al final de su vida, estaban en plena floración.

Toda la gente que solía ir a la zona de jardinería sabía al instante que eso era un semillero de violeta. Si se las trasplantaba a un tiesto con buena tierra y se les cortaba los tallos y las flores marchitas, pronto empezarían a florecer de nuevo. Solo era noviembre, así que se podría disfrutar de su flor hasta las vacaciones de mayo.

Pero treinta plantas eran muchas y Kotoko no podía llevárselas todas con su bicicleta. Además, ya no le quedaba mucho sitio en el jardín. «Si pudiera llevarme quince... las plantaría junto a la puerta de entrada. Seguramente florecerían en menos de un mes y quedaría muy vistoso». Y solo le habría costado trescientos yenes.

Lo que más hacía dudar a Kotoko era que si ella no las compraba, era muy probable que las tirasen. Y pensar en ello la ponía triste, casi le rompía el corazón.

—¡Vaya descuento!

En ese momento, la voz de un joven arrancó a Kotoko de sus pensamientos. Se dio la vuelta y, de pie en diagonal detrás de ella, vio a un muchacho bronceado y con una bonita sonrisa. Él la miraba y ella se apresuró a ponerse en pie.

—Están a muy buen precio. Me gustaría llevármelas, pero no necesito tantas... —añadió el joven.

—Lo mismo me pasa a mí —respondió ella involuntariamente.

Kotoko siempre desconfiaba de los extraños por aquello de que «nunca se sabe qué le puede ocurrir a un anciano que vive solo y tiene cierta riqueza si se junta con una persona desconocida». A veces veía alguna noticia horrible en la televisión, en los periódicos o en los semanarios que leía en la biblioteca.

Kotoko se permitió hacerlo esta vez porque estaban en la zona de jardinería y le hacía ilusión que alguien pensara igual que ella.

El chico no era demasiado atractivo, pero sí muy agradable. Su sonrisa era algo fuera de lo común y le resultaba tranquilizadora.

—Si me las llevara, seguro que las podría revivir. —El chico se agachó y tocó suavemente las plantas—. No parece que sea por un problema de las raíces. En absoluto.

Kotoko no sabía con quién estaba hablando, pero le alegraba poder charlar con alguien sobre jardinería.

—Sí, tienes razón. Pero no puedo plantarlas todas en mi jardín. Hace un mes planté la mayor parte, cuando un semillero solo costaba ochenta yenes. Me queda algo de espacio, pero no para treinta.

—Ochenta yenes sigue siendo muy barato. Yo no pude resistirme y los compré cuando bajaron de ciento cincuenta a cien yenes.

—¿Cien yenes? Tendrías que haber esperado más.

—Lo sé, pero es que quería ver las plantas florecer para principios de otoño.

—Ya, te entiendo. Si tengo el dinero, yo también suelo comprarlos al momento. —Yasuo colocó su mano sobre la flor moribunda con suavidad.

—Si no los compra nadie... ¿los tirarán a la basura?

En ese momento, a Kotoko le salió del alma preguntar:

—¿Y si nos los repartimos?

Se miraron a los ojos y rieron.

—¡Eso es! ¡Nos los podemos repartir!

Kotoko intentó pagar algo más de seiscientos yenes, pero Yasuo se negó rotundamente. Por las pocas palabras que había intercambiado con él, le daba la sensación de que ese chico no parecía tener mucho dinero, pero, aun así, tuvo la impresión de que era un hombre justo, ya que quiso dividir la cuenta a partes iguales.

Mientras pagaban y dividían los semilleros, le contó que vivía en una pequeña casita humilde con jardín en el lado opuesto de la calle comercial de Jûjô, bastante lejos de la casa de Kotoko. Había ido hasta allí en moto y se ofreció a llevarle los semilleros hasta su casa, pero ella se negó.

En ese momento, todavía no sabía quién era. «Seguramente es un hombre con una familia y un hijo pequeño, así que tal vez no tenga mucho dinero. Ahora está aquí porque debe de estar desocupado, quizá trabaja por turnos, como el marido de Maho», supuso.

A partir de ese día se empezaron a ver a menudo. A veces se encontraban en la misma zona de jardinería o en la calle comercial. Cada vez que Yasuo la veía, se acercaba a ella sonriente, como si hubiera encontrado a un viejo conocido o a una antigua amante. Además, le hablaba de manera amistosa: «¿Cómo están tus violetas?», «Las mías están en plena floración», «Últimamente ha refrescado, ¿a que sí?» o «No pasa nada si podo otra vez las violetas, ¿verdad?».

Cuando llegó la primavera le preguntó: «¿Te gustaría ir a tomar algo?».

Kotoko tenía miedo de que estuviera intentando reclutarla para algún tipo de religión o secta, pero pensó: «Bueno, no pasa nada, siempre puedo negarme», y entraron juntos en una cafetería barata.


Allí descubrió que el chico no estaba casado, tampoco tenía hijos, no disponía de un trabajo fijo y estaba fuera de casa la mitad del año, o bien viajando al extranjero o bien trabajando a tiempo parcial. Esa casita aislada dónde vivía tenía más de cincuenta años y había pertenecido a su abuela. Como ya no vivía nadie allí, él la cuidaba.

Kotoko pensó que seguramente era un «niñito de su abuela».

—No tengo mucho dinero, pero mi abuela cuidaba con mucho mimo su jardín, por eso yo también quiero mantenerlo así.

Con estas palabras, se ganó su cariño.

—Aun así, has sabido ahorrar muy bien.

Ese día, Yasuo, que se iba al extranjero durante un tiempo, fue a dejarle las llaves de su casa. En su ausencia, Kotoko regaría las flores del jardín y airearía la casa. Hasta el año anterior solía pedírselo a una vecina, pero esa mujer ya era demasiado mayor para hacerlo y, además, se había ido a vivir con su hija a Yokohama. Así que, desde el otoño previo, Kotoko había asumido ese papel.

—Abuela, ¿crees que es buena idea que ese hombre entre en casa? —dijo Maho con los ojos entornados después de que Kotoko le contara lo de Yasuo—. Podría ser un ladrón.

—Ya te lo he dicho, solo ha venido a dejarme las llaves de su casa.

—Quizá es una trampa para que tú confíes en él.

—Tienes razón, pero...

—Es que ni siquiera trabaja.

Eso era cierto. Yasuo no trabajaba.

Sin embargo, después de hablar con él, Kotoko había llegado a creer que el motivo de que demostrara su carácter y voluntad era precisamente el hecho de no tener un trabajo fijo.

Los trabajos a tiempo parcial que solía tener eran de temporada en sitios como Okinawa o Hokkaidô. Yasuo parecía encajar rápidamente en cualquier trabajo y aprendía con mucha rapidez. Trataba muy bien a los ancianos y sabía escuchar. Era por eso por lo que podía llevar esa vida tan nómada.

Además, desde que le pidió que le cuidara la casa, Kotoko empezó a hablar con los vecinos, y lo que le contaron sobre él era lo mismo que el propio Yasuo ya le había dicho, por lo que ahora Kotoko confiaba en él y le tenía bastante cariño.

—Te traeré un recuerdo —dijo—. Por cierto, los guisantes y las habas están casi a punto. Así que coge los que quieras.

—Gracias. Lo haré con gusto.

Durante esa época del año no era necesario regar mucho las plantas porque estaban plantadas en el suelo, así que con hacerlo una vez a la semana era suficiente. Aunque, como Kotoko vivía de una pensión y tenía mucho tiempo libre, no le habría importado ir a regarlas más veces.

—Muchas gracias, te debo una.

Kotoko no pudo evitarlo y le acabó hablando sobre la campaña de jubilación y sus intereses.

—Disponer de esa cantidad de dinero sería un sueño para mí.

Kotoko se arrepintió un poco. No debería haber dicho nada que revelara el dinero que tenía ahorrado.

Pero Yasuo parecía no haberse percatado de ese sentimiento de duda de Kotoko y se rio con una expresión relajada.

—Bueno, no es nada del otro mundo. La mayoría de gente de mi edad tiene bastante dinero ahorrado.

—Eso es verdad. Cuando mi abuela murió, del altar budista que tenía salieron billetes de diez mil y monedas de cien yenes. Seguramente por eso, cuando vivía, pensaba que valía tanto la pena tenerlo. Esa era su única propiedad.

—Pero ¿no tenía también una casa?

—Esa chabola solo sirve para hacer leña y calentar agua para el baño.

—No digas eso. El terreno debe de seguir valiendo algo. Quizá no tanto como en la época de la burbuja inmobiliaria, pero algo valdrá.

—Tienes razón. Kotoko, con tu manera de pensar, es normal que hayas ahorrado tanto dinero.

—Ya te he dicho que no es nada del otro mundo. Fue una buena época.

Kotoko no quería hablar sobre su dinero y se tocó el cuello con incomodidad. Yasuo no se dio cuenta de ello y continuó la conversación:

—¿Te refieres al período de alto crecimiento y la burbuja económica?

—Sí, eso mismo. Cuando empezamos a trabajar, teníamos un salario mensual de diez mil yenes y, antes de jubilarnos, nuestro salario ya era cincuenta veces mayor. Pudimos llegar a como estamos ahora gracias a ese crecimiento económico.

Aunque sabía que tenía que terminar la conversación, le gustaba hablar sobre el tema, pues le parecía interesante. Kotoko solía pensar mucho al respecto mientras leía el periódico o miraba la televisión.

—Ahora no hay las mismas ayudas que en aquellos tiempos. Lo siento mucho por los jóvenes de hoy en día —murmuró—. Aunque todo es porque mi madre me enseñó a llevar un libro de cuentas de economía doméstica. Si tuviera que decir qué es lo que me ha permitido llegar hasta aquí, sería eso.

—¿Un libro de cuentas de economía doméstica? —dijo Yasuo levantando la voz, histérico—. ¡Algo como eso no entra en mi vocabulario!

—Mi madre nació en 1924. El primer libro de cuentas de economía doméstica apareció en una revista femenina en 1904, el año del inicio de la guerra ruso-japonesa.

—Aah...

Hablar de eso con una persona tan joven no tenía ningún sentido. Pero él asentía y escuchaba con mucha atención. Kotoko pensó que quizá el muchacho era así por naturaleza.

Aunque hablara con Yasuo Komori, le seguía siendo difícil decidir si apuntarse a esa campaña con intereses altos. Si quería solicitar esa promoción, debía hacerlo cuanto antes. «Primero tendría que llamar al banco y pedir información, después tendría que ir al banco donde tengo depositados actualmente los ahorros...». Y, aunque lo pensara, no movía un dedo.

Un tiempo atrás, se habría apresurado a iniciar el proceso. Ahora, se quedaba tumbada en su sillón de masaje y no hacía otra cosa que holgazanear. Un fuerte suspiro escapó de su boca.

«¿Cómo? ¿Estoy suspirando? ¿Yo?», se dijo.

Era justo en momentos como ese en los que pensaba que utilizar un libro de economía doméstica era muy importante. Soltando un enérgico «¡Venga, va!», se levantó del sillón.

Su marido había trabajado en una empresa comercial hasta los sesenta años y como director en una filial hasta los sesenta y cinco. Después, se jubiló y empezó a vivir de la pensión. Él y su esposa recibían una vez cada dos meses una pensión no inferior a doscientos sesenta mil yenes.

En realidad no era mucho, pero por aquel entonces todavía tenían las cuentas de ahorro del banco llenas, así que solían viajar bastante y nunca pensaron que iban escasos de dinero.

Pero, una vez que Kotoko se quedó sola, su pensión pasó a ser de ochenta mil yenes al mes. Aun así, al principio pensó: «A partir de ahora no gastaré tanto dinero. No me daré caprichos y viviré tranquilamente mientras voy manteniendo la casa».

Sin embargo, esto no ocurrió tal y como ella lo había planeado.

El precio de la comida para uno o para dos no variaba tanto. Y, encima, desde que había enviudado, sus viejos amigos empezaron a invitarla con más frecuencia. Cuando su marido vivía no solía recibir tantas propuestas para hacer cosas.

Le surgían planes como «Han abierto un nuevo restaurante italiano en Akabane, ¿te apetece ir a comer?» o

EL DESAFÍO DE MIHO

«¿Quieres que vayamos a comer melocotones en Fukushima?». A raíz de eso, se empezó a plantear el tema de la ropa y los zapatos: «No puedo ir siempre con los mismos».

Obviamente, también tenía la opción de rechazar las invitaciones, pero, ahora que estaba en la vejez, sentía que el tiempo con los amigos y la familia era lo más importante. Sus amigos solían decir: «No nos llevaremos el dinero a la tumba». Pero ¿y si más adelante necesitaba a una cuidadora? ¿Y si se ponía mala? No sabía cuánto necesitaría para eso.

«No nos llevaremos el dinero a la tumba, así que disfrutémoslo mientras aún estemos aquí» y «Aunque se tenga dinero, uno nunca puede estar tranquilo, así que tenemos que ahorrar» son frases que siempre salen de la boca de personas ancianas y que se contradicen totalmente.

El otro día, un amigo le dijo: «De media, un cuidador cuesta más de novecientos mil al año. Si se necesitan sus servicios durante unos cinco años, costará unos cinco millones por persona». Al oír esto, lo tuvo claro: no podía tocar esos diez millones de yenes.

«Ojalá Dios pudiera decirme qué es lo que tengo que hacer», pensaba Kotoko mientras abría su libro de cuentas. Deseaba que pudiera decirle algo como «Tu esperanza de vida es de ochenta años. Vas a morir repentinamente, así que no vas a necesitar una cuidadora», «No vas a enfermar, sino que te irás al otro barrio mientras duermes cuando tengas setenta y ocho años» o «Vas a morir de agotamiento mientras organizas tus finanzas». Si se lo dijera, seguramente supondría un *shock* y lloraría, pero se quedaría mucho más tranquila sabiendo lo que le deparaba el futuro.

Sin embargo, como no existía un Dios que le pudiera decir esas cosas, lo mejor que podía hacer era aceptar la realidad y empezar a organizar sus finanzas.

Antes de jubilarse, Kotoko tenía bastantes dudas, pero fue a la librería y se hizo con *Las finanzas del hogar de una persona mayor* y *Las finanzas de un hogar pensionista* y, gracias a eso, ganó más seguridad.

La diferencia que encontró con respecto a otros libros de economía doméstica era que las páginas de ahorro mensuales empezaban el día 15 de cada mes, el día en el que se cobraba la pensión. También había una columna completa para gastos médicos y páginas para hacer cálculos de dos meses enteros.

El libro *Las finanzas del hogar de una persona mayor* estaba basado en el primer libro de cuentas de economía doméstica que se publicó en Japón, creado por Motoko Hani. Estaba bastante acostumbrada a los libros de cuentas de Motoko Hani, así que cuando vio la portada supo enseguida que se trataba de su método. Estuvo curioseando ambos libros un tiempo y durante el primer año usó *Las finanzas del hogar de una persona mayor*, pero a partir del segundo año pasó a *Las finanzas de un hogar pensionista*, ya que era mucho más simple y económico.

Kotoko abrió su libro de cuentas y sacó de su billetera el tique de la compra en el supermercado que había hecho el día anterior. Y así, sin pausa, se puso a hacer cuentas muy detenidamente.

Sintió que, con solo hacer eso, se empezaba a sentir más tranquila.

Una semana después de que Yasuo se fuera al extranjero, Kotoko recibió una llamada de su nuera.

—Suegra, siento mucho no haber llamado desde hace tanto tiempo.

Al contrario que su nieta, ella solía llamarla al teléfono fijo. Tomoko aún utilizaba un teléfono móvil sencillo, no un *smartphone*, y no parecía tener ninguna intención de cambiarlo.

—Mi madre está muy anticuada. Si al menos tuviera un *smartphone*, podríamos hablar por LINE. Las líneas telefónicas están precisamente para esto, ¿no? Para sentirte más cerca de casa. —Maho solía quejarse siempre sobre este tema.

Sorprendentemente, la generación de Tomoko, formada por personas de cincuenta años, era mucho más conservadora que la de Kotoko. Tomoko era una generación mayor que la que había recibido formación informática en el trabajo, por lo que se solía sentir incómoda usando dispositivos electrónicos y navegando por internet. Para sus hijas, en cambio, era algo natural y la ayudaban siempre que lo necesitaba.

Todavía ahora, cuando Tomoko no entendía alguna cosa, recurría primero al diccionario o iba a la biblioteca. Si de esa manera no lograba aclarar sus dudas, preguntaba a sus hijas y estas lo buscaban en internet.

—Suegra, la verdad es que tengo que pedirle un favor.

No podía ser. ¿Había algo que no habían podido encontrar en internet? Kotoko se puso en guardia.

—Fue usted quien preparó la comida de Año Nuevo durante las fiestas, ¿verdad?

¿Qué? ¿La comida de Año Nuevo? ¿Qué pasa con eso? Estaba sorprendida; le había preguntado algo que no se esperaba.

—Sabe que estoy estudiando inglés, ¿a que sí?

Una cosa que Kotoko admiraba de Tomoko era su ambición por aprender cosas nuevas. Ese era un rasgo característico de las mujeres que vivieron su veintena durante la burbuja. Yoga, tenis o arreglo floral... Siempre andaba metida en algo. Su pasión siempre había sido el inglés y el francés. Incluso cuando sus hijas iban a un instituto o a la universidad, pagando unas tasas muy altas, ella asistía a clases baratas en el centro cívico del barrio.

Una vez que se jubilaran, Kazuhito tenía la ilusión de hacer un viaje por el mundo en barco, donde tuvieran que hablar con la gente en inglés y en francés. Pero, en relación con este sueño, él nunca le había preguntado «Mamá, ¿te gustaría venir con nosotros?» ni una sola vez.

En realidad, a Kotoko no le gustaba la idea de subirse a un barco, pero le habría gustado que al menos se lo propusiera, para sentir que era importante para él. Un detalle así no esperaba que saliera de sus nietas, pero sí de su nuera.

Por su parte, Kotoko siempre le había tendido la mano a Tomoko. Pero esta, aunque siempre la recibía con una sonrisa, se distanciaba en cuanto intentaba mantener conversaciones más profundas con ella. Aunque siempre había hecho como si no le importara, en realidad Kotoko se sentía mal por ello.

—Ah... Es verdad. Admiro que aún sigas estudiando.

No tenía intención de mostrarle esa frustración, así que la elogió.

—Es que la profesora, Elaine, es estupenda. Todas las clases con ella son muy divertidas.

—Eso es lo mejor que puede pasar.

—Pues resulta que el otro día estábamos hablando sobre cómo habíamos celebrado el Año Nuevo y nos enseñamos fotos de familia. —Parecía que en los cursos de inglés de Kotoko no solo daban clase, sino que también hablaban de varios temas—. Les enseñé las fotos que hice y no pararon de decir que la comida tradicional japonesa que preparó era muy pero que muy bonita. Y ahora quieren que hagamos una «clase de comida tradicional» para poder aprender a hacerla.

Cuando Kotoko se dio cuenta de lo que le estaba pidiendo, se puso a reír.

—¿No lo estarían diciendo solo como un cumplido?

—Yo también pensaba que era así, pero van en serio.

—Pero, en general, los extranjeros no comen eso en Año Nuevo...

—Se equivoca, no lo pidió la profesora; fueron las alumnas. Quieren aprender a cocinarlo las personas que, como yo, van a esas clases a aprender cosas nuevas.

—¿Y estas alumnas son jóvenes? ¿Recién casadas?

Si fuera así, pensaba que no tendría ningún sentido hacer esa clase. La comida tradicional japonesa de Año Nuevo siempre se aprendía a través de la propia familia. Kotoko no pudo evitar pensar que eso debían enseñárselo directamente sus padres.

—No. Hay algunas bastante jóvenes, pero también hay muchas de mi edad.

Según Tomoko, algunas mujeres casadas solían pasar el fin de año en casa de su familia política. Y, como en la casa del marido no solían cocinar durante esas fechas, nunca habían tenido que aprender a preparar comida tradicional. Pero, cuando sus suegros murieran, se encontrarían con que querrían prepararla y no sabrían cómo.

—Pero si no tiene nada de especial. La preparación de la comida tradicional sale en muchos libros y cuando se acerca el fin de año sacan especiales sobre recetas en las revistas. Solo tienen que seguirlas.

—Tiene razón, pero es que, cuando nunca se ha hecho algo y de repente hay que hacerlo por primera vez, sobre todo cuando ya se tiene una edad, suele costar mucho más.

—Eso es verdad...

—Además, cocinarlo todo de golpe es muy complicado. Por eso habíamos pensado que cada mes, mientras nos tomamos un té, podríamos aprender a cocinar un platillo. ¿Qué le parece, suegra? A mí usted me enseñó a cocinar las anchoas secas y la tortilla de dos colores, ¿se acuerda? Seguro que es más satisfactorio enseñar a gente que tiene cierta idea que a personas tan patosas como yo.

—No digas eso... ¿Sabes qué pasa? Es que enseñar a la gente es muy complicado...

Sin embargo, mientras decía eso, se dio cuenta de que no le disgustaba la idea. Al contrario, le hacía ilusión.

«Tomoko es encantadora y muy honesta», pensó mientras se olvidaba del descontento anterior y se alegraba por la propuesta.

Al final, decidieron hacerlo tal y como había dicho Tomoko: al mes siguiente empezarían con las clases de cocina tradicional de Año Nuevo. Para empezar, les enseñaría la manera más clásica de hacer puré de boniato con castaña dulce, estofado de verduras y pollo con anchoas secas.

Las clases de cocina tradicional de Año Nuevo fueron un gran éxito.

Tomoko cobró una tasa de inscripción de cinco mil yenes por persona, en la que estaban incluidos el té y el material (Kotoko se quedó boquiabierta al ver que cobraba inscripción). Al momento se inscribieron cinco personas y enseguida también empezó a apuntarse más gente. Uno de los participantes llevó consigo a una chica americana, que sacó muchas fotos y las subió a sus redes sociales.

Tomoko había dejado preparados los ingredientes y había anotado los pasos de cada receta en un papel. Repartió un folio a cada uno de los participantes y les fue explicando todo el proceso durante la clase. Tomoko había hecho un montón de cursos a lo largo de su vida y se la veía muy familiarizada con ese tipo de clases.

Después de cocinar, se dirigieron al comedor y se pusieron a hablar mientras probaban los platos y dulces que habían preparado.

—Muchas gracias por todo, suegra.

Todas las personas que habían participado en la clase la fueron a saludar con una reverencia antes de irse.

—No hay de qué. Yo también me lo he pasado genial.

Y era verdad.

Todo el mundo veía a Kotoko como la persona con más experiencia y sabiduría del lugar, así que le hicieron muchas preguntas. Al principio, Kotoko decía cosas como «es que yo no sé enseñar», pero poco a poco empezó a coger confianza y a explicar todo lo que sabía.

Llegada la hora de irse, Tomoko se acercó a Kotoko.

—Tome, esto es para usted —dijo entregándole un sobre con dinero.

Kotoko lo rechazó muchas veces, pero Tomoko insistió.

—¡Tiene que aceptarlo! —añadió, e inmediatamente metió el sobre dentro del bolso de Kotoko—. Si no lo acepta, ya no podré volver a pedirle otro favor, suegra. Yo me he quedado mi parte, no se preocupe —dijo, con una sonrisa picarona.

Cuando regresó a casa, Kotoko abrió el sobre y miró en su interior: había un billete de cinco mil yenes.

Kotoko se despertó al oír un ruido fuerte y un golpe seco. Las mañanas de marzo aún solían ser bastante frías, por lo que se puso una bata de lana y salió al pasillo. Antes solía usar un kimono de algodón, pero pesaba mucho y no calentaba nada, por eso sus nietas le regalaron la bata. Esta era muy suave y cómoda, así que desde entonces no había vuelto a usar el kimono.

El ruido fuerte que había oído era el sonido que producía la tapa de la caja de acero que tenía afuera para poner los periódicos, y el golpe seco era el ruido que hacía el repartidor al meterlo dentro. Si se quedaba dormida en la habitación pequeña de al lado de la entrada, la que antiguamente usaban los niños para jugar, se despertaba siempre a las cuatro de la mañana a causa del estruendo.

Kotoko cogió el periódico y ya no volvió a la habitación. Se fue caminando por el pasillo hasta llegar a la cocina. Una vez allí, encendió la cafetera y abrió el diario. Últimamente, después de echar un vistazo a los titulares, Kotoko se ponía a leer los anuncios.

Desde que había recibido esos cinco mil yenes de Tomoko, había cambiado. Aquello le había hecho tanta ilusión que se preguntaba si podría volver a ganar dinero por sí misma.

Aquella noche, al volver a casa y abrir el sobre, su corazón había rebosado de alegría y felicidad. Hacía muchísimo tiempo que no se había sentido así. Era la primera vez en mucho tiempo que sumaba algún ingreso en su libro de economía doméstica, aparte de la pensión.

De tan contenta que estaba, se preocupó. Al principio, hasta se preguntó si padecía alguna enfermedad del corazón. Al final, mientras estaba en la cama, pensó que quizá simplemente quería el dinero y eso la hizo sentir triste y miserable.

Pero no, no era eso.

Pensó que lo que quería era sentirse útil y que la gente le agradeciera su ayuda.

Eso quizá se acercaba más a la realidad, pero Maho le daba las gracias siempre que cuidaba a su bisnieta, así como Yasuo lo hacía cuando cuidaba de sus plantas.

Entonces, ¿no sería que lo que quería era que le agradecieran su ayuda y, además, recibir dinero a cambio?

«¿Quiero trabajar? —pensó desconcertada—. ¿Quiero... trabajar?».

¡Ella, una vieja de setenta y tres años, que no sabía cuándo caería muerta! ¿Padecería demencia? ¡Pero si tenía nietos y bisnietos! ¿Por qué ella?

«No, no, eso es imposible», pensó negando con la cabeza.

En la televisión solían hablar de una población activa de cien millones, pero pasados los setenta años era imposible que pudiera trabajar. Si estuviera en su sesentena, tal vez sería aún más factible.

Dándole vueltas al tema, se fue a dormir.

Pero, al día siguiente, Kotoko encontró una oferta de trabajo. Dentro del periódico había el siguiente anuncio, que leyó detenidamente:

«Se busca personal para la limpieza de pisos. No se necesita experiencia. No hay preferencia de edad. Todo el mundo es bienvenido. ¡Os esperamos!».

Hasta entonces había estado siempre manteniéndose con el dinero que ya tenía y con la pensión, pero quizá podría ponerse a trabajar. Pensar en ese cambio la emocionaba.

A partir de ese día, empezó a mirar los anuncios del periódico cada mañana.

Gracias a eso encontró otro anuncio que decía así: «Estamos buscando personal de limpieza». Parecía que se trataba de una empresa de limpieza que reclutaba trabajadores temporales, les ofrecía formación y, una vez terminada, les asignaba una familia. La frase que acompañaba el anuncio fue la que le llamó la atención: «Aceptamos personas mayores».

Otro día, mientras estaba comprando en la *konbini*, oyó un anuncio de oferta de empleo: «¡Estamos buscando gente para que trabaje con nosotros! ¡Amas de casa, ancianos, personas que acaban de regresar del extranjero, ¡todos sois bienvenidos! ¿Serás tú el próximo en trabajar con nosotros?». En ese momento, involuntariamente dejó de comprar y prestó atención al anuncio.

«Escasez de trabajadores, población activa de cien millones... Quizá todo eso sea verdad...», pensaba Kotoko cada mañana mientras leía el periódico.

Le daba hasta vergüenza decir en voz alta que quería trabajar. Sentía que eso era aspirar a demasiado para alguien como ella.

—Hum... Así que tiene setenta y tres años... —dijo el gerente de una *konbini*, que se había presentado como Saitô, mientras examinaba el currículum de Kotoko.

Al ver la mirada de insatisfacción, Kotoko se sintió abrumada y quiso salir corriendo.

En esa tienda precisamente fue donde había oído el

anuncio que decía «¡Ancianos! ¡Todos sois bienvenidos!».
Después de meditarlo mucho, se había acercado al mostrador a preguntar:

—Disculpe... Me interesa la oferta de trabajo. ¿Cree que yo podría trabajar aquí?

—¡Por supuesto! ¡Traiga su currículum! —le había contestado un chico joven con una sonrisa y haciéndole una reverencia.

Pero aun así...

—Lo siento mucho, señora Mikuriya. La hacía más joven. No parece que tenga más de setenta años. ¡Pensaba que tenía unos sesenta o cincuenta...!

No sabía si le estaba haciendo un cumplido o le estaba diciendo la verdad, pero, en cualquier caso, aquello no la hacía feliz.

—Su currículum es magnífico para estar en la setentena.

—Tal como imaginé, no es posible, ¿verdad?

«Una abuela como yo no debería haber venido a un lugar como este...», pensó avergonzada.

—No es que no sea posible. No es eso, de verdad. —Saitô movió las manos con un gesto que no sabía cómo interpretar—. No es que nos lo diga la central, pero es que... Es un problema de practicidad. Todas las personas de más de setenta años que han trabajado con nosotros han terminado renunciando. Hay muchas máquinas y ordenadores, y la mayoría de ellos no saben utilizarlos... Si tuviera sesenta años, no habría ningún problema —murmuró y, dicho esto, se dirigió al fondo de la tienda.

Quería trabajar.

La niña interior de Kotoko... No, esa Kotoko de setenta y tres años tenía un sueño maravilloso. ¿Sería capaz de cumplirlo?

Después de recibir una negativa en la *konbini*, Kotoko le envió un mensaje a Yasuo para pedirle consejo. Le era más fácil preguntárselo a él que a su familia, ya que tenía la sensación de que ellos intentarían quitarle la idea de la cabeza rápidamente. En realidad, más que pedirle consejo, lo que quería era quejarse un poco.

No tardó en recibir respuesta:

> He buscado un poco en internet y los trabajos que suelen aceptar a personas mayores de sesenta y cinco años son estos:
>
> Personal de restaurante, personal de limpieza, auxiliar en escuelas, personal de seguridad, conserjería, enfermería, preparación de comida de hospitales y escuelas, personal de seguridad en aparcamientos, ayudantes de *catering*...
>
> En Tokio parece ser que hay una oficina de empleo enfocada a las personas mayores. He oído que suelen asesorar muy bien. ¿Por qué no vas un día?
>
> ¡Tú puedes, mucho ánimo!

Parecía que, después de leer su mensaje, Yasuo se había puesto a buscar información aun estando en el extranjero. Le estaba muy agradecida por ese gesto. Sus palabras de apoyo le habían llegado al corazón. Decidió que debía esforzarse mucho para agradecerle todo el apoyo. Por primera vez desde que había recibido la negativa inicial, Kotoko se sintió con fuerza para seguir intentándolo.

—Ante todo es muy importante saber de qué y por qué quiere trabajar. —Esas fueron las primeras palabras que le dijeron durante la sesión de asesoramiento  . Es esencial tener esto definido antes de empezar a buscar. Si busca sin una base concreta, normalmente no encontrará nada y, en caso contrario, la gente suele dejar el trabajo en poco tiempo.

—Claro...

Ese día Kotoko había ido a la oficina de empleo que le había dicho Yasuo con la única intención de pedir cita para una sesión de asesoramiento, pero le dijeron:

—No necesita cita, puede recibir una sesión en cualquier momento.

Y, media hora más tarde, estaba sentada con una chica de unos cuarenta y pocos años para empezar una entrevista.

—¿Ha traído su currículum?

—Hoy... no lo llevo encima. Es que no pensaba que pudiera recibir asesoramiento hoy mismo...

La chica, sin poner mala cara, fue introduciendo el currículum de Kotoko en la base de datos del ordenador mientras ella se lo iba recitando de memoria.

—Vale, antes de casarse trabajó en un centro comercial de Ginza. ¿Solo tiene esa experiencia laboral?

—Sí.

La mujer era muy amable y nada intimidante, pero cuando le dijo que no tenía un currículum demasiado extenso, ella bajó la mirada inconscientemente.

Kotoko había convertido un pañuelo y una bufanda de la primera planta del centro comercial de Ginza en los productos con mayores ventas del establecimiento. Fue así como había conocido a su marido. Él trabajaba en una oficina cerca del centro comercial y cada día iba a comprar un pañuelo. Cuando se agotaron todos los pañuelos de la sección de hombre, se le declaró.

Pero seguramente no tenía ningún sentido contarle eso...

—Bien, ¿tiene algún pasatiempo o algo que se le dé muy bien? Hay mucha gente que logra encontrar trabajo de eso.

—¿Algo que se me dé bien? Pues...

Le gustaba cuidar las flores que compraba a buen precio y se le daba bien revivir plantas que estaban a punto de morir, pero seguro que no había un trabajo así. También era buena calculando intereses, aunque no tuviera demasiados conocimientos de economía, y sabía ceñirse al presupuesto que se había fijado en el libro de economía doméstica. Pero pensó que eso no se podía considerar ni una «carrera» ni un «talento especial», así que empezó a hablar con voz cada vez más baja:

—Nada en especial...

—Pero ha criado a sus hijos, ¿verdad? Entonces, debe de ser buena en tareas domésticas y con el cuidado de niños. Eso es una carrera muy importante.

Al fin, Kotoko alzó la cabeza y sonrió.

—Muchas gracias. ¿Es muy extraño que una abuela como yo quiera trabajar?

—En absoluto. Hay mucha gente como usted. Pero debería poner en orden sus sentimientos e ideas antes de empezar con la búsqueda.

Su asesora le dio varios ejemplos de razones para querer trabajar. «Querer sentirse útil», «Querer poner en práctica sus conocimientos», «Querer trabajar de algo que le apasionara», «Querer ayudar a los demás», «Querer ser una buena influencia para alguien», «Querer ser mejor», «Querer tener unos ingresos», etc.

—Y hay muchas más. Si reflexiona detenidamente, encontrará la suya. Piénselo de nuevo y seguro que podremos ayudarla a encontrar el trabajo ideal para usted, señora Mikuriya.

De regreso a casa, Kotoko iba pensando en cada una de las palabras que le había dicho. ¿Por qué había sido incapaz de decir que quería ganar dinero?

Se sintió decepcionada con ella misma al darse cuenta de que era más engreída de lo que pensaba. No pretendía trabajar a jornada completa ni tener un trabajo indefinido en ningún sitio, lo único a lo que aspiraba era a recibir un sueldo de unos treinta o cuarenta mil yenes al mes.

Tendría que haber dicho eso.

Si tuviera unos ingresos mensuales extra, podría ahorrar y no haría falta que controlara tanto el dinero cuando quisiera viajar o comprar algo en la sección de jardinería. Además, si encontraba las plantas de oferta, gastaría mucho menos.

Aparte de eso, también deseaba poder ser útil a personas jóvenes. No le importaba conocer gente nueva. Lo único que quería era ahorrar mientras trabajaba.

Pero eso... ¿Qué tipo de trabajo sería? ¿Mujer de la limpieza? «¡Ay! Que ahora hay que llamarlo "personal doméstico"». En realidad, no era que odiara las tareas del hogar, pero tampoco le gustaban tanto ni era tan buena como para trabajar de eso. Además, a su edad, habiendo terminado de cuidar a su familia, no le apetecía volver a empezar de nuevo. Pero se sentía igual con todo. No se veía con ganas de ser ni personal de limpieza ni enfermera. Seguramente, lo mejor sería buscar un trabajo de venta al público, como ya había hecho anteriormente. Ya sabía hacerlo y se le daba bien tratar con los clientes. Pero pedir algo así era descabellado.

—Por experiencia, le puedo asegurar que hay mucha gente que encuentra trabajo a través de la recomendación de otra persona. Podría hablar con gente de su entorno y pedirles que la recomienden —dijo la asesora al final de la entrevista.

—No creo que mis amigos o familiares puedan recomendarme a nadie.

Solo había hablado de eso con Yasuo, pero estaba segura de que él no podría recomendarla. Ya tenía suficiente con lo suyo.

—No decida estas cosas tan rápido. De boca en boca pueden salir ofertas de trabajo cuando menos se lo espere. Lo bueno es que, de esta manera, el currículum no es relevante, sino que lo más importante es el carácter de la persona. ¿No le parece genial?

Kotoko pensó que esa mujer solo le estaba diciendo esas cosas para quedar bien.

Suspiró.

Su nieta Maho fue a visitarla a la semana siguiente de recibir el mensaje de Yasuo. Solía mandarse mensajes de LINE con Maho, pero cuando le escribió «Ayer recibí un mensaje de Yasuo», su nieta contestó:

—¡Abuela! Pero ¿aún sigues quedando con ese tío?

—No lo llames así. Es buena persona.

—Estoy hasta el moño de oírte decir eso.

—Haz el favor de hablar bien.

—¡Es que te he dicho muchas veces que no te lo tomes a broma!

Y, unos días después de esa conversación, recibió otro mensaje: «Mañana iré a verte. Tengo que comprobar que no te han timado. ¡Estoy preocupada!», junto con un *sticker* de cara furiosa.

«Que venga, que venga...», pensó Kotoko, resignada.

En realidad, si Kotoko estaba «hasta el moño» de alguien era de Maho, aunque le dijera que estaba preocupada por ella y todo eso. Y es que, cuando su nieta la visitaba, iba a comer y después de cenar se marchaba —sin olvidar nunca llevarse una ración para su marido—, pero, además, siempre encontraba los postres recién hechos en la nevera y arramblaba con fruta, verdura, alimentos de temporada y productos caros que le habían regalado. Y no solo se llevaba comida: cuando quiso darse cuenta, ya había cogido una toalla, un juego de sábanas nuevo y una alfombra de ducha.

—Abuela, esto es muy bonito. ¡Me lo quedo! —le decía, y lo cogía y se lo llevaba.

Una vez vio unos pantalones de algodón que acababa de comprar.

—¡Esto también me lo llevo! —le soltó mientras los guardaba.

En esa ocasión, Kotoko le espetó:

—Oye, que ya tienes más de veinte años, ¡deja de hacer esas cosas!

Y Maho los devolvió enseguida.

Tomoko, su nuera y madre de Maho, dijo riendo:

—Ella y Saho son un par de gamberras.

Eso ya lo sabía, pero es que esas pequeñas delincuentes solían ir mucho por su casa.

A Kotoko tampoco le molestaba tanto. Era cierto que le preocupaba lo que pudiera pasar si se quedaba sin ahorros en un futuro, pero le divertía pasar el tiempo con su familia y agradecía poder hacerlo. Estaba segura de que Maho sabía cómo se sentía al respecto, pero igualmente le salía su faceta gamberra cuando estaba allí. A Kotoko le gustaría ganar dinero para sus nietas.

La tarde del día siguiente, Maho fue a visitarla junto con Saho y, tras intercambiar unos saludos, fue directa al grano.

—Abuela, ¿de qué has hablado con ese tío?

Había hablado sobre sus ahorros y sobre el libro de economía doméstica. Si le decía que le había pedido consejo para encontrar trabajo, seguramente se enfadaría con ella, aunque... estaba preparada para que lo hiciera.

—Si te dijera el tipo de interés que tengo, ¿sabrías inmediatamente cuánto dinero tengo ahorrado?

Le explicó las condiciones que tenía con el banco y Maho le respondió al instante, riendo:

—¡Abuela, ¿tienes ahorrados diez millones de yenes?!

Era de esperar que una antigua agente de valores pudiera calcularlo de memoria con solo decirle que recibía el dos por ciento de intereses, algo menos de cuarenta mil cada tres meses.

—Pero con Yasuo nunca he hablado de dónde tengo las libretas de ahorro ni los sellos.

—¡Solo faltaría! ¡Si lo hubierais hecho, tendrías que mudarte de inmediato!

—¡No es tan mala persona! Algún día te lo presentaré, Maho.

—No tengo ningún interés en conocerlo, pero si lo hago, será por ti, abuela. Mi marido podría venir también, ¡así le demostramos que dispones de un guardaespaldas!

Más que para mostrarle un guardaespaldas, Kotoko pensó que estaría bien que su nieta pudiera conocer a personas de su misma edad que vivían en la zona.

—Estaría bien. Cuando vuelva del extranjero, hablaré con él.

—Ay, parece que estuvieras hablando de tu novio. —Después de esta queja, Maho le preguntó—: ¿Qué es eso del libro de cuentas de economía doméstica?

—¿Cómo? Maho... ¿Nunca te he hablado de mi abuela y de mi madre?

—¡No! ¡Nunca!

Era cierto. Había hablado de ello con Tomoko, aunque dejó de hacerlo porque parecía que le molestaba cada vez que hablaba de sus familiares. Pero, claro, si lo pensaba bien, con su nieta no tenía por qué ser igual. Era posible que, siendo como era, la quisiera escuchar.

—Mi madre y mi abuela utilizaron el libro de cuentas de economía doméstica durante la guerra.

La avisó de que iba a ser una historia bastante larga y empezó a hablar.

La historia del libro de cuentas de economía doméstica se remontaba al año 1904. Fue creado por Motoko Hani y fue publicado por primera vez en la revista *Fujin no Tomo* (*El Amigo de las Mujeres*). En esta publicación, Motoko Hani ofrecía a las lectoras consejos sobre problemas financieros del hogar.

Mine Ushio, la madre de Kotoko, había nacido en 1923. Esta última nació unos veinte años después. Mine, cuya frase recurrente era «Soy una mujer de la era Taishô», era una o dos generaciones más joven que la primera generación que empezó a usar el libro de cuentas de economía doméstica. La madre de su madre, es decir, la abuela de Kotoko, había sido suscriptora de la revista *Shufu no Tomo* (*El Amigo de las Amas de Casa*) al igual que Mine.

Su abuela, según le había contado su madre, decía que Motoko Hani «era un poco estricta» y que prefería la revista *Shufu no Tomo* porque era más campechana y presentaba una imagen diferente del ama de casa. Así pues, cuando

*Shufu no Tomo* publicó su versión del libro de cuentas de economía doméstica en 1930, no dudó en comprarlo. Se sentía muy orgullosa de haber usado ese libro desde la primera edición hasta el momento de su muerte.

Más tarde, cuando Mine se casó y formó una familia, si guió utilizando el libro de cuentas de economía doméstica de *Shufu no Tomo*. Empezó a llamarlo el «libro de finanzas de la vida» y continuó usándolo durante y tras la guerra.

Kotoko le explicó toda clase de detalles. Al tratarse de una historia tan antigua, pensó que quizá no le interesaría, pero Maho seguía escuchándola con mucha atención.

—¡Ah, eso me suena! Hasta hace poco se publicaban las revistas *Thank You*, *Sutekina Okusan* y *Ohayô Okusan*. Mi madre a veces compraba la *Sutekina Okusan*, pero a mí me gustaba más la *Thank You*, era mucho más bonita. Al final, *Sutekina Okusan* y *Ohayô Okusan* dejaron de publicarse.

—La mayoría de revistas femeninas empezaron a publicarse justo al terminar la guerra, pero otras como *Kurashi no Techô*, *Shufu no Tomo* y *Fujin no Tomo* tuvieron que luchar mucho para poder seguir editándose durante la guerra.

Todo ese tema de las revistas era muy ameno, pero Kotoko pensó que así no iban a terminar hablando nunca del libro de cuentas e intentó reconducir la conversación al tema inicial.

—Mi madre utilizaba un libro de cuentas de economía doméstica que publicaba *Shufu no Tomo*, pero lo más sorprendente de todo es que esos libros de cuentas se siguieron publicando durante la guerra.

—Ya veo.

A pesar de que Kotoko hablaba del tema con mucha pasión, Maho se limitaba a asentir con la cabeza mientras acariciaba la espalda de Saho, que se había quedado dormida después de comer.

«Los jóvenes no pueden entender lo increíble que es este hecho», pensaba Kotoko, cosa que la ponía un poco triste.

¡Eso fue un hito! Yo nací durante la guerra, así que tengo muy pocos recuerdos de esa época, pero era muy difícil publicar en aquellos días de tanta escasez. ¡No sabes lo importante que era tener una buena salud financiera en aquellos tiempos!

—Bueno, lo aprendí en la escuela y lo he visto por la tele, así que sí que lo sé.

Maho reaccionó con una sonrisa burlona al ver la mirada enfadada de Kotoko.

—Los libros de cuentas de economía doméstica siguieron publicándose, excepto entre 1943 y 1945. Entonces, la guerra terminó y Japón entró en un período de inflación extraordinaria. Eso implica que el precio de las cosas sube de forma desmesurada.

—Es lo contrario de la deflación que hubo hace poco.

—Era una época en la que algo que costaba cincuenta yenes, unos días después valía cien. No se podían comprar cosas con dinero, había que hacer trueques por kimonos o adquirirlas en el mercado negro. Incluso en esos tiempos tan duros, el libro de cuentas de economía doméstica siguió sobreviviendo como pudo.

—Debió de ser difícil llevar las cuentas de las finanzas del hogar cuando el valor del dinero era tan irregular.

—En el año en el que terminó la guerra, mi madre usaba un libro de cuentas de economía doméstica casero. Me dejó echarle un vistazo, pero la verdad es que no había casi nada apuntado referente a la economía del hogar. Era más bien como un diario, había detalles de lo que acontecía diariamente. Creo que, durante esa época tan difícil, escribir en él fue como una forma de consuelo.

Pero, sorprendentemente, en los días posteriores al 15 de agosto, cuando se anunció el fin de la guerra, no había escrito ninguna anotación. Eso decía mucho sobre la confusión que debió de vivir su madre en esos días, y era un detalle que había marcado mucho a Kotoko.

—Además, en el año siguiente al fin de la guerra, surgió un movimiento llamado «Alianza para Proteger el Libro de Economía Doméstica».

—¿Para protegerlo? —preguntó Maho divertida—. Perdona, continúa.

—El movimiento consistía en que la gente llevara sus libros de cuentas de economía doméstica para poder elaborar varias estadísticas. Gracias a ello, se pudieron conservar los datos sobre los presupuestos familiares de la época, fue algo como el llamado coeficiente de Engel.

—Me pregunto si la gente disfruta más usando el libro de economía doméstica ahora que los tiempos son mejores.

—Es posible. —Kotoko miró a Maho de nuevo—. Deben de pensar que han conseguido llegar adonde están ahora gracias a haber usado el libro de cuentas de economía doméstica.

—¿Que han conseguido llegar adonde están ahora? ¿A qué te refieres?

—Puede que sea una exageración decirlo, pero creo que las amas de casa que llevaron un libro de cuentas durante ese período tan incierto ayudaron a que Japón se recuperara de la guerra. Está claro que muchos factores han contribuido a que eso pasara, pero me tomo la libertad de pensar de esta manera.

—Claro, lo entiendo. Abuela, hoy estás a tope —dijo Maho riendo.

En ese momento, Saho se despertó, así que Kotoko no pudo llegar a comentarle a Maho su deseo de trabajar. Pero decidió dejarlo porque, en realidad, no se sentía con fuerzas de confesarle a su nieta que su pensión era muy baja.

—Vamos, Saho, ven con la abuela.

Kotoko tomó a Saho en brazos. Estaba húmeda y pesaba un poco. Su bisnieta, medio dormida, la miró con ojos tristes y empezó a llorar.

—Saho, cariño, soy la abuela, no llores.

Maho intentó coger a Saho de nuevo, pero Kotoko se quedó como estaba y la tranquilizó. Pensaba que ojalá pudiera aliviar siempre sus problemas de esa manera.

Entonces, de repente, lo tuvo claro.

Lo iba a probar todo. Era justo lo contrario de lo que le había dicho la mujer que la asesoró, pero no estaba segura de cuántos años más podría trabajar. Quizá encontraría algo que le gustara mientras buscaba. O quizá lo encontraría mientras lo probaba.


Dos días después...

—Disculpe, ¿es aquí donde vive la señora Mikuriya?
—preguntó alguien con un tono muy formal—. Soy Saitô.

—¿Eh? Disculpe, no sé quién es...

Era el gerente de la *konbini* donde había hecho la primera entrevista. No lo había reconocido por la voz.

—Le pido perdón por lo que ocurrió ese día.—Kotoko se estaba disculpando por no estar cualificada para trabajar en una *konbini* y por haberle hecho perder el tiempo.

—No, no, no. En absoluto. Si hubiera tenido sesenta años, habríamos estado encantados de contratarla.

«No hacía falta volver a decirlo», pensó Kotoko.

—¿Ha encontrado trabajo?

—No, todavía no.

Kotoko le contó todo lo que había hecho hasta el momento, su visita a la oficina de empleo y la sesión de asesoramiento.

—Lo he meditado mucho y estoy dispuesta a probar cualquier cosa. ¡Incluso he solicitado trabajo como limpiadora! —dijo Kotoko, riendo a carcajadas—. Aunque no sé si me contratarán para eso.

—Me alegro.

—¿De qué se alegra exactamente?

—Disculpe, la verdad es que la llamaba para hablar sobre una cosa.

—¿Sobre qué?

—Delante de la salida sur de la estación hay una tienda llamada Minato. ¿La conoce?

Sí que la conocía. Se trataba de una confitería japonesa muy famosa que llevaba abierta desde la posguerra. Estaba un poco alejada, pero Kotoko siempre iba allí cuando quería darse un capricho.

—Pues, después de mucho tiempo pensando en ello, finalmente han decidido abrir una sucursal en la calle comercial de Jûjô —siguió contando Saitô.

—¡Vaya! ¡Qué bien! Me alegra mucho oírlo, es un buen lugar.

—Van a poner un puesto de *dango* en la puerta; dentro, claro, estará la tienda y en la parte trasera pondrán un pequeño rincón de cafetería.

—Será un bonito lugar para ir a tomar algo.

—Resulta que quieren contratar a una persona tranquila... Bueno, ¿cómo lo diría? A una persona mayor, a una anciana, en el puesto de *dango* de delante de la tienda.

—Oh.

—El otro día hablaron de eso en el Club de Leones. Me sorprendió oír que el señor Minato se interesara inesperadamente por el tema y se lamentara de que ya no había mujeres mayores adecuadas para hacer ese trabajo. Cuando lo oí, supe exactamente qué debía hacer. Pensé que usted era ideal para el puesto.

—¿Cómo? Pero si yo...

—Estoy seguro de que lo haría genial. Es una anciana muy agradable, no importa cuál sea su currículum. Si le soy sincero, ya lo he hablado con el señor Minato y quiere conocerla.

—Pero ¿usted no dijo que yo parecía más joven?

—Bueno, es que en ese momento... —Kotoko podía imaginarse a Saitô rascándose la cabeza— me salió decirlo así.

Pero, señora Mikuriya, estoy seguro de que lo hará muy bien. Al verla parece que tiene sesenta y cinco años, de verdad.

—Es usted muy directo, ¿lo sabía?

—Lo siento. —Saltó rio divertido.

—Tengo ganas de conocerla más, señora Mikuriya.

—¿Y eso?

—La vi mayor, pero tenía un brillo especial en los ojos y parecía muy motivada. De hecho, estaba pensando en pedirle que hiciera la limpieza matutina de nuestra tienda, pero creo que le será más útil al señor Minato.

Tras preguntarle si podía dar sus datos de contacto a la empresa, la llamada se terminó. Kotoko colgó el teléfono, asombrada por la rapidez de los acontecimientos. No estaba segura de si lo haría bien, aunque todavía tampoco era seguro que fueran a contratarla. Pero, por primera vez en mucho tiempo, sentía que podía serle útil a alguien. Le recordó a aquella vez que su marido fue a comprar un pañuelo y le pidió que saliera con él, lo que hizo que le empezaran a escocer un poco los ojos.

# 3

## Objetivo: ¡ahorrar diez millones!

Siempre estaba introduciendo información personal desde su *smartphone*.

Nombre, dirección, número de teléfono... Lo había hecho ya tantas veces que, al poner las primeras letras de su nombre, el sistema se lo rellenaba todo de manera automática. Quedaba por indicar si quería recibir la *newsletter* de la página web por correo electrónico. El número de cuenta lo introducía mirando la tarjeta de débito, que sacaba de la cartera. Por último, le preguntaban los ingresos anuales de su marido, la situación actual de su vivienda (si era de propiedad, de alquiler o si pertenecía a una empresa), si tenía deudas y cuánto dinero tenía ahorrado. Esta parte difería un poco dependiendo de la compañía.

Cuando lo tuvo todo rellenado, le apareció un mensaje

que decía «¿Está segura de querer enviar esta solicitud?», pulsó el botón y le apareció el siguiente mensaje en pantalla:

En breve recibirá un correo electrónico de confirmación. Si no recibe ningún mensaje en las próximas horas, póngase en contacto con nosotros en el siguiente número de teléfono.

De repente oyó el sonido que le indicaba que ya había recibido el mensaje.

Ya solo faltaba enviar sus documentos de identidad y habría terminado.

Maho Ido dejó escapar un suspiro.

Aunque era algo que hacía de manera rutinaria, seguía poniéndose muy nerviosa; el más mínimo error podía hacer que perdiera puntos o que no llegara a tiempo.

Maho se cogió los hombros y rotó la cabeza.

Su hija Saho, de tres años, estaba durmiendo la siesta. Solía descansar desde las dos a las tres y media de la tarde, y ese era el momento en el que Maho aprovechaba para poder hacer sus microingresos.

El término «microingresos» designaba las pequeñas ganancias que se conseguían en internet o en otro tipo de pequeños trabajos. Era algo de lo que se solía hablar mucho en revistas sobre ahorro y publicaciones para amas de casa, ya que era una actividad sencilla que ellas mismas podían hacer sin salir de su vivienda. De esta manera, se podía conseguir una cantidad de hasta cinco mil yenes en puntos a

EL DESAFÍO DE MIHO

final de mes. Si lograba reunir esa cantidad de dinero extra ya estaba satisfecha, pero ese mes quería ahorrar un poco más porque la semana siguiente tenía planeado ir a comer a un restaurante francés de Omotesandô. La comida le iba a costar tres mil ochocientos yenes y tenía que calcular algo más por la bebida y el servicio.

Tenía pensado llevar un vestido de dos mil yenes que se había comprado el otoño pasado a través de una aplicación móvil. Estaba algo fuera de temporada, pero era de una marca muy conocida que se podía encontrar en grandes almacenes. Su madre y su marido siempre le decían que le quedaba estupendo con su pelo castaño.

En su familia era la única que tenía el pelo de ese color. En el colegio y el instituto, varios profesores le habían llamado la atención porque pensaban que no era natural, pero, después de graduarse e incluso de dejar de ir a la peluquería, le había quedado un pelo precioso.

Era la primera vez que se ponía ese vestido para salir con sus amigas. Para la ocasión, se había comprado pendientes nuevos. Estos también los había adquirido a través de una aplicación en la que se vendían accesorios hechos a mano y otros artículos. Valían ochocientos yenes, pero los consiguió rebajados a quinientos. Eran unos barrocos dorados con perlas. Se parecían mucho a los pendientes que llevaba la protagonista de una serie de televisión muy popular del año anterior. Al mover el pelo, se le veían las perlas y el efecto era muy bonito. Los originales valían más de treinta mil yenes, pero esos sí que no podía permitírselos.

Maho siguió mirando la página un rato más.

Existían varias páginas con las que las amas de casa podían ganar dinero, pero Maho solía utilizar una llamada Petit Wallet, en la que podía encontrar muchísimas formas diferentes de hacerlo.

Por ejemplo, cuando hacía alguna compra en línea, solamente tenía que entrar en la página de Petit Wallet y recibía alrededor del uno por ciento del precio en puntos. Otra forma bastante popular de conseguir puntos era completando encuestas.

También podía ganar más puntos abriendo una cuenta bancaria o una cuenta de divisas. Pero el método que Maho estaba usando con más frecuencia últimamente era la solicitud de tarjetas de crédito. Así que siempre estaba buscando promociones con las que pudiera ganar grandes cantidades de puntos.

En realidad, Maho apenas había usado las tarjetas de crédito que había solicitado. Las guardaba en cuanto las recibía y, al cabo de medio año, las reunía y las devolvía.

Muchas empresas ofrecían grandes cantidades de puntos para captar más clientes, y le parecía que no era mala idea utilizar ese método para ganar un dinero extra mientras la niña era pequeña.

Antes solía ganar dinero abriendo cuentas para operar con divisas, las también llamadas cuentas de Forex, FX o *Foreign Exchange*.

Últimamente, habían surgido muchas empresas similares y siempre estaba rellenando formularios de admisión. Estas compañías lanzaban ofertas increíbles que iban desde los cinco mil yenes hasta a veces los veinte o treinta mil.

Pero, eso sí, las condiciones eran estrictas: se tenían que ingresar en la cuenta entre cien mil y trescientos mil yenes o realizar varias operaciones que supusieran un cambio de divisa.

En la página web, al logro de conseguir tal cantidad de puntos lo llamaban «toma de poder».

Aunque había trabajado en una agencia de valores, Maho no estaba muy familiarizada con el comercio de divisas. Sus superiores incluso habían criticado el tema: «¡Eso es lo mismo que apostar!», y la mayoría de los empleados no se sentía a gusto haciendo tales operaciones. A Maho también le entraron sudores fríos cuando tuvo que hacer las operaciones para conseguir esa «toma de poder», ya que podría haber perdido decenas de miles en un solo instante.

Aunque no le salía muy rentable, puso una «venta» y una «compra» al mismo tiempo y ambas se realizaron rápidamente. Con eso, al menos, cumpliría los requisitos para recibir la comisión.

En el caso de las tarjetas de crédito, solicitarlas no le causaba tanta tensión como eso, pero había un número limitado de ellas.

La mayoría de las empresas solamente aceptaban nuevos clientes, y a Maho, que había empezado a utilizar ese método el año anterior, le costaba cada vez más encontrar una empresa que la quisiera como cliente.

Aparte de esto, también había probado otros métodos para ganar dinero mientras cuidaba de su hija, como era la compra de acciones que valían cantidades sumamente pequeñas y la venta de artículos que ya no usaba a través de aplicaciones.

Para el negocio de las acciones utilizaba una cuenta en la que no le cobraban comisión si facturaba menos de cien mil yenes al día.

Compraba acciones de baja volatilidad y esperaba a tener un beneficio de varios miles de yenes para venderlas. Adquiría las acciones con dos meses de margen y las ponía a la venta cuando sabía con certeza que el precio de estas iba a subir. Si no ocurría tal como planeaba y el precio bajaba, esperaba hasta que pudiera conseguir beneficios.

Solía hacerlo siempre así y hasta el momento no había sufrido grandes pérdidas, pero Maho tenía claro que no quería que sus vías de ingreso se inclinaran hacia el mercado de valores.

Al haber trabajado en una agencia de valores, sabía muy bien que en ese mundo no había nada cien por cien seguro.

De hecho, en una ocasión, el precio de las acciones cayó de repente de forma muy significativa y perdió bastante dinero.

En su caso, al tener una hija y estar usando una parte del dinero que ganaba su marido, no quería que sus operaciones dieran números negativos.


Maho había decidido que su asignación mensual sería de unos cinco mil yenes y pensó que con poder ganar unos cuantos miles o incluso diez mil yenes al mes sería suficiente. El resto lo ahorraría para emergencias. En todo caso, estaba contenta de poder ganar su propio dinero extra.

En realidad, no le parecía mal usar el dinero que ganaba su marido, pero era más divertido y satisfactorio si lo conseguía por sí sola.

Su marido, Taiyô, era bombero y, si incluía las horas extras, su sueldo llegaba a algo más de doscientos treinta mil yenes. Aunque era un trabajo estable, la remuneración tampoco era para tirar cohetes.

Como cada día 17 del mes, que era el día en el que se cobraba la paga, Maho iba a primera hora al banco a sacar dinero. Los veinte mil yenes para la comida del mes y los cinco mil para necesidades extra los pidió en billetes de mil yenes. El dinero para la casa y el resto lo puso en su monedero rosa. Los guardó de manera diferente para distinguir el que era para la casa del que iba a usar ella.

Ese monedero de charol rosa lo había comprado cuando iba al instituto, con sus ahorros y el aguinaldo. Los bordes ya estaban un poco gastados, pero el esmalte aún relucía. Por aquel entonces, tenía tantas ganas de tenerlo que saltó de alegría cuando finalmente pudo comprarlo. Maho, que estaba ya en su veintena, sabía que ese diseño de lacitos era un poco infantil para ella, pero seguía usándolo con mucho cariño.

Al volver a casa, repartió los veinte billetes de mil en cinco sobres, cada uno con cuatro mil yenes. Cada sobre era para una semana; el quinto se utilizaba en caso de que hiciera falta para las compras, para otros tipos de gastos o, a veces, para uso personal.

La asignación mensual de Taiyô era de veinte mil yenes. Hasta hacía poco era de diez mil, pero se quejó de que era «demasiado poco», así que se la subió. Cada mes le ponía su dinero en el sobre del banco, y después, con Saho, decoraban el sobre con pegatinas y le hacían dibujos, escribían «Gracias, papá» y se lo entregaban.

Cuando anotaba esos datos en su libro de cuentas de economía doméstica y lo cerraba de golpe, sentía una satisfacción increíble. En la portada había escrito en letras grandes: OBJETIVO: ¡AHORRAR DIEZ MILLONES! Ella misma se había puesto ese propósito.

Había leído un artículo en una de esas revistas para amas de casa que decía que, antes de que el primer hijo fuera a la universidad, era importante tener ahorrados diez millones. «Si ahorro diez millones, no tendré de qué preocuparme cuando entre en la universidad», pensaba convencida.

Aunque era algo que había decidido por sí misma, escribirlo en el libro de cuentas de economía doméstica era una manera de sentir apoyo. Pensaba que podría evitar preocupaciones en un futuro si lograba ese objetivo.

Vivían con lo justo, pero podría llegar a reunir un millón en un año si ahorraba la bonificación de doscientos ochenta mil yenes. Con el dinero que sobrara podrían viajar y comprarse electrodomésticos, así que no podía quejarse.

Pero, desde que era madre, los únicos viajes habían sido a los baños termales, y el único gasto extra había sido la cuna, aunque tampoco fue muy cara. Solo con mirar la portada de su libro de cuentas, podía aguantar la tentación de cualquier capricho.

Los gastos mensuales de la familia Ido eran más o menos así:

Salario (sueldo base): 230 000 yenes
Alquiler: 88 000 yenes
Comida: 20 000 yenes (4 000 yenes por semana, 5 semanas)
Gastos varios: 5 000 yenes
Asignación de Taiyô: 20 000 yenes
Factura telefónica (de los dos): aprox. 5 000 yenes
Facturas de gas y luz: 10 000 yenes
Seguro (únicamente para Taiyô): 2 000 yenes
Dinero extra, ocio, etc.: 20 000 yenes
Ahorro: 60 000 yenes

El alquiler costaba casi noventa mil yenes y podían ahorrar alrededor de sesenta mil. Las facturas del gas y la luz estaban domiciliadas directamente en la cuenta bancaria. El dinero que recibían por manutención de menores se ingresaba en otra parte e iba directamente a la cuenta de ahorros. No había día que Maho no pensara «Si tuviera diez mil más» o «Cuando ingrese veinte mil más...».

Cuando Saho empezara la guardería, le gustaría volver a trabajar para poder ahorrar un poco más tras restarle el precio mensual de esta. Pero, de momento, estaba satisfecha.

Cada mes, Maho solía cocinar hamburguesas el día en el que recibían el salario. Las hacía con carne picada de vacuno y cerdo, un bloque de tofu escurrido y maíz de lata.

Cocinaba la carne por ambos lados en una sartén, la cubría con queso para fundir y vertía encima la salsa que compraba en la tienda de cien yenes. Cuando esta ya tenía un aspecto glaseado y brillante, le añadía más queso y el maíz enlatado... y el resultado era una hamburguesa especial que le encantaba a Taiyô.

Esa comida era su manera de agradecerle a su marido todos los esfuerzos que hacía.

Esa noche, Taiyô volvió a casa muy alegre.

—¡Ya estoy en casa! —Se oyó desde la entrada, con una voz más efusiva de lo habitual.

Desde la cocina, Maho no pudo evitar soltar una risa. Saho no sabía lo que significaba, pero imitó a su madre y se rio tapándose la boca con la mano.

—¿Qué pasa? ¿Por qué te ríes, señorita?

Taiyô, que tenía la piel bronceada por el sol, se reía mientras le daba un abrazo a su hija.

—Cámbiate de ropa, lávate las manos y ven a cenar. Hoy toca hamburguesa.

—¡Hay hamburguesa, papi!

Saho llamaba a Maho «mamá», pero Taiyô quiso que le llamara «papi». Parecía que siempre había sido su ilusión.

Era curioso, porque Taiyô siempre llamaba a sus padres «papá» y «mamá». Maho pensaba que aquello era igual de pretencioso que ponerle un nombre muy japonés a un animal de compañía.

Pero, si lo pensaba bien, era... moderno.

Taiyô, que llevaba en brazos a Saho, la subía y bajaba al grito de «¡Arriba! ¡Arriba!».

—Ya que estás, ¿por qué no te bañas con ella? —le preguntó Maho.

—Ah, pues vale —respondió él en un tono bastante despreocupado.

«Soy muy feliz», pensó Maho.

—¡Guaaau!

Todas, no solo Maho, se pusieron a gritar en cuanto vieron el anillo de compromiso de su amiga Koharu. Estaban comiendo en un restaurante francés que había en un callejón de Omotesandô, donde el menú costaba tres mil ochocientos yenes. Maho estaba tomando agua carbonatada y sus amigas, champán. Se habían reunido para celebrar el compromiso de Koharu.

El anillo era de Tiffany, tenía un enorme diamante en forma de corazón con otros más pequeños alrededor y brillaba de manera deslumbrante bajo el candelabro del restaurante.

—Creo que es de uno o dos quilates —dijo Kohaku intentando sonar lo más tranquila posible.

Sus dedos eran tan finos que daba la sensación de que el anillo se le escurriría en cualquier momento.

—Vamos, estamos en confianza... ¿Cuánto le ha costado? —preguntó Nami riendo.

De las cuatro, Nami era la más directa y habladora (aunque sus amigas sabían que detrás de su sonrisa se escondía mucho dolor).

—No tanto como parece —contestó otra vez Koharu forzando una gran sonrisa. Al hacer eso parecía una artista anunciando su compromiso.

—¿Lo escogió Kôtaro? —preguntó tímidamente Ikuno.

Ikuno trabajaba como contable en una pequeña empresa alimentaria de Tokio. Desde siempre había sido muy buena estudiante, pero, aun de adulta, seguía siendo una persona que no expresaba mucho sus sentimientos. Ahora estaba estudiando para convertirse en asesora fiscal.

—No... —Koharu inclinó la cabeza y puso una expresión como si quisiera evitar contestar—. Bueno, la verdad es que no lo sé. No se lo he preguntado. Quizá sus padres le ayudaron a escogerlo, quién sabe.

Maho sabía que el prometido de Koharu era un hombre de negocios normal y corriente y que sus padres tenían una gran empresa constructora en Chiba.

Koharu le había contado que lo conoció en una de esas citas a ciegas en grupo poco después de graduarse y empezar a trabajar. Sinceramente, en ese momento no sabía ni su peso ni su altura ni a qué se dedicaba, ni siquiera cómo era, pero tenía tantas ganas de conocerlo después de haber escuchado cosas tan buenas de él que hasta olvidó el hecho de que sus padres trabajaban en una constructora en el campo.

Sin embargo, después de haberse prometido, ese detalle empezó a adquirir más fuerza.

Encima, los suegros de Koharu les habían comprado un piso de una habitación en un bloque moderno como regalo de bodas.

—Sus padres solo nos pagan la casa, pero los gastos administrativos y la fianza corren de nuestra cuenta. Será bastante complicado pagarlos.

En realidad, el alquiler del apartamento de Maho era más caro, pero Koharu podría vivir en un apartamento con unas vistas estupendas a Toyosu.

—¡Ah! Está en ese complejo de edificios... Les habrá costado alrededor de doscientos millones —dijo muy convencida Nami, que trabajaba en una agencia inmobiliaria, así que estaba familiarizada con el tema.

Cuando Koharu estaba en la universidad, aunque era alta, delgada, tenía los ojos rasgados y mucho estilo, no llamaba mucho la atención. Pero todo cambió cuando consiguió un trabajo en unos grandes almacenes y la destinaron a la venta internacional: el traje resaltaba su estatura, sus ojos rasgados con un poco de maquillaje la hacían parecer una modelo asiática y su larga melena acentuaba su feminidad. Ella y Kôtaro se conocieron en una cita a ciegas grupal, pero se decía que él había ido directo a por ella.

La boda se iba a celebrar en un hotel muy exclusivo de Ebisu y la luna de miel consistiría en diez días por Italia. Iba a ser un viaje ostentoso: irían en clase *business* y se hospedarían en un hotel lujosísimo.

Maho suspiró varias veces sin que las demás se dieran cuenta.

—¿Cómo está Saho? Ya debe de estar enorme —preguntó Nami.

Durante los aperitivos, la ensalada, la sopa y el plato principal habían estado hablando todo el rato del compromiso de Koharu, pero cuando estaban a punto de terminar el con-

fit de pollo, Nami cambió de tema. Maho estaba bastante segura de que no le interesaba si Saho había crecido mucho o
no, simplemente quería alejarse del tema de la boda.

—Sí, está enorme. Ya ha cumplido tres años.

Maho buscó en la galería de su *smartphone* una foto bo
nita y actual de Saho, y se la enseñó a sus amigas. Era la que
había hecho el domingo de la semana anterior: Saho estaba
en el columpio y Taiyô la empujaba desde atrás.

—Oh, ¿es ella?

—Ya está así... —comentó Nami, a lo que Ikuno asintió.

Koharu seguía mirando la foto con una sonrisa (desde
que se había comprometido solo sabía poner esa cara, así que
Maho no estaba segura de en qué estaba pensando).

—¿A qué te refieres con eso? —preguntó Maho sin pensar.

Nami suspiró.

—El último día que la vi, sus manitas eran tan pequeñas
como hojitas... Me emociono al pensar que esa niña ha crecido tanto como para subir a un columpio.

Era cierto... El día después de que naciera Saho, las tres
fueron a visitarla y, por turnos, acariciaron y mecieron a la
niña.

—Nami, a ti te está yendo genial en tu carrera, ¿verdad?

Ese año había conseguido la licencia de corredora de bie-
nes raíces y se estaba esforzando para sacarse el título de
diseñadora de interiores. Su sueño era que se construyera
un edificio diseñado íntegramente por ella.

—Taiyô sigue tan guapo como siempre.

Ikuno seguía mirando la foto.

—Je, je, je.

Maho estaba muy orgullosa de eso.

Habían empezado a salir durante el instituto de secundaria y se habían terminado casando. ¡Se había casado con su primer amor!

Al ser bombero, cada día se entrenaba y aun ahora seguía teniendo un cuerpo de escándalo.

Saho tenía la nariz similar a la de Taiyô y, los dos juntos, parecían sacados de un anuncio de televisión.

—Para serte sincera, cuando a los veintitrés años dijiste que te casabas con un hombre de tu misma edad, pensamos que te estabas precipitando. Pero, viendo la niña tan bonita que os ha salido, creo que es lo mejor que pudiste hacer.

Ikuno y Nami se miraron y asintieron con la cabeza.

«¿Cómo?».

Maho no estaba entendiendo nada y se puso un poco tensa.

—Eso. Yo también me quedé de piedra al enterarme. Pero, ahora, al ver a Saho, creo que hiciste bien.

Estaban siendo muy sinceras.

—Dejaste el trabajo y tu marido puede manteneros a las dos. ¡Es increíble!

¿Siempre habían pensado así?

Maho dejó de notar el sabor de la crema *chiboust* de manzana y albaricoque que se estaba comiendo.

Maho solo tenía un collar con pequeños diamantes. Taiyô se lo había comprado con el dinero que consiguió trabajando a media jornada durante la secundaria. Consistía en tres pequeños diamantes que representaban tres estrellas fugaces. Era muy bonito y le hizo mucha ilusión.

Aunque por aquel entonces Taiyô no tenía mucho dinero, le hizo un regalo muy caro.

No hubo anillo de compromiso. Maho sabía que Taiyô no tenía tanto dinero para comprarlo y con los diamantes del collar ya estaba satisfecha. Además, una compañera del trabajo le comentó: «El anillo de compromiso solo lo llevarás hasta el día de la boda. Y, una vez que tengas hijos, dejarás de usar anillos».

Reflexionó sobre ello y estuvo totalmente de acuerdo.

Tampoco fueron de luna de miel al extranjero. Viajaron en clase turista a Okinawa, alquilaron un coche e hicieron un recorrido por la isla.

Por supuesto, aunque todo fue barato, comieron muchísimo y una noche durmieron en una cabaña al lado del mar donde disfrutaron de una velada muy romántica.

Aunque, en realidad, a Maho le habría gustado ir a Hawái.

Pero Taiyô acababa de empezar a trabajar y no podía cogerse unas vacaciones tan largas. Si lo pensaba, desde que empezaron esa nueva vida juntos no habían gastado grandes cantidades de dinero.

Así, ir a Hawái era el sueño sin cumplir de Maho.

Y aquel no solo era su sueño como recién casada, también solía leer artículos sobre Hawái en las revistas de amas de casa y siempre pensaba «Ojalá pudiera ir...».

Al leer detenidamente los artículos, había llegado a la conclusión de que Hawái era un sitio que valía mucho la pena visitar.

Primero, porque podría tomar fotos muy bonitas para compartir en Instagram y Twitter. Segundo, porque podría comprar recuerdos para todas sus amigas. Y, tercero —y quizá la razón principal para ella—, porque podría dar envidia a sus amigas. Pero una envidia moderada; no quería hacer el viaje con una intención tan odiosa.

Sabía que costaba dinero, pero, sinceramente, pensaba que valía más la pena ir a Hawái que gastarse lo mismo en ir varias veces a baños termales o a complejos turísticos de Asia. «Una foto de una madre joven con vestido largo paseando con su hija por la arena blanca sería para enmarcar, a todo el mundo le gustaría», pensaba absorta.

Además, quería desayunar al lado del mar y comprar vestiditos monos para la niña. En Hawái había ropa de diseño que no se podía encontrar en Japón. También quería probar la comida de la que tantas veces había oído hablar: las gambas al ajillo que vendían en las camionetas de comida ambulante y los dónuts fritos típicos de Hawái, las *malasada*. También quería hacerse con un monedero de la marca Louis Vuitton en las tiendas libres de impuestos.

Eso también solía salir mucho en las revistas que leía. Louis Vuitton era una marca exclusiva de alta calidad, pero era de estilo informal, resistente y podía llevarse sin importar las modas del momento. Maho pensaba que si se compraba un monedero de esa marca, podría usarlo durante diez años. Además, tampoco era un producto extremadamente caro.

Por otra parte —aunque era mejor no decirlo en voz alta—, si lo tuviera y se quedara sin dinero, siempre podría llevarlo a alguna casa de empeños o venderlo por internet. Era una marca muy buscada.

Hacía tiempo que Maho ya no pensaba en ese sueño y se había dejado llevar por el día a día.

Pero ¿en qué se había centrado todo ese tiempo?

Pensaba en que tenía que ahorrar diez millones para su hija, pero ¿estaba haciendo lo correcto? Estaba segura de que tenía que haber otra manera de utilizar el dinero y poder disfrutar de la vida.

Iba al supermercado unas dos veces a la semana, pero siempre estaba calculando el importe total de los productos que ponía en la cesta. Hacía muchos años que no compraba sin pensar en el precio. Nunca había hecho ningún gasto grande de dinero.

Saho, como otros niños, había dejado de pedir caramelos y juguetes cuando iban al supermercado porque ya sabía que no se los comprarían.

Su hermana, que había ido a visitarla el sábado, le preguntó directamente:

—¿Qué pasa? ¿Te arrepientes de haberte casado, hermana?

—Yo no he dicho eso, es solo que...

—Es que mira que dejar el trabajo tan rápido... Lo he pensado mil veces. ¡Te precipitaste!

—Ya...

—Hoy en día es bastante inusual dejar el empleo cuando una se casa. Podrías haber seguido trabajando, aunque fueran menos horas.

—Es que... Lo hice porque, como a Taiyô a veces le toca trabajar de noche, era bastante difícil organizarnos con los horarios.

Sin pensarlo, había respondido lo mismo que había dicho a todos cuando decidió casarse. En realidad, Maho había dejado el trabajo por otra razón que nunca le había contado a nadie, ni siquiera a su hermana Miho.

La verdad era que el objetivo de ventas mensuales que tenía en la empresa de inversiones era tan estricto que se había cansado de tener que negociar y persuadir a los clientes.

Cada final de mes, tenía que llamar a sus clientes y decir algo como «Señor Saito, usted tiene 1 200 000 yenes en el fondo de mercado monetario, ¿cierto? ¿Por qué no los convierte en dólares australianos? Una empresa automovilística japonesa ha sacado una campaña de financiación con un interés del 5,5. Es un buen momento para cambiarse al dólar australiano». Decir estas cosas le dolía en lo más profundo de su corazón. Enseguida supo que aquel tipo de negocio no iba con ella.

Si fuera verdad, no habría ningún problema. Pero en realidad, en aquel entonces el yen estaba en un momento muy fuerte y no era un buen momento para comprar ni dólares australianos ni estadounidenses. Las acciones también estaban bastante bajas.

La mayoría de los clientes ya lo sabían y no cayeron, pero ella tenía que intentar persuadirlos: era su trabajo. Y lo odiaba. No podía criticar a los empleados de los bancos que casi estafaron a su abuela con unas condiciones absurdas, porque ella también hacía lo mismo.

Por aquel entonces, solo hablaba con Taiyô de lo mucho que detestaba su empleo.

—Pues cásate conmigo y deja el trabajo —le dijo él mientras se quejaba en una cita.

Y así fue como le propuso matrimonio.

Por supuesto, aceptó felizmente, pero el hecho de haberse casado porque «su objetivo de ventas mensuales en el trabajo era demasiado duro» era bastante vergonzoso y nada romántico, por lo que nunca se lo había contado a nadie.

—Bueno, si el trabajo de Taiyô es así, entonces hiciste bien —dijo Miho tranquilamente.

—Ya, lo sé, pero...

—No tienes por qué preocuparte.

Sin embargo, esa no era la única razón por la que se casó, de modo que sí se preocupaba.

—Por cierto, estoy pensando en mudarme.

Al mirar a Miho, pudo observar en ella una sonrisa avergonzada.

—Ah, ¿sí?

—¡Sí!

—¿Y adónde?

—Pues... por aquí... ¿Cómo te lo diría...? ¿Por Jûjô?

—¿En serio? ¿Puedo preguntarte el motivo?

Miho volvió la mirada hacia Saho.

—Después de eso que me dijiste, estuve pensando mucho. Incluso empecé a estudiar. Bueno... He comenzado a asistir a conferencias sobre ahorro e inversión, a reuniones matutinas... En fin, son como grupos de estudio. En resumen, que he empezado a ir a esos sitios.

—¡Guau! ¡Qué bien!

—Y así es como me di cuenta de que, vaya donde vaya, suelo decir las mismas cosas que tú, reviso los costes fijos, los ahorros y esas cosas...

—¿Eh? ¿En serio?

—Sí, de verdad. Y, entonces, me di cuenta de que eres increíble. Todo lo que me has ido enseñando ha sido excepcional.

—Uy... ¿Qué te pasa hoy? ¿Y esos piropos?

Sin embargo, escuchar esas cosas la hacía muy feliz. El hecho de que su hermana, a la que siempre había sentido muy distante, la elogiara de esa manera...

—Bueno, pues eso. Que estoy pensando en buscar una casa por aquí.

—¡Qué gran noticia! ¡Así podremos vernos más y podrás ayudarme con Saho!

—¡Sin abusar, ¿eh?! —dijo Miho relajando la expresión de la cara.

Sonrió y empezó a reír en voz alta.

«La abuela».

A Maho aún se le saltaban las lágrimas al ver a su abuela sentada en la parada de delante de la tienda.

—¡Yaya! ¡Yaya!

Saho alzó la voz sin saber cómo se sentía su madre y la señaló con su dedito.

—Sí, ¡es la yaya! —respondió Maho con orgullo, ya que su hija había sido la primera en ver a la abuela.

Aunque no era su abuela, sino su bisabuela y... estaba trabajando.

Cuando su abuela les dijo que iba a trabajar en un puesto de *dango* de la calle comercial, dejó a toda la familia en *shock*.

Maho pensaba que los que más se sorprenderían serían sus propios padres. Cuando el padre de Maho lo oyó, se quedó sin palabras y no supo qué decir.

Sin embargo, Miho, que era la más seca de todas, fue una noche a casa de la abuela a hablar tranquilamente del tema y terminó enviando un mensaje al grupo de LINE de la familia:

No os preocupéis. La abuela ha dicho que antes de casarse trabajó en un centro comercial, así que tiene mano con los clientes. Solamente quiere volver a trabajar para sentirse realizada.

Así, las cosas se calmaron un poco.

La verdad era que se había sorprendido mucho al saber que su abuela había sido vendedora en un centro comercial durante su juventud. Desde siempre, para Maho, su abuela había sido una buena cocinera, pero nunca se había parado a preguntarse lo que había hecho antes de casarse. Sin embargo, si lo pensaba bien, no le parecía descabellada la idea de que su abuela hubiese sido vendedora durante su veintena.

Aquello se había convertido en una oportunidad para saber más sobre ella. Sin embargo, al ver a su abuela con el delantal, se puso a llorar.

—Mamá, ¿qué pasa? ¿Por qué lloras?

Saho la miraba confundida y empezó a secarle las lágrimas. Esto hizo que Maho no pudiera parar y empezara a llorar con más intensidad.

Su abuela llevaba el uniforme de trabajo, que era una especie de kimono de color azul. Maho y Miho lo habían llevado en algún que otro trabajo temporal, pero le resultó impactante ver a su abuela con esa ropa tan barata, ya que normalmente iba muy bien vestida y arreglada. Sin embargo, a su abuela parecía no importarle ese detalle y tenía la expresión de un niño que estrena ropa.

—Maho, cariño, ¿qué te ocurre? Hay clientes...

Si la abuela no hubiera hablado de una manera tan seca pero amable, seguramente habría seguido llorando.

Su abuela trabajaba tres días a la semana, los miércoles y todos los fines de semana, así que a veces la iba a visitar. Pero, aun así, le dolía verla de esa manera.

—¡Habéis venido, Maho, Saho!

Su abuela se dirigió a donde estaban.

—Abuela, ¿a qué hora tienes el descanso?

—A partir de las dos.

—Vale, yo ahora voy al supermercado. ¿Te apetece que nos tomemos un té juntas más tarde?

—Por supuesto. Quedamos a las dos en esa cafetería de allí.

Cuando Maho y Saho terminaron lo que tenían que hacer, se dirigieron a la cafetería y allí vieron a su abuela con el kimono, esperándolas. Le brillaban los ojos y tenía muy buena cara. La verdad era que la veía muy bien.

Aun así, Maho estaba preocupada y no pudo evitar preguntarle.

—¿Cómo te encuentras, abuela? ¿No estás cansada?

—¡Para nada! Trabajo sentada, así que estoy genial.

Le preguntó sobre las condiciones y le dijo que estaba en período de prueba, así que cobraba unos quinientos yenes la hora, pero al mes siguiente ya subiría a mil.

—Lo único que tengo que hacer es sentarme, sonreír y hablar con los clientes. Por la noche vuelvo a casa y ya está. No tengo que hacer caja ni ninguna valoración del día. Es un trabajo muy tranquilo. Además, a veces me dan dulces. ¿Qué más puedo pedir?

Allí había otras dos mujeres mayores que también parecían estar trabajando.

—Vente un día a casa. Tengo muchos pasteles de arroz que me he llevado porque ya no se podían vender.

—Me alegra ver que te va tan bien.

Maho se sentía aliviada, pero no pudo evitar recordar el alboroto que hubo en casa de los Mikuriya cuando la abuela comentó que iba a empezar a trabajar.

—Parece que papá aún no lo ha aceptado...

Que su abuela hubiera decidido volver a trabajar sin comentarlo antes había molestado muchísimo a su padre. Incluso le había dicho a su madre: «¡Me da vergüenza pensar que mi madre está en la calle comercial trabajando, con la edad que tiene!».

—No lo entiendo. Si yo no hubiera trabajado en ese centro comercial, no habría conocido a su padre y él no habría nacido. ¿Por qué se tiene que poner así?

—Ya, pero también creo que es normal que no le guste la idea.

Se acababa de enterar de que la relación de sus abuelos había empezado mientras su abuela trabajaba. Pero también sabía que se habían casado por amor, cosa muy anormal en aquellos tiempos, y pensar en eso ponía muy contenta a Maho. Sin embargo, su padre no lo veía de esa manera.

—Abuela, cuando te casaste, dejaste el trabajo, ¿verdad?

—Sí, claro.

—¿No te arrepentiste?

—Es que en esa época ni se me pasó por la cabeza trabajar estando casada. Cuando anunciabas a tus jefes que te casabas, era sinónimo de que dejabas el empleo.

—Es verdad... —respondió Maho asistiendo con la cabeza.

Mientras bebía su té, empezó a bajar la mirada.

—¿Qué te pasa? ¿Ha ocurrido algo?

—La verdad es que...

Maho le contó la conversación que había tenido con sus amigas y sobre la boda de Koharu.

—En resumen, que he estado pensando demasiado.

—¿Demasiado sobre qué? ¿Sobre el trabajo o sobre la boda de Koharu?

—Sobre ambas cosas. Aunque estoy felizmente casada, he estado reflexionando sobre mi propio matrimonio y la boda de Koharu... —Maho bajó la voz y murmuró cosas que no quería llegar a admitir—. Estoy segura de que todos me deben de comparar con ella. Por la diferencia entre ambas bodas y también por la que hay entre el piso de Koharu, en Toyosu, y el mío, en Jûjô...

—¡No tienes que pensar eso! Taiyô es un buen hombre y Saho se está convirtiendo en toda una señorita. Seguro que piensan que eres muy feliz.

Por supuesto, eso lo tenía claro. Pero, aunque lo supiera, había algo que le dolía.

—¿Te acuerdas de ese día que hablamos de Motoko Hani y su libro de cuentas de economía doméstica?

—Sí, me dijiste que tu abuela decía que Motoko Hani era una persona muy estricta.

—Eso es. Pero Hani también decía cosas maravillosas, como recomendar hacer una planificación o un calendario en su libro de cuentas.

—¿Una planificación en el libro de cuentas?

—Según Hani, un libro de cuentas no sirve solo para escribir cuánto dinero has gastado, sino que es importante hacer una planificación. Cuánto dinero ingresas hoy, cuánto has retirado... Saber cuánto dinero tienes y cómo lo utilizas es esencial.

—Humm...

—Maho, al contrario que yo, tú sí que sigues una planificación, ¿me equivoco? Sé que ya tienes planeados los gastos hasta que Saho empiece a trabajar. Creo que es genial que te centres en un plan para calcular cuánto dinero vas a ganar y gastar en los próximos veinte años, pero... ¿y si vuelves a pensar qué cantidad necesitas realmente? Seguro que si lo haces, te relajarías y dejarías de compararte con los demás.

—Tienes razón...

Le había dado un consejo tan bueno que no pudo dejar de sorprenderse por haberse ofuscado por cosas tan banales.

—Abuela, ¿significa eso que no deberíamos intentar predecir cómo nos irá la vida?

—Bueno, es que es así, ¿no? Mañana mismo me podría morir. —Sonrió con picardía, aunque había algo que no encajaba—. Y, si me muriera mañana, no podría llevarme el dinero que tengo al otro barrio. —Suspiró—. Si te soy sincera... Me preocupo mucho si pienso en el futuro.

—¿Sí? ¿Por qué?

Desde siempre, su abuela había sido una persona muy calmada. Vivía en una casa muy bonita, tenía muebles de buena calidad y usaba todo el tiempo su libro de cuentas de economía doméstica. Siempre la había visto como una figura omnipotente que estaría a su lado eternamente. La admiraba mucho y estaba orgullosa de ella.

—No estoy segura de cuánto dinero necesitaré a partir de ahora. No es que no tenga ahorros, dispongo de la pensión y el dinero que me dejó tu abuelo, pero, si lo uso todo y en algún momento necesito pagar a una cuidadora, ¿qué haré?

—No me digas que por eso has vuelto a trabajar.

—No solamente ha sido por eso, sino también porque me apetecía volver a trabajar... Pero es cierto que sentí que me estaba quedando sin dinero.

Maho no sabía qué decir.

—Sin embargo, me alegro muchísimo de haberlo hablado contigo, Maho. No se lo había dicho a nadie de la familia. Sé que algún día necesitaré que alguien me ayude, pero, mientras pueda, me gustaría valerme por mí misma. Así que... ¿me harás el favor de no decirles nada a tus padres?

—Te lo prometo. Aunque, cuando llegue el momento, tendrás que contárselo tú.

—Sí, yo misma hablaré con ellos. Y no quiero que te preocupes, no es que no tenga dinero.

Estaba convencida de que era verdad. Hacía poco habían hablado y su abuela le dijo que tenía diez millones ahorrados.

—De acuerdo, apoyo tu decisión. Pero si hay alguna cosa en la que te pueda ayudar, dímelo.

—De verdad que el trabajo es muy divertido, cada día me lo paso muy bien.

Al ver la sonrisa de su abuela, Maho supo que decía la verdad.


El teléfono sonó en plena noche.

En casa de Maho se levantaban muy temprano, así que a las diez de la noche ya solían estar durmiendo. El primero en levantarse fue Taiyô y, cuando lo hizo, Maho abrió los ojos.

—No es el mío —dijo Taiyô mirando su *smartphone* medio dormido.

—¿Cómo?

Él solía cambiar el sonido por la vibración durante la noche. Si alguna vez recibían una llamada a altas horas, siempre era para Taiyô, así que ella no había pensado en quitarle el sonido al suyo. Se sorprendió al darse cuenta de eso y alcanzó su teléfono, que estaba al lado de la cama.

En la pantalla pudo ver quién era: Koharu.

—¿Maho?

Oyó a una chica llorando al otro lado del teléfono y se sorprendió.

—¿Koharu?

—Lo siento, lo siento mucho...

—¿Qué pasa? ¿Qué te ocurre?

Koharu le preguntó entre lágrimas si podía ir a su casa.

—Claro que sí... Pero ¿estás sola? ¿Dónde estás?

—Estoy en el banco... Ahora subo a un taxi. Lo siento.

Maho se levantó y se echó un cárdigan encima del pijama.

—¿Va todo bien? —le preguntó Taiyô.

—Algo le ha pasado a Koharu. Está viniendo hacia aquí, pero tú no te preocupes, descansa.

Saho dormía entre ellos dos, así que era una suerte que no se hubiera despertado.

—Si me necesitas, llámame —dijo Taiyô mientras se volvía a acurrucar dentro del futón.

Justo al lado del recibidor de la casa de Maho se encontraban la cocina y la mesa donde comían. Solo podían hablar allí... Le daba un poco de vergüenza al compararlo con el piso donde iba a vivir Koharu, pero no tenía otra.

Aunque era primavera, aún hacía un poco de frío, así que encendió la estufa y preparó un poco de té negro.

Oyó que alguien llamaba a la puerta flojito. Al abrir, se encontró a Koharu con los ojos rojos.

—¿Qué te ha pasado? ¿Estás bien?

—Sí... —contestó y sonrió tímidamente.

Seguramente se había calmado durante el viaje en taxi.

—¿Qué ha ocurrido?

Cuando se sentaron, su amiga suspiró fuertemente.

—¿Sabes...? Es posible... que... cancele la boda.

—¿Qué?

Koharu tomó un sorbo del té que había preparado Maho.

—He descubierto algo muy fuerte... —Parecía que le iba a contar algo inconcebible—. Mi familia política me ha asegurado por una gran suma de dinero sin que yo lo supiera.

—¿Qué significa eso?

Koharu le contó que cuando se prometió, entregó su sello y su número de cuenta bancaria. Y, horas antes, había ido a un restaurante tradicional con sus suegros y le habían hecho firmar el contrato del seguro, del que tanto su prometido como ellos eran los beneficiarios.

—¿Una gran suma de dinero? ¿De cuánto estamos hablando?

—De cien millones más o menos.

En la mano derecha de Koharu brillaba el anillo, en el que se veía reflejado el patrimonio de esa familia.

—Guau... Pero ¿no será que lo están haciendo por tu bien, Koharu? Sé que hacerse un seguro de vida o uno por asesinato suena bastante mal, pero al final es por la seguridad del mañana, ¿no crees?

—Mis suegros dicen lo mismo. Mira, hasta nos han comprado el piso... Me explicaron que, como ellos están metidos en muchos negocios, hacerse un seguro es normal para protegerse de lo que pueda pasar en un futuro.

—Claro, eso es.

—Espera, que aún hay más. Les dije que Kôtaro también debería hacerse un seguro, a lo que respondieron que, obviamente, él ya tenía uno, pero que la beneficiaria no era yo. Cuando les pregunté si yo pasaría a serlo al casarme con él... me dijeron que era una desagradecida, se enfadaron y se largaron. ¿No te parece raro?

—Ya te entiendo...

No quería hablar mal de los padres de su pareja, pero podía entender los sentimientos de su amiga.

—Mi suegra es una mujer muy elegante, pero al decir eso se volvió una persona totalmente distinta... Aunque me disculpé varias veces, no me quiso perdonar, y Kôtaro no se puso de mi lado en ningún momento, no quería reconocerlo...

—Así que eso es lo que ha pasado...

—Dime... ¿Los suegros suelen ser así? He pensado que podrías aconsejarme... Tú sabes mucho de seguros y también estás casada...

—Bueno, es que cada familia es diferente, no se puede generalizar...

—Entonces, ¿tú qué piensas, Maho? ¿Debería casarme?

No sabía qué responder. Pero, si era sincera, pensaba que algo como eso no debía romper su compromiso.

No entendía la razón por la que sus suegros querían que tuviera un seguro por una suma de dinero tan alta, pero probablemente no era la única familia que lo hacía. Estaba convencida de que su prometido no la mataría para recibir el seguro.

Sin embargo, a ella le preocupaba que su prometido no la hubiera protegido ante sus padres y que la trataran como a un objeto.

Pero Maho pensaba que eso no era razón suficiente para no casarse.

—¿Y si hablas con Kôtaro de esto? —Al final, no le salió otra respuesta más que esa. Pero, aun así, creía que era lo que debía hacer—. Deberías decirle cuánto te sorprendió la conversación que tuvisteis con sus padres, que querrías saber el motivo de todo eso... y también deberías comentarle que te habría gustado que él se pusiera de tu parte. Si, aun así, no entiende cómo te sientes, deberías planteártelo.

Todavía no sabían cómo se sentía él. Quizá sí que había querido ponerse de su lado, pero no había sabido cómo hacerlo...

—En tu caso, ¿cómo fue, Maho? ¿No tuviste dudas ni os enfadasteis?

—Ya llevábamos mucho tiempo juntos y conocí a sus padres cuando íbamos al instituto...

—Ah... Qué envidia...

No podía creerlo. Koharu, la que iba a tener una boda de ensueño, ¿sentía envidia de Maho?

—Pero eso no significa que no tuviera dudas...

—¿Eh? ¿En serio? Si siempre se os veía muy enamorados...

—No, yo también tuve mis cosas... Por ejemplo, decidí casarme porque quería dejar el trabajo. No se lo dije a nadie, pero la verdad es que no me iba bien. El objetivo de ventas mensuales de mi trabajo era demasiado estricto y, como no paraba de quejarme, Taiyô me propuso matrimonio. Por eso creo que es mucho más romántico lo tuyo, Koharu.

—¿En serio?

Casi sin darse cuenta, se miraron y se echaron a reír.

—Te veía siempre tan feliz y con un matrimonio tan sólido que pensaba que me veías como a una tonta que jugaba a las parejitas.

—¡Qué va! Si me da mucha envidia lo tuyo, Koharu.

De repente, le pareció ver la sonrisa de su abuela.

—No hay nadie que no tenga ningún problema en su vida.

—Tienes razón...

Hablaron un poco más y, luego, Koharu se fue a casa.

Mientras Maho estaba lavando los vasos, Taiyô se levantó.

—Perdona. ¿Te he despertado?

—No...

—¿Nos has escuchado?

—Sí, un poco.

Taiyô abrazó a Maho por detrás mientras esta lavaba los platos.

—No lo hice porque te quejaras...

—¿Qué?

—Que yo no te pedí matrimonio porque te quejaras de tu trabajo...

—Pero... Por aquel entonces...

—Hacía tiempo que quería pedírtelo, pero no encontraba el momento y, como te quejabas de eso, lo usé como excusa.

—¿Lo dices en serio?

—Sí. —Al decir eso, se separó de ella—. ¡Buenas noches!

Seguramente se había sonrojado y se volvía a la habita ción corriendo.

Maho se echó a reír.

Esa parte de él era tan dulce...

Le entraron muchas ganas de presumir de marido.

# 4

# Rentabilidad

Yasuo Komori fumaba un cigarrillo en el muelle de un pequeño puerto pesquero, de cara al mar.

—¿No te apetece tomar otra copa?

La voz de una chica joven sonó detrás de él y, antes de que pudiera volverse, notó el impacto de algo que caía sobre su espalda con pesadez. Enseguida se dio cuenta de que se trataba de un cuerpo cálido y mullido que desprendía un olor muy agradable: la chica se había abrazado a él, creando una situación bastante sugerente.

Hacía unos cuantos días que se había mudado a aquel lugar para trabajar a tiempo parcial procesando y encajando la paparda que se pescaba por la mañana, bien temprano.

Como la temporada de la paparda justo acababa de empezar, ese día la captura había sido algo escasa, por lo que habían terminado de trabajar a las tres de la tarde. Después, todos los temporeros habían ido a montar un poco de juerga en los dormitorios en los que se alojaban, erigidos justo al lado del mar.

Eh, oh, Rena. Llevas un buen pedo, ¿no?

—¡Y que lo digas!

Rena era una universitaria que rondaría la veintena. Tenía las extremidades largas y un pelo castaño de textura suave. Era una chica bastante guapa. Yasuo no sabía ni cómo se escribía su nombre con caracteres.

Tanto por su apariencia atractiva como por la ropa que llevaba y por su manera de hablar, estaba claro que provenía de una familia adinerada. Sin embargo, algo debía de faltar en su vida, o tal vez cargaba con algún vacío que no podía llenar, porque, de no ser así, no se hubiera metido de lleno en un trabajo tan duro como aquel, en el que, al final de cada jornada, la espalda te crujía y el olor a pescado te impregnaba todo el cuerpo. Yasuo había conocido a muchas chicas como Rena en el pasado.

Desenlazó con destreza las manos de la chica para liberarse de su abrazo y la apartó con la delicadeza justa para que no se sintiese ofendida.

Rena se rio sin ningún motivo. Otra de las cosas que solían hacer las chicas como ella.

—¿No quieres beber más, Komori?

—Ya he bebido suficiente. Este viejo no tiene tanto aguante como los jóvenes como tú.

—¡Si tú no eres viejo! Hay quien dice que la juventud no es una época de la vida, sino un estado de la mente.

Esta vez fue Yasuo quien rio.

Aunque reconoció el poema de Ullman, no le suscitó otra cosa que una indiferencia gélida. Total, Rena solo repetía lo que habría oído en la clase de algún viejo profesor de su universidad. Le dieron ganas de decirle a ese vejestorio que, si tanto sabía sobre la juventud, que no cobrase la pensión de jubilación. Como no quería entrar al trapo, Yasuo fingió que no conocía la referencia y solo rio.

—El estado de mi mente también es el de un viejo carcamal.

«Digas lo que digas, pronto cumpliré los cuarenta tacos», murmuró para sus adentros por enésima vez.

Ella extrajo con suavidad el cigarrillo que Yasuo tenía entre los labios y lo puso entre los suyos.

—Humm, qué bien sabe —dijo, con los ojos entornados.

«Ah, por favor, déjate de insinuaciones», quiso decirle, pero no tenía derecho a ser tan frío con ella cuando sabía a ciencia cierta que, en el pasado, se la habría llevado a la cama sin dudarlo.

—Tú tienes algo distinto a los demás, Komori.

—¿A qué te refieres?

—¿Tal vez sea tu forma de pensar o tus vibras? Parece que no tuvieras ambición o algo así.

—Eso es porque soy un viejales.

Aunque no hacía tanto tiempo que era así. Como mucho, dos o tres años.

Hasta entonces, había ido encadenando varios trabajillos estacionales y, en cada uno, había mantenido relaciones esporádicas con chicas que le parecían simpáticas. Había llevado ese tipo de vida, sin dejar de tener novia, durante unos diez años. Hasta que su relación con Kinari Motoki se volvió seria.

—¿Tienes novia, Komori?

Si le contestase que sí, que tenía novia, podría terminar con aquella conversación fácilmente, pero una parte de él no quería hacerlo de ese modo.

«No es eso —pensó—. No es porque tenga novia. Es que ya se me han quitado las ganas de hacer esas cosas».

Aun así, no terminaba de encontrar una buena razón para rechazarla.

—Tengo novia, pero...

Y, en realidad, así era.

Antes de ir a ese lugar, el ambiente se había enrarecido entre Kinari y él, pero seguramente todavía estaban saliendo.

—Yasuo, la verdad es que me gustaría casarme contigo...

O, mejor dicho, tener un hijo contigo. Si casarnos no puede ser, me conformo con tener un hijo. Tú eres inteligente, te graduaste en una universidad bastante buena, me gusta también tu físico y tienes buen carácter. Tus genes no están nada mal.

Eso le dijo Kinari de esa forma tan directa, sin rodeos, que la caracterizaba.

«Conque mis genes...».

A lo tonto, entre que rompían y volvían a estar juntos, la relación con Kinari ya hacía casi diez años que duraba. Cuando se conocieron, ella tendría más o menos la misma edad que esa chica, Rena.

No era nada raro que una mujer, al sobrepasar los treinta, empezase a querer tener hijos.

Sin embargo, cuando la conoció, Yasuo no se planteó ni por un momento que algún día la relación con Kinari desembocaría en una situación en la que ella le solicitaría sus genes. Sinceramente, se la veía tan joven en su época universitaria que le parecía una mujer con quien podría tener una relación que no se deterioraría con el tiempo. Para él, que entonces se encontraba a las puertas de los treinta, las mujeres de su edad le parecían demasiado serias.

Conoció a Kinari en una posada de Benarés, cerca del río Ganges, en la India.

En aquel entonces, tanto Yasuo como todos los viajeros de su entorno estaban inmersos en la rutina que seguían todos los días.

Se despertaban al son de campanas y voces de plegarias, bajaban directamente hasta el río Ganges por un callejón oscuro y veneraban el amanecer mientras tomaban té *chai*. Seguidamente, después de haber observado el río un rato, regresaban al hostal para desayunar y, hasta la hora de comer, los viajeros se dedicaban a charlar entre ellos o jugaban a las cartas o hacían cualquier cosa. Al atardecer, volvían otra vez al río, tomaban té *chai*, regresaban al hostal y, mientras cenaban, conversaban entre ellos nuevamente.

Cuando ya llevaba unos cuantos meses con esa rutina diaria, Kinari llegó a su vida.

—¿No os importa pasar todos los días de una forma tan poco productiva?

Cuando llegó a la India, Kinari se puso a visitar los diferentes lugares históricos con una energía inagotable. Y, cada vez que encontraba a Yasuo y los demás enclaustrados en el hostal, les soltaba comentarios de ese tipo. No lo decía enfadada ni nada por el estilo, sino con una sonrisa en la boca, pero alzaba tanto la voz que casi parecía que gritase.

Yasuo pensaba que, cuando Kinari terminase de hacer turismo, o bien se uniría al grupito de conversación, o bien dejaría el hostal, porque eso era lo que ocurría con todo el mundo.

Sin embargo, Kinari no hizo ni una cosa ni la otra: cuando terminó de ver los principales lugares de interés histórico, empezó una segunda ronda de visitas.

«Muy poca gente hace eso», se fijó Yasuo.

En definitiva, seguramente lo que ocurría era que, aunque a Kinari le gustaba el ambiente que se respiraba en la India, no tenía intención alguna de perder el tiempo holgazaneando con ellos.

«Qué tía más rara», pensó él.

Y un buen día, por impulso, le dijo:

—¿Te vienes a Katmandú conmigo?

Y Kinari aceptó la invitación con una alegría sincera y se fue de viaje con él.

Resultó que, lo que retenía a Kinari en la India no era el ambiente que se respiraba, sino Yasuo.

Después de eso, se vieron unas cuantas veces de forma casual hasta que, hacía unos cuantos años, se reunieron para celebrar el aniversario de su primer encuentro y, a partir de entonces, empezaron a quedar en la casa de él o en la de ella de forma regular.

Y esa misma chica, ahora le pedía sus genes.

«Todo el mundo se hace mayor —reflexionó—. Y, además, otra razón es aquello que ocurrió... Es culpa de Kotoko Mikuriya y de su nieta».

Por un momento, intentó imaginar qué cara pondría la señora Mikuriya, aquella abuelita tan elegante, si le dijese: «¿Sabe, señora? Últimamente, aunque se me insinúe una chica joven, ya no tengo ganas de tirármela. ¿Qué le parece?».

Ese pensamiento le provocó una carcajada repentina.

—Uy, Komori, ¿a qué viene tanta risa? Es que soy un cuadro, ¿verdad? ¿He dicho alguna tontería? —preguntó Rena, con torpeza.

Yasuo tuvo ganas de soltarle: «A ver, teniendo en cuenta de lo que hablábamos, lo normal sería que dijeses: "Te ríes porque te estás acordando de tu novia, ¿verdad?"».

Pero no, claro: Rena era tan joven y guapa que se creía el centro del universo.

De hecho, esa mujercita que estaba a su lado le resultaba todavía más irritante de lo normal.

De todos modos, en lo referente a la abuelita Mikuriya, aunque le dijese eso, seguro que le contestaría sin mover ni una ceja: «Ah, eso debe de ser la edad. Deberías ir al médico a que te examinen». Eso le provocó otro ataque de risa.

—¿Qué *pacha*?

—No, nada.

Sentía pereza por tener que dar explicaciones a una chica que fingía estar más borracha de lo que realmente estaba, así que, sin pensar, terminó por cogerla de su fina muñeca.

Un poco antes de empezar el trabajo en el muelle, visitó la casa de la nieta de la abuelita Mikuriya, Maho Ido, acompañado de Kinari.

Yasuo conoció a la abuelita Mikuriya, Kotoko Mikuriya, en una tienda de artículos para el hogar. Se hicieron amigos al dividir las últimas existencias de semillas de violeta de la tienda, que estaban de oferta, para compartirlas.

Como vivían cerca, Yasuo le pedía a la abuelita que le regase las plantas del jardín y que le ventilase la casa cuando se iba a trabajar de temporero o viajaba al extranjero. También podría pedírselo a Kinari, pero sabía que ella también estaba fuera de casa por trabajo a menudo y no quería complicarle la vida.

Esa buena relación vecinal continuó y, hacía poco, la señora Mikuriya había dicho:

—¿Por qué no pasas por casa de mi nieta algún día? Me ha dicho que le gustaría mucho conocerte.

Si esa nieta estuviese soltera, habría sido un gran placer conocerla, pero ya tenía un marido y una hija, así que no le veía el sentido.

Por si fuera poco, su esposo era bombero: un funcionario del Estado. Y también era un tipo responsable, con solo veintinueve años, que además tenía un físico envidiable: alto, musculoso y tan moreno que parecía casi negro.

Por otro lado, su pequeña de tres años era de una belleza tan despampanante, incluso en foto, que hasta llegó a pensar que le gustaría volver a verla quince años más tarde.

Pero no sabía cómo iba a encajar él en la casa de una familia tan perfecta como aquella.

Aun así, invitó a su novia Kinari sin querer, porque coincidió que estaban juntos cuando le llegó un mensaje por LINE de la abuelita y, al enseñárselo, dijo:

—A mí también me gustaría ir y conocer a la señora Kotoko.

Kinari se había graduado en la universidad y había trabajado en una gran agencia de viajes. Cinco años más tarde, había dejado el trabajo para convertirse en articulista, centrándose sobre todo en el periodismo de viajes. Incluso había escrito un libro titulado *Mejores resorts para mujeres que viajan solas*, aunque parecía que no había tenido mucho éxito.

De modo que accedió a visitar la casa de los Ido con ella, porque, teniendo un trabajo así y siendo una persona tan sociable, supuso que no sería demasiado incómodo. Pero el resultado fue mucho más allá de lo que esperaba.

Kinari y Maho Ido congeniaron tanto que se pusieron a charlar como si se conocieran de toda la vida: de trabajo, de viajes... Y el colmo fue cuando llegaron al tema de los sueldos y de los planes de pensiones.

—¿Así que queréis ir a Hawái? Pues yo conozco una villa de alquiler en la que podréis disfrutar en familia a vuestras anchas. Si queréis, os pasaré la información. Queda un poco lejos de Waikiki, pero hay un centro comercial cerca y, en compensación, tiene un precio bastante asequible.

—¡Eso suena muy bien! Pero nosotros no podríamos quedarnos más de tres noches seguramente. ¿Igual podríamos alquilarla?

—En verdad el período mínimo de alquiler es de una semana, pero conozco al propietario, así que podríamos llegar a un acuerdo. Dejadme a mí la negociación.

—Aparte, aquí llevamos algo mal el inglés...

—No pasa nada, tranquila. La mujer del propietario es descendiente de japoneses, de tercera generación, por lo que chapurrea algo de japonés. Y yo podría reservarla en vuestro nombre, si queréis.

—Madre mía, ¡qué bien nos lo arreglas! Se agradece mucho.

Parecía que ambas se estaban dando cuenta rápidamente de que se entendían a la perfección.

—Y con un trabajo como el tuyo, Kinari, ¿qué tipo de beneficios sociales tienes?

Maho formuló esa pregunta después de que Kinari le preguntase por cómo era la vida de un funcionario.

—Pues básicamente soy autónoma, por lo que no tengo seguro de desempleo y solo cotizo en el sistema público de pensiones, así que mi vida es algo inestable.

—Vaya, ya veo.

—Por eso, para la jubilación, también me he suscrito a un plan de pensiones privado de aportación definida...

—Ah, te refieres al iDeCo,[2] ¿verdad? Desde hace poco, los funcionarios también pueden suscribirse. Me picaba un poco la curiosidad.

—Pues te lo recomiendo cien por cien. Sobre todo porque no está sujeto a impuestos.

---

2. Plan de pensiones privado para particulares en el que el importe de las prestaciones futuras viene determinado por la suma de las aportaciones realizadas y los rendimientos de la inversión de dichas aportaciones. (*N. de las T.*)

—Ya veo.

—Y, para compensar que no tengo una indemnización por dimisión,[3] me he adherido a un régimen de ayuda mutua para pequeñas empresas. También está exento de impuestos y los intereses no están nada mal. Es como ir amasando por tu cuenta tu propia indemnización por dimisión.

—¡Qué interesante! No tenía ni idea de que eso existía.

—Por ahora estoy invirtiendo lo máximo que puedo en ambos fondos. Ser autónoma es inestable, así que no sé hasta cuándo podré continuar haciéndolo, pero me quiero esforzar todo lo que pueda mientras sea posible. Por eso, al menos tengo ilusión por mi jubilación.

—Haces muy bien. —La señora Kotoko, que había estado escuchando la conversación de las jóvenes con una sonrisa agradable, también metió baza—: Nunca es pronto para empezar a pensar en la vejez.

«¿De verdad? ¿Y no puede ser que, en el futuro, te arrepientas de no haber gastado ese dinero? Después de todo, nunca sabes hasta cuándo seguirás con vida. Y, en el momento de la muerte, ¿no pensarás que habrías preferido pulirte todos tus ahorros?».

Mientras su mente se llenaba de esos pensamientos, Yasuo seguía escuchando la conversación con expresión alegre, sin abrir la boca.

En cuanto a él, por cierto, no solo no se había suscrito a ningún plan de pensiones privado o a un régimen de ayuda

3. Aunque este tipo de prestación no existe en España, en Japón los empleados sí reciben un pago al dimitir voluntariamente de su puesto en una empresa. (*N. de las T.*)

mutua, sino que ni siquiera pagaba la pensión de jubilación pública. Y su tarjeta sanitaria también estaba caducada.

—Me alegra que Yasuo tenga a una chica tan sensata como tú a su lado.

La señora Kotoko los miraba con una gran sonrisa que se reflejaba también en sus ojos. Pero en realidad Yasuo acababa do onterarse de que Kinari pensaba tanto en su jubilación.

—Y tengo una consulta para ti, Maho, ya que solías trabajar como agente de valores: resulta que en el iDeCo puedes elegir cómo quieres que se invierta el dinero que cotizas. Yo tengo la mitad configurada como ahorros que se acumulan en una cuenta de fondos, pero también he invertido una cuarta parte en un fondo indexado que sigue el índice TOPIX y, además, me pareció que estaría bien invertir el otro cuarto restante en un fondo indexado basado en bolsa de valores del extranjero. ¿Cómo lo ves? Si crees que me conviene más un fondo de inversión distinto, puedo cambiarlo o, si te parece que debería invertir una proporción mayor de mis aportaciones, estaría dispuesta a hacerlo...

«¿"Indexado"? Pero ¿qué demonios es eso? La palabra viene de "índice", ¿no? ¿Como el índice de un libro? Pero no parece que se refieran a eso. Y eso de TOPIX suena como un puñetero maleficio».

—Para inversiones a largo plazo, lo mejor es elegir el fondo indexado por el que te cobren menos tasa de comisión. Sea como sea, elige el que te salga más barato y fíjate también en que tenga un tipo de interés compuesto.

—Vale, entonces voy bien, porque lo hice exactamente así.

—¡No esperaba menos de ti, Kinari!

Entonces, las dos exclamaron a la vez «¡Toma!» y chocaron los cinco como si fuesen jugadores de béisbol estadounidenses.

«Pero ¿de qué va todo esto? ¿Tan felices os hace un "interés compuesto", sea lo que sea eso?».

—En cuanto a la proporción, no sabría decirte seguro. Me parece que, a tu edad, no estaría mal que invirtieses un poco más, pero eso ya es algo que cada persona debe decidir bajo su propia cuenta y riesgo. No puedo decidirlo por ti. Aun así, hasta que puedas cobrar la pensión de jubilación, todavía te quedan más de treinta años, ¿verdad? Yo, en tu lugar, creo que sí invertiría más en el mercado de valores. Para ahorrar, a partir de los cincuenta años no sería demasiado tarde.

«"Bajo su propia cuenta y riesgo", dice... Esa expresión huele a peligro», pensó Yasuo.

Pero Kinari parecía mucho más animada que cuando mantenía conversaciones con él. De hecho, se conocían desde hacía ya tanto tiempo que últimamente incluso podían comer juntos sin dirigirse la palabra ni una sola vez.

Yasuo empezó a temer que, tal vez, esos palabros y expresiones que Kinari intercambiaba con Maho, y que a él le sonaban como un conjuro, en realidad eran de conocimiento popular. Y, aunque por fuera mantuvo una expresión calmosa, por dentro empezó a inquietarse, así que paseó la mirada a su alrededor con nerviosismo y se encontró con la de Taiyô, el marido de Maho.

El piso de los Ido contaba con una pequeña cocina y dos habitaciones. Habían traído una de las sillas que había en la habitación de al lado para poder sentarse los cinco a la mesa, que se encontraba a un lado de la estrecha cocina. Podía entender que quisiesen llevar una vida frugal para ahorrar, pero aquella mesa era tan pequeña que casi chocaba codo con codo contra Taiyô, que estaba a su lado.

—Yasuo, si te apetece fumar, puedes salir al balcón, ¿oh? —le lanzó Taiyô a modo de bote salvavidas junto con una sonrisa amable en el rostro.

—Vaya, no sabía que fumabas, Yasuo —se sorprendió Maho como si hubiese descubierto el origen del mal.

—Bueno, de vez en cuando...

—Pues sí. Delante de mí no fuma nunca, pero parece que sí lo hace cuando no puedo verlo, en los lugares donde va a trabajar.

Kinari torció el gesto como lo haría una esposa criticona.

Por eso, aunque no le apetecía mucho fumar, terminó saliendo al balcón con Taiyô.

—No sé cómo has adivinado que fumo. Y eso que, en el día a día, solo lo hago de higos a brevas.

—Como varios de mis compañeros de trabajo son fumadores, tengo una especie de sexto sentido para eso. Estoy acostumbrado al humo, así que no me molesta.

Yasuo se imaginó a Taiyô buscando diligentemente bares o restaurantes con mesas para fumadores y ofreciendo ceniceros a sus compañeros fumadores de más edad que él. Seguro que era el tipo de persona dócil y considerada que gustaba a todo el mundo.

—Cuando bebo, sí me entra el gusanillo del tabaco.

Habían tomado una cerveza de origen inusual que Kinari había traído como regalo, acompañada por la comida casera de Maho, que les había presentado *pizzas* hechas por ella. Había elaborado la masa de la base con una panificadora que había comprado con puntos. Le habían quedado bastante buenas.

—Yo pensaba que los bomberos no fumaban porque tenían que cuidar su físico para mantenerse en forma. Además, también está eso de que dormirte en la cama con el cigarrillo encendido es una causa típica de incendios y tal.

—Entre los funcionarios es bastante normal, porque son de la vieja escuela. Por cierto, disculpa a mi mujer. Se ve que se ha emocionado y no ha parado de hablar en todo el rato.

Aunque se estaba disculpando como si Maho hubiera hecho algo mal, a Yasuo le pareció que su voz estaba teñida de afecto.

—No, qué va, no pasa nada. Encima de que ha tenido el detalle de invitarnos... Y también hemos podido aprender un montón de cosas gracias a todas sus respuestas. Además, Kinari parece que se lo está pasando mejor que cuando está conmigo.

—Maho pasa mucho tiempo a solas con la niña en el día a día. Por eso, parece que está muy contenta de poder hablar con adultos. Y más todavía con alguien como Kinari, con quien tiene tanto en común.

—No me extraña. Criar a un hijo tiene que ser muy duro —murmuró como si fuese un problema que le quedaba muy lejos.

Yasuo no entendía por qué la gente quería tener hijos. No era que odiase a los niños. De hecho, había tenido a Saho sobre el regazo todo el rato hasta que la habían acostado a dormir la siesta. Saho se había acercado a él con naturalidad y le había dicho: «Aúpa», por lo que los demás lo habían pinchado un poco, diciendo: «Eso es que sabe que to gustan los niños».

Lo cierto era que, incluso cuando viajaba al extranjero, los niños y los animales de por ahí le cogían cariño. Pero eso no significaba que él quisiese tener sus propios niños.

Por supuesto, no era que repudiase ni que criticase a las personas que tenían descendencia, pero los críos requerían tiempo y dinero. Y, aunque se invirtiese todo ese esfuerzo en criarlos, igualmente podía ser que no saliesen como uno quería. Tal vez, en el futuro, no solo no te cuidarían cuando fueses viejo, sino que te matarían a golpes con un bate de metal.

En comparación con el coste, la recompensa era bien escasa. La relación coste-beneficio era muy pobre. La rentabilidad era horrible. La pregunta era por qué alguien como Maho, que estaba tan puesta en finanzas, se habría autoimpuesto el gasto que tenía la peor relación coste-beneficio del mundo, que eran los niños.

Se podría decir que Yasuo había estado soltero hasta entonces a causa de su forma de pensar.

Él mismo se consideraba una persona fría. Sin embargo, por alguna razón, la impresión que causaba en la gente de su alrededor solía ser exactamente lo opuesto a eso.

—Pero a mí me sonaba a arameo todo eso que decían.

—Yo tampoco lo entiendo mucho, la verdad.

—Ah, ¿tú tampoco?

—Maho se encarga del tema del dinero, de las inversiones y todo eso.

De nuevo, una sonrisa de dientes blancos le iluminó el rostro.

Yasuo admiró sinceramente la mentalidad de Taiyô.

Él confiaba todo su salario a su mujer y todavía podía vivir sin quejas ni preocupaciones. Tal vez, solo las personas como él eran capaces de tener familia e hijos. Era una habilidad especial.

—A mí me va bien así. Prefiero a una mujer fuerte y responsable que sea capaz de cuidar nuestro hogar. En casa de mis padres, la cosa funcionaba del mismo modo.

«Pues sí, también se puede ver de ese modo», aceptó Yasuo internamente. Él tampoco tenía nada en contra de las mujeres de carácter fuerte. Solo que, hasta entonces, no había usado esa capacidad para la vida marital, sino para que las mujeres con las que salía soportasen la soledad cuando él viajaba sin rumbo por países extranjeros o por regiones rurales. Podía ser que, inesperadamente, también le funcionase para el matrimonio.

Sin embargo, todavía no podía planteárselo.

—Tengo tanto que aprender de ti, Taiyô —reconoció, mostrándole su admiración sincera.

En los tiempos que corrían, ya casi nunca tenía la oportunidad de charlar con alguien que, después de buscar un trabajo estable y de casarse, encima se sintiese satisfecho con su vida.

—Qué va, ¡para nada! No hay nada que yo pueda enseñar a alguien como tú, Yasuo —replicó con humildad, mientras agitaba la mano delante de su rostro, en un gesto que reforzaba sus palabras.

—Me extraña que no hayas salido en un póster de esos de bomberos, Taiyô. Con lo guapo que eres...

—Ya lo hice una vez. En mi tercer año de servicio, posé para el póster de reclutamiento de recién graduados. Me tuvo ocupado toda la jornada en un día que tenía libre y la paga no llegó ni a los diez mil yenes. Para colmo, luego tuve que aguantar burlas y mofas de todo el mundo. ¡Fue horrible!

Ese hombre no se regodeaba en nada de nada. Sin duda, debía de ser el mejor padre del mundo.

En el camino de vuelta a casa, Kinari estaba de muy buen humor.

—Maho y Taiyô son una pareja genial. Aunque es verdad que al principio no estaba segura de cómo saldría la cosa, porque no solemos relacionarnos con gente como ellos. Es muy raro dar con una mujer responsable y que sepa de finanzas como Maho. Tal vez algún día pueda entrevistarla para un artículo...

»Sería cuestión de enviar la propuesta a alguna revista —continuó, hablando para sí misma.

—Seguro que Maho opina lo mismo de ti.

—¿De verdad? Eso me alegraría mucho.

No es que Yasuo tuviese intención de hablar mal de ellos

ni nada, pero, aun así, al ver a Kinari tan encantada de haberlos conocido, sin sacar a relucir ni un aspecto negativo, no pudo evitar pensar: «¿Dónde está la Kinari de siempre?». De normal, su novia era del tipo que tendía a juzgar a las personas con dureza y, a veces, hasta las analizaba con frases llenas de ironía. Eso era algo que a Yasuo le gustaba de ella.

Entonces, sin venir a cuento, dejó caer aquella bomba:

—¿Qué te parecería... si nosotros también tuviéramos un bebé?

En ese momento, Yasuo no fue capaz de contestar nada coherente.

Yasuo Komori, que ese año cumpliría los cuarenta, había recibido ese tipo de proposiciones más de una vez en su vida.

Si incluía las veces que se lo habían insinuado durante su época de estudiante o que se lo habían dicho en la cama, en el calor del momento, no podría ni contarlas con los dedos de las manos.

¿Por qué las mujeres se empeñaban en tener hijos con él?

Y eso que no había hombre menos apto que él para construir una familia.

Como no respondía, Kinari le explicó las razones por las que creía que él sería un buen candidato para ser el padre de sus hijos.

Según ella, porque tenía unos estudios bastante buenos, un físico bastante atractivo, un carácter bastante amable.

A Yasuo se le ocurrió que, seguramente, ella hacía tiempo que pensaba en todo eso. Y ese día, al contagiarse de las vibraciones que desprendía el hogar de los Ido, finalmente lo había soltado sin reflexionar.

La comprendía tanto que le dolía en el alma y no veía cómo podría negarse.

Aun así, en la práctica, había un problema: ¿qué podría hacer un hombre sin trabajo fijo y sin visión de futuro, cuyo único interés u objetivo vital era vivir sin rumbo?

—Yo no estoy pagando ningún plan de pensiones y mi seguro de salud ha caducado.

No estaba seguro de que aquello respondiese a la pregunta de Kinari, pero, de momento, fue lo único que se le ocurrió.

—Ya lo sé.

Así que, tal como pensaba, sí estaba al tanto.

—Y no hace falta ni decirlo, pero tampoco tengo ahorros.

—Ya lo sé.

—Además, no sé hasta cuándo podré seguir viviendo en casa de mi abuela.

Si había aguantado hasta entonces, era únicamente porque no tenía que pagar un alquiler. Pero la casa en la que vivía estaba a nombre de unos familiares; él solo se encargaba de mantenerla en buen estado. Si algún día decidiesen echarlo de ahí, no tendría derecho a reclamar nada.

—No contaba con nada de eso —dijo Kinari, pero su voz no sonaba decepcionada.

—¿Tú crees que deberíamos, tal como estamos?

Yasuo pronunció aquellas palabras con pesimismo, pero Kinari respondió a voces:

—¡Pues claro! Yo gano suficiente dinero y, en cuanto a la casa, podrías mudarte conmigo y ya está. Como puedo deducir el coste del alquiler de la declaración de impuestos, incluso podríamos vivir en un piso más grande.

—No, pero no se trata de eso...

—A ver, lo que me estás diciendo es que, si aclaramos todo eso, podríamos hacerlo, ¿verdad?

—¿Qué?

—Que, si resolvemos esos problemillas que has mencionado, tendríamos luz verde para empezar una familia, ¿no? En cuanto a la pensión de jubilación, puedes comenzar a pagarla a partir de ahora y listo. Los dos años anteriores a este, todavía se pueden pagar. Y, si fueras mi marido, podrías incorporarte a mi seguro de salud. Solo tenemos que casarnos.

Yasuo se quedó atascado en un «Humm» y ya no supo qué más decir.

Cuando estuvo solo en su casa, entró en Facebook y se puso a examinar con detenimiento los perfiles de los casi diez mil amigos que tenía. Uno de ellos había colgado un *post* sobre un trabajo a tiempo parcial en la pesca de la paparda, así que lo contactó por privado, diciendo: «¿Crees que todavía les interesaría contratar a una persona más?».

Le respondió al momento y Yasuo pudo fugarse de Tokio. Desde entonces, no había vuelto a ver a Kinari.

Yasuo se graduó en la universidad en la década de los 2000: la peor época para encontrar trabajo. Entonces, la ratio de candidatos por vacante rozaba la cifra de $1,0^4$ y la misma ratio para los candidatos recién graduados había bajado hasta 0,9.

Durante su época universitaria, Yasuo también había llevado una vida despreocupada, igual que en el presente, pero pensaba que eso se terminaría cuando se graduase. Tampoco es que él hubiera sido siempre así desde que era un estudiante.

Por mucho que hubiera oído mil veces que la economía estaba por los suelos, una parte de él le quitaba hierro al asunto. Se decía que, por fuerza, tenía que haber al menos un par de empresas a las que incorporarse.

Al recordar aquello en la actualidad, se daba cuenta de que tal vez se le había subido a la cabeza el hecho de haber entrado en una universidad bastante buena.

Sin embargo, como trabajaba a tiempo parcial y viajaba constantemente, sacaba unas notas horribles.

Cuando llegó el momento de buscar empleo, asistió a un montón de entrevistas con editoriales sin prepararse demasiado y todas lo rechazaron.

Al final, cuando ya estaba desesperado y probaba suerte en cualquier parte, lo contrataron para un trabajo de ventas en una agencia inmobiliaria, justo a punto de graduarse.

Lo asignaron a la sucursal que la empresa tenía en una de las estaciones de una línea de ferrocarril privado y, en el

4. Indicador económico que muestra cuántos puestos de trabajo se encuentran disponibles por cada demandante de empleo: si la ratio es superior a 1, significa que hay más de una oferta de trabajo disponible por demandante, mientras que, si es inferior a 1, la oferta de empleo es menor a la demanda. (*N. de las T.*)

primer día de trabajo, un compañero lo reprendió a gritos porque no había servido bien el té. Luego, sin instrucción alguna, lo vistieron de hombre anuncio con un cartel publicitario de la agencia inmobiliaria Penguin House colgado de los hombros y lo plantaron delante de la estación, así que decidió dejar el trabajo.

Ni siquiera se molestó en despedirse. Dejó el cartel de hombre anuncio apoyado contra una de las barandillas de la estación y se fue andando a casa. Mandó su carta de dimisión por correo postal y se cambió el número de teléfono.

Más adelante, aquella empresa se ganó a pulso la mala reputación de explotar a sus trabajadores cuando salió en las noticias el caso de uno de sus nuevos empleados que había llegado a suicidarse, de modo que Yasuo nunca se arrepintió de su decisión.

Sin embargo, en algún rincón de la mente, se había quedado con la conclusión de que aquello podría haberle ocurrido en cualquier parte.

Al nacer Yasuo, su padre eligió ese nombre para él, su segundo hijo, porque los dos caracteres chinos que lo formaban significaban respectivamente «tranquilidad» y «vida», y eso era precisamente lo que su padre deseaba para él: «No hace falta que te conviertas en alguien importante —decía—, solo quiero que tengas una vida tranquila y plácida».

Pero a Yasuo le daba la sensación de que le había salido el tiro por la culata con aquel deseo, ya que el carácter de «tranquilidad» también podía significar «barato».

En alguno de sus trabajos a tiempo parcial, sus compañeros lo apodaron «Yasuo, el mendigo»,[5] y una de las novias que rompió con él porque no les pedía matrimonio, se burló también: «¡Mira que eres tacaño! Claro, como te llamas Yasuo, solo sabes llevar una vida barata». Esa mujer se había casado con el hijo de una familia de alta alcurnia que poseía una empresa de informática y ahora vivía en Roppongi Hills y tenía dos hijos. Todavía hoy, a modo de pulla, le enviaba una postal de Año Nuevo a Yasuo todos los años.

Pero Yasuo, a pesar de todo, no pensaba que llevar una vida de mendigo estuviese tan mal.

Con los trabajos estacionales solía ganar unos doscientos cincuenta mil yenes al mes y, en el mejor de los casos, rozaba los trescientos mil. Pero, según el trabajo, podía haber una residencia para los empleados o podía ser que tuvieran acceso a comidas gratis, por lo que los gastos de la vida diaria se reducían a casi nada. En dos o tres meses, le llegaba el pago correspondiente a todo el tiempo que hubiese trabajado y, entonces, decidía si irse de viaje o volver a su casa de Jûjô, según lo que más le apeteciese.

Si volvía a casa, normalmente cocinaba. En ese caso, el arroz sí tenía que comprarlo (a no ser que hubiera trabajado en una empresa de cultivo de arroz, en cuyo caso, a veces, se lo regalaban), pero solía conseguir bolsas de corteza de pan por solo treinta yenes en la panadería, cultivaba sus propias verduras en el jardín de la casa y compraba el pes-

5. El apodo surge de su apellido, Komori, ya que la palabra komo significa «mendigo» en japonés. (N. de las T.)

cado en grandes cantidades cuando estaba de oferta y luego lo secaba para almacenarlo. Cuando tomaba prestado algún libro de la biblioteca, su mundo se convertía en una versión simplificada de un retiro intelectual en el campo. O quizá podría llamarse una vida ociosa de clase alta. Bueno, aunque tampoco es que fuese de clase alta.

Una vez le dijo a la señora Kotoko que, con un millón de yenes al año, podía ir tirando, y era verdad. En realidad, podía salir adelante incluso con menos. Precisamente por eso, nada más conseguía algo de dinero, dejaba de trabajar.

Se consideraba un fracasado en la vida, pero se sentía conforme con ello, por lo que, seguramente, nunca conseguiría volver a la normalidad.

—¿Ya has vuelto a irte de Tokio?

Al día siguiente, la señora Kotoko lo llamó por teléfono, cosa que era muy inusual. Fue por la noche, durante el rato de descanso después de terminar el trabajo y darse un baño en los dormitorios.

—Te parecerá bonito... —le dijo en tono reprobador.

«Joder...», pensó Yasuo, con la sensación de que ella había visto lo que había ocurrido la noche anterior, así que respondió en un acto reflejo:

—Perdón.

Nada más decirlo, cayó en la cuenta de que no había forma de que la señora Kotoko supiera nada de eso y terminó ladeando la cabeza con desconcierto, mientras se preguntaba por qué se estaba disculpando.

Para empezar, ¿cómo era que la señora Kotoko sabía que se había ido de Tokio? ¿No sería que ahora se comunicaba con Kinari en privado?

Durante la visita a la casa de los Ido, Kinari había hecho muy buenas migas tanto con Maho como con la señora Ko toko. A ver si se había chivado de lo que había pasado entre ollos, diciendo algo como, «Le propuse matrimonio a Yasuo y él va y se ha ido de Tokio, sin darme una respuesta ni avisarme siquiera».

Esa perspectiva lo irritó aún más. Nunca había sabido cómo lidiar con ese tipo de complicidad entre mujeres.

Era la típica situación de aula de instituto en la que alguna chica diría: «Profesor, ¡Yasuo ha hecho llorar a Kinari!», y este lo regañaría, espetando: «¡Muy mal, Yasuo!».

«¿Todavía estamos en el colegio o qué?», pensó. A Maho le venía que ni pintado el papel de delegada de clase, y a la señora Kotoko, el de profesora.

Y eso que, hasta entonces, la abuelita siempre le había parecido una persona avispada y de buen corazón. Aquello le resultaba un tanto decepcionante.

—Deberías avisarme si te vas porque, si no, ¿quién regará las plantas de tu jardín?

El reproche tomó una dirección inesperada, por lo que Yasuo se quedó un momento a cuadros. Entonces, se dio cuenta de que se había hecho una idea equivocada y que había dirigido su ira hacia la abuelita sin ningún fundamento.

—Lo siento.

Pensándolo bien, la abuelita Kotoko no era el tipo de persona que metía las narices en la vida de los demás sin que nadie se lo pidiese. Otra cosa sería si le hubiesen solicitado consejo explícitamente.

—Aunque sea otoño, todavía hace calor, ¿eh? Y, como se acerca la época de la siembra, he pasado por tu casa para regalarte algunas semillas de col china, guisante mollar y demás, pero no había nadie y las flores del jardín estaban todas mustias. He sentido tanta pena que casi me da algo. He ido corriendo a regarlas.

—Se lo agradezco.

—Las flores carecen de piernas. Aunque lo pasen mal, aunque sufran, no tienen otra que seguir en el mismo sitio. Somos las personas quienes las plantamos donde queremos, a nuestro antojo. Así que hazte responsable como es debido.

Esa mujer podía pillar una rabieta por el tema de las flores y de las hortalizas, lo que resultaba bastante adorable.

Cuando las cosas se habían puesto tensas entre Kinari y él, había huido de Tokio y de su casa impulsivamente. De modo que, sinceramente, no se había acordado de las flores ni una sola vez.

Desde siempre había tenido la costumbre de huir en cuanto se sentía un poco incómodo con algo. Alguien así no era apto para tener hijos. Si ni siquiera cuidaba bien de sus plantas...

—Y, luego, he llamado a Kinari para preguntarle si te habías ido a algún sitio y me ha dicho que ella no tenía ni idea.

Al final resultó que sí lo sabía.

—¿Ha pasado algo entre vosotros?

Al notar aquella intromisión en su vida privada, Yasuo

quiso rebelarse, pero su tono de voz fue sorprendentemente amable y sensiblero cuando dijo:

—¿Kinari no se lo ha contado?

—No, no. Tú ya sabes que ella no es el tipo de persona que dejaría en evidencia a los demás. Y yo tampoco iría por ahí preguntando a propósito. La vida de la gente joven no es cosa mía. Pero, como me pareció raro que te fueras sin despedirte...

Ciertamente, desde que se conocieron, era la primera vez que ocurría algo así.

—Es que, bueno... Kinari y yo tuvimos una charla...

Se reservó los detalles para proteger la privacidad de Kinari.

—Ya veo...

—Sí...

—¿Por qué no vuelves, aunque sea una vez?

—Pero justo acabo de empezar este trabajo y prácticamente me hicieron un favor al dármelo. Por ahora, no puedo...

—¿No tienes días de vacaciones?

—Bueno, eso sí.

—Con un día sería suficiente, ¿no te parece? Tienes que decidir dónde quieres plantar la col china, la mostaza de hoja y el guisante mollar. También he podido hacerme con semillas de una planta que se llama «mostaza de la India». Me han dicho que es un poco picante pero que está muy rica. Te daré también de esas.

Eso era muy amable por su parte. Sin embargo...

—De paso, podrías arreglar las cosas con Kinari.

—Uf, no sé yo...

—Si no plantas las semillas ahora, en invierno no tendrás ingredientes para el estofado y te arrepentirás. ¿No es este año la primera vez que vas a plantar col china?

A Yasuo casi le da un ataque de risa al ver que la mujer seguía dale que te pego con el tema de las verduras, pero, aun así, se sorprendió a sí mismo pensando: «Vaya, qué bien me cae esta mujer».

La ilusión de su vida era plantar las semillas de col china en otoño, cultivarlas con esmero durante unos dos meses y, finalmente, en invierno, usarlas para preparar un buen estofado.

Su difunta abuela también era de ese estilo. Pero, a veces, cuando menos te lo esperabas, la cháchara despreocupada de las personas mayores te llegaba al corazón.

Tal vez, si volviese a casa para plantar las semillas de col china y hablar las cosas con Kinari, podría convertirse en una mejor persona.

—¿No podrías volver?

—Si es solo un día... Preguntaré si puedo cogerme un día libre.

También era verdad que tenía ganas de volver a casa.

Y la razón no era únicamente la capacidad de persuasión de la señora Kotoko, sino también el error que Yasuo había cometido la noche anterior.

—Las coles chinas se hacen más grandes de lo que te puedas imaginar, así que deja un buen espacio entre una y otra.

—Pero incluso las más grandes no pasan de unos treinta centímetros de diámetro, ¿verdad?

—Eso es cuando las venden. Al principio, las coles abren las hojas como si fueran los pétalos de una flor y, a mitad de su desarrollo, es cuando empiezan a cerrarse sobre la yema principal y se forman las cabezas de col. Por eso es preciso dejar más de cuarenta centímetros entre cada planta de la fila.

Aunque la señora Kotoko le había enviado mensajes de LINE una y otra vez para urgirle a plantar las semillas cuanto antes, ya que las coles chinas requerían una temperatura bastante alta para germinar, cuando Yasuo llegó, ella ya tenía las plantas que habían crecido de las semillas listas para replantar.

El huerto de Yasuo solo ocupaba un rincón del jardín, por lo que no mediría mucho más de un metro y medio cuadrado. Plantaron las coles chinas al fondo y, justo delante, las semillas de mostaza de hoja y de mostaza de la India. Aparte, en el margen de unos cincuenta centímetros que quedaba entre la valla y la cara oeste de la casa, habían puesto unos tutores para sostener las plantas de guisante verde, guisante mollar y guisante dulce.

Ese espacio había estado desaprovechado hasta que conoció a la señora Kotoko. Ella fue quien le había recomendado que lo usase para cultivar plantas trepadoras, así como la del pepinillo y la del melón amargo en verano, o las diferentes variedades de guisantes en invierno. Aunque solo les daba el sol del atardecer, allí crecían bien.

—El guisante verde recién cosechado es muy dulce. ¡Ya verás! Si lo usas para preparar arroz con guisantes, ¡ya no podrás comer nunca más el que venden en las tiendas de lo bueno que está!

—Pero, aunque cultive todo esto, me parece que no podré comérmelo todo... Ni siquiera sé si voy a estar en casa para entonces. —La señora Kotoko se quedó en silencio, sin responder. En su rostro de perfil se adivinaba una pizca de nerviosismo—. Lo siento.

Yasuo sabía por experiencia que, cuando las mejillas de una mujer se tensaban de ese modo, era mejor pedir perdón, aunque no se supiera el porqué.

—No pasa nada. Ya me comeré yo lo que te sobre. O lo repartiré por el vecindario.

Al sonreír, un hoyuelo muy pronunciado apareció en la mejilla derecha de la señora Kotoko. Seguro que, cincuenta años atrás, los hombres perdían la cabeza por ese hoyuelo.

Incluso en el presente, Yasuo sentía que ese rasgo ejercía un gran poder sobre él y que no podía negarle nada a su dueña. Igual que los hombres de hacía cincuenta años, aunque por razones distintas.

—¿Has llamado a Kinari?

—No.

—Me lo imaginaba.

—Pensaba que usted no se entrometía en la vida de la gente joven.

—No lo hago, pero es que me parece una lástima, eso es todo.

Entonces, se oyó el traqueteo de una puerta corredera desde la entrada de la casa y luego sonó una voz que decía: «¡Hola!». Era Kinari.

—Vaya, y eso que no quiere entrometerse, ¿eh? —Yasuo la fulminó con la mirada.

—Ay, solo es que surgió el tema mientras charlaba con Kinari y se lo conté —contestó ella tranquilamente—. ¡Kinari, estamos aquí! ¡En el jardín!

Kinari atravesó la casa y se asomó al porche que daba al jardín.

—He traído tarta. ¿Pongo a hervir agua para el té?

Kinari les sonrió a ambos como si no hubiera pasado nada.

—Sí, por favor. Yo solo tomaré un té, que tengo que irme pronto.

Yasuo observó como la silueta de Kinari se adentraba de nuevo en la cocina y luego volvió a lanzar una mirada asesina hacia la señora Kotoko.

—Después de todos sus tejemanejes, ¿se marcha ahora?

—Es que de verdad tengo que ir al hospital.

Con esa respuesta, no podía enfadarse con ella.

—¿Y eso? ¿Tiene algún problema de salud, señora Kotoko?

—No, no soy yo, sino mi nuera. La han ingresado, así que voy a ir a verla con mis nietas. Toda la familia se reúne por fin después de tanto tiempo y justamente tiene que ser en un hospital —explicó la señora Kotoko, con semblante afligido.


Una vez que la abuelita se hubo marchado, Yasuo se quedó cara a cara con Kinari en la mesa de la cocina, tomando el té.

—¿De verdad tendrás que dejar esta casa? —preguntó Kinari paseando la mirada por la habitación, como si se hubiera olvidado por completo de la conversación que tuvieron la última vez que se vieron.

—Bueno, sí, algún día. No es de mi propiedad.

—Pero, hace tiempo, ¿no me dijiste que tu abuela dejó por escrito que quería que te quedases con la casa?

Como Yasuo visitó a su abuela en aquella casa hasta el final, ella tuvo el detalle de escribir como última voluntad que quería que él heredase su casa.

Sin embargo, la pura verdad era que solo lo dejaban quedarse ahí entre sus desplazamientos de temporero y sus viajes porque, para un fracasado como él, que vivía de trabajillos de poca monta, era demasiado duro tener que volver a la casa de sus padres. Y no era como si él hubiese cuidado de su abuela ni nada. De hecho, era muy consciente de que ahora mismo más bien sucedía al revés: los demás cuidaban de él.

—Esa voluntad no tenía carácter legal y, aunque lo hubiese tenido, mis familiares también tendrían derecho a recibir una mínima parte de la herencia, así que tendría que compartirla con ellos de todos modos.

Eso último lo supo a través de un compañero de uno de sus trabajos parciales, que estaba estudiando para ejercer la abogacía.

Antes que meterse en un berenjenal como aquel, prefería renunciar a la casa por completo.

Afortunadamente, sus familiares le permitían vivir allí por el momento.

—Si tuviera suficiente dinero para comprarla, lo haría. Pero parece que la única opción es venderla y repartir lo que se saque por ella.

Cuando llegase ese día, seguramente empezarían las disputas, por lo que daba la sensación de que todos sus familiares habían decidido reservar fuerzas y dejarlo correr por el momento.

Algo similar a lo que ocurría entre Kinari y él.

Pasaban el rato hablando de tonterías y, con ello, lo único que conseguían era retrasar lo inevitable.

—Entonces, ¿qué piensas hacer de ahora en adelante?

Aunque, quizá, Kinari no tenía intención de retrasarlo tanto como Yasuo pensaba.

—No estoy seguro...

—Puedes venirte a vivir conmigo, dejando de lado lo que hablamos el otro día. Yo no quiero cortar la relación contigo.

—Te lo agradezco, pero no estoy seguro de que eso sea lo mejor.

—Sí que lo es. Lo único que te pido es que no te vayas sin decir nada. Ya no volveré a pedirte nada más, así que no desaparezcas.

En ese punto, podría haberle dicho «Vale» y seguir adelante con su vida como si no hubiera pasado nada. Pero Yasuo no se veía capaz de hacer algo tan mezquino.

—He pensado mucho en ello, pero no consigo hacerme a la idea de tener hijos.

Al menos, quería dejar eso claro.

—¿Por qué?

—No creo que yo tenga lo que hace falta para ser padre.

No es solo la capacidad económica, que también, sino las cualidades básicas como persona, creo. La paciencia, la perseverancia, el sentido de la responsabilidad... Me falta todo eso. Y tampoco tengo el coraje suficiente.

—Entiendo...

—Por eso, si algún día conoces a un hombre que pueda darte lo que deseas, puedes irte con él.

—¿Es eso lo que quieres? —Kinari rio tristemente.

—No me quedará otra que aceptarlo.

—Eso es muy injusto.

«Puede que sí», pensó.

—Pero, a cambio, dejaré mi nuevo trabajo a tiempo parcial. Volveré a casa.

—Ah, ¿sí? ¿No te importa?

—Pienso estar por aquí un tiempo. No me he portado bien contigo, así que quiero arreglar las cosas entre nosotros. Además, también tengo que cuidar de mis coles chinas.

Kinari volvió a reír, todavía con más tristeza.

—No hay derecho... Eres un mal bicho, de verdad. —Kinari alzó la mirada hacia él con algo de ira.

—Al final he hecho que no puedas enfadarte.

Igual que todas las peleas con Kinari, aquella también se quedó en agua de borrajas.


Sin embargo, la vida dio un giro inesperado.

—¿Me das un poco de agua? —La voz que pronunció aquellas palabras lo sacó del sueño.

Por un instante, Yasuo se sintió desubicado.

—Komori, ¿me oyes?

Abrió un ojo. La radiante luz otoñal invadió su retina. Abrió también el otro ojo y por fin pudo enfocar la vista.

—Ah, eres tú... —Le salió una voz atontada.

Por la mañana había estado cuidando de su huerto y luego se había echado en el porche a leer, hasta que se había quedado dormido.

—Sí, soy yo.

La persona que había frente a él era Rena. La Rena cuyo nombre sabía pronunciar pero que no tenía ni idea cómo se escribía con caracteres.

Y llevaba un gato en brazos. Se trataba de la gata tricolor de sus vecinos, que habían dejado a cargo de Yasuo mientras ellos estaban de viaje por el extranjero. Se llamaba Kodama. Aunque sus vecinos se habían negado a regar su jardín cuando Yasuo se lo había pedido, cuando ellos se fueron de viaje le endosaron su gata. Eso le pareció muy injusto. Pero no pudo negarse porque Kodama era muy mona. Y cuidarla tampoco requería un gran esfuerzo, así que no le importó.

—¿Qué haces tú aquí?

Kodama, que era una gata bastante arisca, se revolvía entre los brazos de Rena. Aun así, la chica la tenía bien sujeta y no parecía que tuviese intención de soltarla. Al ver los tensos dedos de Rena, que la gata mordisqueaba, Yasuo tuvo una sensación desagradable.

—Antes de hablar, ¿podrías darme un vaso de agua, por favor?

—¿Puedes soltar a la gata?

—¿Qué?

—Que la sueltes. No le gusta que la cojan.

Tan pronto como aflojó el agarre, Kodama se escapó de un salto.

Entonces, Yasuo se levantó lentamente y se dirigió a la cocina, rascándose el costado.

Sacó una botella de agua mineral de la nevera y la sirvió en un vaso. Mientras contemplaba el flujo del líquido, se le fue despejando la cabeza poco a poco y, a la vez, la sensación de desasosiego que tenía fue cobrando fuerza.

«Mierda».

No sabía de qué iba el asunto, pero aquello le olía muy mal.

Para empezar, no le había dado ni su número de teléfono ni ninguna dirección de contacto, así que ¿cómo había llegado hasta ahí?

A pesar de todo, Yasuo compuso una máscara de tranquilidad y le llevó el vaso de agua a Rena.

Ella lo cogió sin darle las gracias y se tomó el agua allí mismo, sentada en el porche. Cuando su cuello se dobló hacia atrás, se hizo evidente la palidez de su piel.

—Bueno, ¿qué pasa? —preguntó Yasuo nada más terminar de beber Rena.

—¿Qué pasa de qué?

Su apariencia calmosa era casi irritante.

—¿De dónde has sacado esta dirección?

—Me la dijeron en la oficina. Me dejaron ver tu currículum.

—Me sorprende que enseñen ese tipo de información tan a la ligera.

Y eso que, hoy en día, las políticas de gestión de datos personales solían ser muy estrictas. Bueno, la explicación podía ser algo tan simple como que muchos de los hombres de la oficina sentían debilidad por Rena.

—Cuando les dije que estoy embarazada de ti, no se pudieron negar.

Sin querer, Yasuo estalló en una carcajada. La broma no había estado mal.

—Cuidado, que los hombres del trabajo te cogerán manía.

Aun así, ¿por qué razón había ido Rena hasta allí? De repente, se dio cuenta: ella no se estaba riendo.

—Es broma, ¿no?

—¿Y si te dijera que no lo es?

—¿En serio?

—En serio.

Se le cortó la respiración.

—Yo, un hijo...

«No lo quiero», quiso decir, pero se tragó las palabras.

—Bueno, pues... Hablemos.

—Sí. —Rena recogió la bolsa de viaje que había dejado cerca de sus pies y se levantó del porche con un golpeteo—. Para eso he venido.

Los zapatos que recogió del suelo eran unas bailarinas. Y llevaba unos calcetines tobilleros.

«¿Calza zapatos planos por el embarazo? ¿Y los calcetines son para evitar resfriarse ahora que está en estado?», pensó Yasuo con una extraña calma.

—Solo lo hicimos una vez, ¿no?

La pregunta se le escapó sin querer, pero no pudo distinguir si la respuesta fue una afirmación u otra cosa, porque la voz de Rena sonó ya en algún punto muy adentro de la casa.

Había algo que Yasuo debía hacer, antes que nada. Estaba esperando en una cafetería de la calle comercial de Jûjô cuando llegó Kinari.

—¿Qué pasa, Yasuo? Si vamos a vernos esta noche.

Habían planeado cenar estofado en casa de Yasuo. Iban a usar los brotes de mostaza de hoja que él había cosechado para el caldo, así como los brotes de mostaza de la India para la ensalada. También habían acordado que Kinari llevaría la carne de cerdo.

—Justamente vengo de la carnicería Sakaiya. ¿Y sabes lo que he comprado? Lomo de cerdo de Berkshire criado en la región de Kagoshima. He derrochado un poco, ¡pero se supone que la grasa de esta carne es superdulce!

Levantó el envoltorio de la carne para enseñárselo, radiante de alegría.

—La verdad es que...

No sabía cómo continuar. Una saliva de sabor acre le llenó la boca.

—¿Qué te pasa? —Parecía que Kinari por fin se había fijado en que la expresión de Yasuo no auguraba nada bueno—. Estás un poco pálido, ¿no?

—Quiero que sepas desde ya que solo lo hicimos una vez.

—¿Qué?

—Por lo menos quiero que tengas eso claro, antes de empezar a hablar.

—¿Qué es lo que hiciste una vez?

—Pues eso, ya sabes... En resumen...

Sí, «eso».

Eso que Yasuo hizo entonces, realmente había sido la única vez en aquel trabajo, justo al inicio, y fue prácticamente un accidente, o quizá la inercia de los acontecimientos. Después, aunque Rena se le insinuase, la esquivaba con destreza.

Y, siendo totalmente sincero consigo mismo, el motivo que lo había impulsado a volver a casa era, por supuesto, en gran parte Kinari, pero también el hecho de que estar cerca de Rena se le hacía cuesta arriba.

—Hay una chica en mi casa, ahora.

—¿Una chica?

El rostro de Kinari se endureció en un abrir y cerrar de ojos.

—Es una chica que conocí en el curro de la paparda.

—¿El de este año? ¿En tan poco tiempo pasó algo?

Parecía que Kinari empezaba a adivinar por dónde iban los tiros. Su expresión iba cambiando de la preocupación al enfado.

—¿Quieres decir que lo hiciste una vez con esa chica?

—Sí.

—Idiota.

Kinari alargó la mano y le dio una bofetada.

—Lo siento.

Si solo fuera eso, todavía se podría arreglar. Si solo fuera eso. Aunque seguía estando mal.

—Entonces, ¿ahora esa chica se ha presentado en tu casa?

—Pues... sí.

—Gilipollas.

«¿Por qué le diste tu dirección?». «Seguro que le dijiste algo fácil de malinterpretar y por eso se ha plantado en tu casa». «Si eres tan inocentón, cualquiera te la puede jugar»... Yasuo esperó a que terminase la lluvia de reproches.

Todo eso no era para tanto, en comparación con lo que vendría luego. Solo estaban calentando motores.

—Por favor, cálmate y escucha.

Como la regañina se estaba alargando demasiado, Yasuo tuvo que cortarla.

—¿Qué quieres que escuche?

—No es solo eso.

Kinari se calló por fin y se quedó mirándolo con unos ojos llenos de rencor.

—La verdad es que... esa chica ha venido a decirme que se ha quedado embarazada.

—¿Quééé?

Yasuo sintió que nunca podría olvidar aquella mezcla de estupefacción, desconsuelo y tragedia que le transmitió la exclamación de Kinari, prácticamente un grito.

—Dice que está en estado. He hablado un poco con ella, pero dice que no quiere abortar. Por mi parte, me sabe fatal, pero no quiero ese niño y no siento nada por ella, así que tengo clarísimo que no saldría nada bueno de forzar un matrimonio entre nosotros. Por eso, le he pedido que lo pensemos un poco más y tomemos una decisión con la cabeza fría.

Kinari dejó de gritar. Tampoco lo riñó más. Simplemente enmudeció y empezó a llorar. Las lágrimas le brotaban de los ojos y se deslizaban por su rostro, pero ella seguía en silencio, sin emitir sonido alguno.

—Pero, por ahora, la chica... Se llama Rena... —Un nombre que, a aquellas alturas, todavía no sabía leer ni escribir con caracteres—. No quiere abortar: quiere tener el niño, casarse conmigo y que lo criemos juntos en esa casa.

Kinari apoyó el codo izquierdo sobre la mesa y se sostuvo la cabeza con la palma de la mano, cubriéndose un ojo. El temblor de sus hombros se intensificó. Aun así, continuaba sin salirle la voz.

—Pienso volver a hablar con ella. De todos modos prácticamente no sé nada sobre esa chica. Así que...

—Sabía que ocurriría algo así —pudo decir al fin Kinari, con voz ahogada.

—¿Qué?

—Siempre he temido que algún día pasase algo como esto.

—¿De verdad?

«Entonces, me lo podrías haber advertido», pensó Yasuo.

—Claro, porque tú siempre vas a lo tuyo y haces lo que te da la gana. —En todo el tiempo desde que se conocían, era la primera vez que Kinari le hablaba de aquel modo—. Yo ya no sé qué hacer contigo.

Dicho esto, sacó un pañuelo de su bolso y se lo pasó por la cara. Por un momento, pareció que las lágrimas habían cesado de brotar. Pero, cuando terminó de secarse el rostro, lo escondió entre las manos y arrancó a llorar de nuevo.

—Yo soy la que quería casarse contigo. Y tener hijos contigo. Ese siempre ha sido mi sueño.

A partir de ese momento, entrecortadamente, le empezó a lanzar preguntas sobre Rena: cuántos años tenía, cómo era su apariencia, a qué universidad había ido, dónde vivían sus padres y qué hacían... Y demás cosas del estilo. Yasuo se esforzó al máximo por responder, hasta donde él sabía. Pero no pudo ofrecerle más que unas pocas respuestas. Cada vez que él hablaba, Kinari le golpeaba la cabeza con la mano y derramaba unas cuantas lágrimas.

—¿Por qué ella? ¿Por qué no yo? —preguntó finalmente, y entonces sí que rompió en sollozos. Daba la impresión de que estuviera llorando a mares—. ¿Sabes cómo era la vejez que imaginaba y que esperaba con tanta ilusión? Los hijos ya habrían volado del nido, viviría en un piso sin hipoteca; aunque no tuviese una gran fortuna, podría permitirme viajar de vez en cuando... Y tú estarías a mi lado. ¿Por qué un sueño tan sencillo no puede cumplirse?

En ese punto, todas las demás personas que había en la cafetería ya se olían de qué iba el asunto. Un espeso silencio reinaba en el local, de modo que los sollozos resonaban con fuerza. Al principio, algunos les habían lanzado miradas curiosas, pero ya nadie lo hacía. Un par de personas se fueron de la cafetería con aire de incomodidad.

—Tal vez no estábamos destinados a estar juntos después de todo —susurró Kinari, como si hablase para sí misma.

Luego se puso en pie y, con pasos tambaleantes, salió del local. Había dejado el envoltorio de carne de cerdo de Berkshire sobre la mesa con estas palabras: «Mira, mi regalo de boda para ti». Verla decir aquello con una sonrisa amarga le resultó muy doloroso.

—Total que, al final, ¿no estaba embarazada?

—No.

Una semana después del día en el que había hecho llorar a Kinari, estaba comiendo estofado con la señora Kotoko.

Había usado la carne de cerdo de Berkshire que le regaló Kinari, después de descongelarla. El día que se la dio no había querido de ningún modo compartir con Rena la carne que le había comprado Kinari, así que la había metido directamente en el congelador.

Todo aquel follón del embarazo se había terminado en unos días. Fue muy sencillo. A Rena le vino la regla y se marchó de la casa igual de rápido que había llegado.

—¿Por qué no lo comprobaste como Dios manda antes de contárselo a Kinari? No es nada complicado: habría bastado con comprar un test de la farmacia o ir al médico.

—Y yo qué sé... Los hombres no entendemos de esas cosas. Además, yo siempre he evitado el tema del matrimonio y del embarazo, y quizá por eso se me ha escapado esa información. Aunque lo vea en algún anuncio de la tele, automáticamente hago oídos sordos a lo que dicen.

—Podría ser que, en realidad, lo del embarazo hubiese sido mentira desde el principio.

—¿Qué?

—Puede que te estuviera poniendo a prueba, pero, como no diste tu brazo a torcer, lo dejó correr. —Yasuo no creía que Rena estuviera tan obsesionada con él—. ¿Has contactado con Kinari?

—Lo he intentado.

Los brotes de mostaza de hoja que había cosechado medían unos diez centímetros, pero estaban tiernos y sabrosos. Los habían usado para envolver las lonchas de cerdo de Berkshire y dorarlo brevemente en la sartén. Al final, habían aderezado los rollitos con una salsa casera que había traído la señora Kotoko y les habían quedado para chuparse los dedos.

Sin embargo, Yasuo se había comido unos pocos y ya no se veía capaz de engullir ni uno más. Y eso que era la primera vez que comía de verdad desde que Rena había aparecido por su casa.

—Le he dicho por mensaje de LINE que no estaba embarazada.

—Deberías estar comiéndote esto con Kinari, no conmigo —dijo la abuelita, señalando los rollitos de carne.

—El mensaje aparece como leído, pero no me ha contestado.

—¿Solo le has enviado un mensaje por LINE?

—Pues sí...

—¡Envíale todos los mensajes que haga falta!

—Uf, es que... Sé que parecerá una tontería, pero a mí este asunto también me ha desgastado mucho toda esta semana y he terminado muy cansado y sin fuerzas...

—De verdad que solo piensas en ti mismo, ¿es que no lo

ves? Eres un egocéntrico. ¿No se te ha ocurrido que a Kinari también le ha debido de desgastar mucho toda esta situación? No pensaba que fueras ese tipo de persona.

Aquello también era algo que la gente le echaba en cara a menudo: «No pensaba que fueras ese tipo de persona». «Me equivocaba contigo»... Cómo le gustaría que los demás dejasen de crearse falsas expectativas a su costa y de culparlo cuando se llevaban una decepción.

—Pero al menos se sentirá algo aliviada, ¿no?

—Bueno, eso sí. Pero, a estas alturas, puede que lo encuentre ridículo. Lo más seguro es que ya esté harta de que la marees.

Ese día, la señora Kotoko era como un témpano de hielo.

—Ya veo...

—Honestamente, después de lo que acabas de decir, yo también te odio un poco.

—Lo siento.

Yasuo, alicaído, dejó caer la cabeza.

—Además, que no estuviera embarazada no cambia el hecho de que engañaste a Kinari con esa chica.

—Eso es verdad... Aunque solo fue una vez.

La señora Kotoko estaba alargando la mano con los palillos hacia la cazuela del estofado, pero se paró a la mitad y la retiró.

—He perdido el apetito.

—Lo siento.

—No me pidas disculpas a mí: a quien debes pedírselas es a Kinari.

—Ya... —El estofado que ya nadie tocaba estaba borbo-

teando y despedía nubes de vapor—. Pero no sé qué debo
hacer...

—Déjate de pamplinas y pídele perdón, y luego vuélvele
a pedir perdón, una y otra vez, y así hasta el fin de los tiempos. —La señora Kotoko observó con intensidad el rostro
de Yasuo—. Es cierto que te gusta Kinari, ¿o no?

—Sí, claro que me gusta. —Él se quedó mirando la superficie burbujeante del estofado—. Seguro que dirá: «A
buenas horas», pero... con lo que ha ocurrido... he estado
pensando mucho, durante todo el tiempo que ella... que
Rena, ha estado aquí. He llegado a pensar que ojalá eso hubiera ocurrido con Kinari. Si de todas formas iba a tener un
hijo, ¿por qué no podía ser con ella? ¿Por qué las cosas habían tenido que salir así? Y también me di cuenta de que,
una vez que ya estaba metido en la situación de tener que
convertirme en padre, quizá podía llegar a aceptarlo.

—Entonces quieres decir que te has hecho a la idea de
casarte con Kinari, ¿verdad? Pues díselo y ya está.

—Bueno, puede que sí, pero el problema es que no sé si
un matrimonio así funcionaría, porque no hemos resuelto
nada y las circunstancias son las mismas que antes. Por eso
no sé qué decirle a Kinari.

—Pero has llegado a pensar que, a la hora de tener un
hijo, te gustaría que fuera con Kinari, ¿verdad? No creo que
esos sentimientos fueran falsos.

—A ver, no lo son, pero es que si me pongo a pensar...

—Si piensas tanto, no podrás tener hijos.

—Supongo... Pero hay que tener en cuenta la rentabilidad.

—¿La rentabilidad? Con esa mentalidad, jamás en la vida serás padre. Tanto tener hijos como casarse son decisiones irracionales. Pero dime: ¿cuál es la rentabilidad de tu estilo de vida actual? Te crees que estás por encima de los demás, pero te pasarás la vida entre viajes y trabajos parciales, y luego morirás. ¿Qué crees que vas a conseguir con tanto viajar?

—Bueno, eso lo hago para crecer como persona.

—¿Crecer? Si escribieras artículos, como Kinari, o algún libro, todavía... Pero ¿tú para qué viajas? ¿Para acrecentar tu ego? —Usó un tono sarcástico que no era propio de ella.

Yasuo ya sabía todo eso. No hacía falta que ella se lo dijese porque ya era consciente. Por eso siempre había evitado a toda costa ponerse a pensar en profundidad sobre el sentido de su vida. Aun así, si le cantaba las cuarenta de ese modo, él tampoco era capaz de mantener la boca cerrada:

—¿El fin de la vida tiene que ser necesariamente crear algo? Yo creo que, si logro alcanzar una mejor versión de mí mismo, no necesito más. Me basta con sentirme satisfecho con mi vida, dejando a un lado la opinión de los demás.

—¿Satisfecho, dices? Bueno, pues siéntete satisfecho tú solo en esta casa.

La señora Kotoko se levantó. Parecía enfadada de verdad. Cogió el bolso que había traído y se dirigió hacia la entrada.

Yasuo se apresuró a ir tras ella.

—¿Rentabilidad? —repitió ella con sorna y soltó una risa sarcástica—. Si tan importante crees que es eso, ¿por qué no te mueres y ya está? Eso es lo que te saldrá más rentable del mundo. Ya no tendrás que comer ni limpiar la casa.

Y tampoco necesitarás ropa ni dinero. Hasta te librarás de tener que partirte el lomo trabajando —continuó la señora Kotoko, como si escupiese, sin dejar de andar—. Para empezar, si tus padres hubiesen pensado en la rentabilidad, tú ni siquiera existirías.

Ya en la entrada, se puso los zapatos y se volvió hacia él, para añadir:

—La vida es irracional. Pero, si no hubiese irracionalidad, ¿para qué ahorraríamos? ¿Por la economía? Antes de ahorrar, hay que aprender lo que significa estar vivo. Hay que aceptar que no existe la rentabilidad. Si no, lo que me estás diciendo es que sería mejor que una vieja como yo se muriese, ¿no?

—Lo siento mucho. No quería decir eso. —Yasuo bajó el peldaño de la entrada con los pies descalzos y aferró el extremo del abrigo de la señora Kotoko, desesperado por retenerla como fuese—. Me he equivocado. Lo siento mucho, de verdad. No se vaya, por favor.

—¡Mira que eres imbécil! —gritó y le dio un coscorrón. Con bastante fuerza, además—. Es la primera vez que pego al hijo de otra persona... —Exhaló un gran suspiro—. Creo que yo también me he pasado un poco. Perdóname.

—¿Qué debería hacer a partir de ahora? En cuanto a Kinari y demás.

—Llévale flores y dulces, y dile lo que sientes de verdad. Luego, arrodíllate y...

—¿Y si no me perdona, a pesar de todo?

—Flores, dulces y de rodillas. Después de arrodillarte, le vuelves a pedir perdón. Y, luego, le propones matrimonio.

—¿Eh?

—Ya has tomado la decisión definitiva, ¿no?

«Eso me gustaría saber a mí... ¿De verdad estoy listo para tomar esa decisión?», pensó él. Todavía sin soltar el abrigo de la señora Kotoko, no pudo evitar dejar caer la cabeza.

—Te lo repetiré mil veces si hace falta —insistió ella—, pero eso es lo único que puedes hacer para impedir que Kinari se aleje de ti. —Señaló significativamente la mano de Yasuo, que le aferraba la ropa—. Como hombre, eres un mal bicho, Yasuo. Pero hay algo en ti... que hace que las mujeres piensen que, muy en el fondo, escondes algo bueno, algo amable. Por culpa de esa esperanza, sin querer pierden el tiempo a tu lado. Incluso yo tiendo a pensar que hay algo bueno en ti, que tu verdadera personalidad es distinta a lo que muestras. Cuando haces algo como esto, lo parece. Y no es justo.

Tenía razón. Yasuo sabía que, a primera vista, parecía un buen tipo. Por eso solía caerle bien a la gente. Y más tarde se cabreaban al sentirse traicionados.

—Tampoco te estoy diciendo que debas casarte y tener hijos sí o sí. Pero tú amas a Kinari y no quieres que te deje, ¿verdad? Entonces, tenéis que hablar y poner cada uno de vuestra parte para llegar a un acuerdo, mediante concesiones. Si uno de los dos debe tener paciencia y guardarse lo que realmente quiere conseguir de la relación, la cosa no funcionará.

—Entendido.

Se preguntaba si él sería capaz de llevar esto a cabo.

Yasuo estaba de pie delante del bloque de pisos de Kinari cuando esta volvió a casa.

Él sonrió de forma inconsciente, como siempre que cruzaba la mirada con alguien conocido. Ella, obviamente, no le devolvió la sonrisa.

Ya era el tercer día que pasaba por casa de Kinari, pero, como la puerta principal del edificio se cerraba automáticamente, no había podido entrar.

Los dos días anteriores, no había tenido más remedio que dejarle en el buzón los «dulces» que le había llevado: el primer día había sido uno de castaña de la confitería Minato-ya, donde trabajaba la señora Kotoko, y el segundo día, un cruasán de chocolate.

Kinari no había dado señales de vida.

Ese día, Yasuo había decidido esperar delante del edificio desde las doce del mediodía.

De ese modo, tal vez podría pillarla cuando saliese de casa o cuando volviese. Si de algo gozaba Yasuo de sobra era de tiempo libre.

Kinari regresó sobre las ocho de la tarde. Eso significaba que se había tirado ocho horas allí plantado.

Aunque estaban a finales de septiembre, el sol todavía picaba. Pero Yasuo se había pertrechado con un buen equipamiento: el sombrero cónico de agricultor que se había comprado en Vietnam hacía tiempo, una cantimplora para hidratarse y una silla plegable. Como lectura para pasar el rato, se había llevado la versión de bolsillo de *Yokoshigure*, de Saiichi Maruya.

Ya que aquella zona residencial se encontraba en las

afueras del barrio de Akabane, no había un gran movimiento de transeúntes y, si bien notaba que alguien lo miraba con desconfianza de vez en cuando, daba gracias a que nadie lo hubiera denunciado a la policía. Como tenía una silla y todo, quizá pensaban que estaba estudiando el volumen del tráfico o algo así.

—¡Kinari! —la llamó bien alto, al ver que ella se disponía a entrar en el edificio después de dirigirle una rápida mirada—. Por favor, acepta al menos esto.

Ese día, siguiendo el consejo de la señora Kotoko, le había llevado un pequeño ramo de flores. Lo había comprado en una floristería de la calle comercial por unos quinientos yenes. Las flores se veían algo marchitas entre las manos de Yasuo. En cuanto a los dulces, como ya no sabía qué llevarle, le había comprado una hogaza de pan de molde de la panadería que había en la calle comercial. Aunque ahí solo vendían esa clase de pan, por lo visto era tan popular que todos los días se formaba cola para comprarlo.

—¿Desde cuándo estás aquí? —preguntó Kinari, mientras introducía la clave de la entrada.

—Desde el mediodía.

—¿Has estado aquí todo el rato?

—Sí.

—Qué tonterías haces. —Entonces bajó la mirada hacia el pan de molde que Yasuo le ofrecía—. No puedo comerme todo eso.

—Puedes tirar lo que te sobre, no pasa nada.

—A mí no me gusta tirar comida. No soy de esa clase de personas.

En ese punto, Yasuo dejó a un lado los regalos y se puso de rodillas. Agachó la cabeza hasta que rozó el suelo.

—Lo siento muchísimo, de verdad. No creo que puedas perdonarme, pero solo quería que lo supieras. —El sonido de una inspiración profunda fue el único indicio de que lo había escuchado—. Sea como sea, te pido perdón. Hice una gilipollez como una casa.

Como no oía ninguna respuesta, Yasuo levantó la cabeza con cautela. Kinari solo estaba allí de pie, con una expresión de tristeza infinita en el rostro. Yasuo volvió a agachar la cabeza a toda prisa y dijo:

—Me sabe muy mal lo que hice.

—¿Que te sabe mal? ¡Vete a la mierda!

Yasuo sintió un dolor rabioso en el trasero y su cuerpo se desplomó de lado. Luego fue consciente de que Kinari le había dado una patada con todas sus fuerzas. Sabía que no se había contenido en absoluto por la forma en la que el dolor le había dejado sin aliento durante un instante.

Entonces lo recordó: durante la secundaria, Kinari había formado parte del club de fútbol femenino de su escuela. Una vez hasta la habían seleccionado para jugar en el campeonato regional.

—Por lo menos llévate esto, ya que te lo he comprado —suplicó él, yendo tras ella y entregándole los regalos como pudo, cuando ella hizo ademán de entrar en casa sin más.

Kinari los cogió con un gesto sin vida, como el de una muñeca sin voluntad propia.

—Solo hay otra cosa que quiero decirte. —Le dolía todo el cuerpo con cada palabra que pronunciaba—. Durante el tiempo que ella estuvo aquí, pensé: «Ojalá esto hubiera pasado con Kinari. Si voy a tener un hijo, ¿por qué no puede ser con ella?». —Kinari miró hacia abajo sin decir nada—. Todavía no me hago a la idea de casarme, pero, si lo hiciese, me gustaría que fuera contigo. ¿Podríamos hablarlo una vez más?

Se oyó un crujido cuando Kinari le asestó un golpe en la cabeza con el pequeño ramo de flores que él le había regalado. El suelo quedó salpicado de florecitas.

—¡Eres un cabrón egoísta!

—Pero... Pero... ¿me dejas que te siga enviando mensajes y llamándote?

—No lo sé...

Kinari cruzó la puerta de entrada.

Después de seguir su silueta con la mirada hasta que desapareció, Yasuo se puso al fin en pie. No parecía que tuviera nada roto, pero le dolía todo el cuerpo. Recogió la silla plegable.

«Bueno, no pasa nada», pensó.

Kinari no le había dicho que no le enviase mensajes. Eso quería decir que la cosa no había terminado.

«Volveré mañana».

Porque no poseía nada, pero tiempo libre tenía para dar y regalar.

Para alguien como él, que siempre había tratado de vivir sin ataduras, tal vez fuese la primera vez que sentía un apego tan fuerte hacia otro. Tenía que encontrar la manera de expresarle sus sentimientos.

Yasuo echó a andar, arrastrando tras él la silla plegable de aluminio.

# 5

## Economía para divorcios tardíos

Después de tanto tiempo sin volver a casa, esta le pareció fría. Notó un olor penetrante. No era malo, pero le había pasado desapercibido hasta entonces; un aroma de lo más peculiar. «¿Mi casa siempre ha olido así?». Tomoko Mikuriya se quedó algo desorientada.

Acababa de regresar a su hogar tras diez días ingresada en el hospital y se dijo a sí misma que sentirse extraña era lo más normal.

—Ya estoy en casa.

Sabía que no contestaría nadie, pero lo dijo de todos modos. Eso la alivió un poco. Fue al salón y se sentó en el sofá. Se notaba el estómago un poco revuelto.

Habían construido aquella casa hacía veintitrés años con una hipoteca de treinta. Llevaba los pagos más que al día, pero aún le quedaba una pequeña parte del préstamo por devolver. Aun así, aquel era su hogar.

Una casa como aquella costaba bastante de mantener, más de lo que imaginó en un primer momento. Había que pintar las paredes exteriores cada cinco años, momento en el que aprovechaba para que también le revisaran el tejado. Además, en un diminuto rincón de la entrada plantaron una hiedra de esas que no dan trabajo (se la había recomendado su suegra, la experta en jardinería) y, por supuesto, requería de cierta limpieza.

Esa casa le había costado dinero y esfuerzo, pero era su orgullo. No obstante, en ese momento le pareció desordenada y fría. No es que estuviera patas arriba, Tomoko era lo suficientemente pulcra como para no llegar a ese extremo, pero percibía el polvo acumulado en los rincones. Y eso que, en teoría, su suegra había ido varias veces a limpiar.

Supuso que su marido probablemente no habría pasado el aspirador ni una sola vez, ni la mopa con paños de usar y tirar. O quizá eran imaginaciones suyas, producto del inmaculado hospital de donde acababa de salir.

Aquella sensación la enervaba. Quería limpiar. Pero no podía. Apenas habían pasado diez días desde la cirugía del estómago y el médico le había prohibido moverse en exceso durante un mes.

—En cuanto salga de aquí, pídale a su marido que lo haga todo por usted —le había dicho la enfermera jefe de ginecología durante la sesión de preparación para el alta—. En momentos así, los maridos suelen ser muy atentos con sus mujeres, quieren hacerlo todo por ellas. Aprovéchelo.

Y soltó una risita traviesa que contagió a las pacientes de alrededor. Quizá se debiera a las ganas que tenía ya de recibir el alta, pero la verdad era que cualquier cosa que oía le provocaba una sensación extraña. Por supuesto, Tomoko también se rio.

«Aunque se lo pidiera, él no sabría ni por dónde empezar», pensó, sarcástica, recostada en el sofá. Kazuhito era un negado para las tareas del hogar. Nunca le había puesto voluntad.

Durante los días que Tomoko había estado hospitalizada, todas las noches había ido a cenar a casa de su madre, a un kilómetro de la suya, y más de una vez se había llevado fiambreras. Aunque su madre era una perfecta ama de casa, o quizá precisamente por eso, no le había enseñado a su hijo ni a cocinar ni a limpiar.

Los primeros años de casados no le daba importancia. Tomoko pertenecía a la generación de mujeres oficinistas de la burbuja financiera. Los de su quinta eran «los de la burbuja», pero también «la nueva juventud», «los del examen común» o «los que, a pesar de haber vivido solo épocas de bonanza, nadie entiende qué les pasa por la cabeza». Aun así, ahora veía algo rancios los valores en los que la habían educado, los mismos por los que había considerado normal que un hombre no supiera ocuparse de las tareas domésticas.

Tenía celos cuando veía a alguien de treinta o cuarenta años, pero había superado la fase de envidia a sus hijas de veinte.

Solían criticar a los de su generación porque lo habían tenido muy fácil para encontrar trabajo, pero también les había tocado lidiar con el desastre que habían dejado sus predecesores tras estallar la burbuja. Por un lado eran jóvenes con la cabeza hueca y por el otro los habían inculcado a conciencia la dominación masculina sobre la mujer. La suya no había sido una época tan fácil como todos decían. Pero, bueno, habían lucido chaquetas con hombreras, ropa estrecha y el flequillo levantado, eso era verdad. Los hombres las llevaban en coche a todas partes y las invitaban a comer, pero al final ellas se quedaban en casa para cuidar del hogar mientras ellos iban al trabajo, eso seguía siendo lo normal. Nadie cuestionaba que el marido no supiera ni freír un huevo: esa era la clase de ambiente en el que Tomoko había crecido. Por el contrario, los hombres de la edad del padre de Tomoko, por ejemplo, habían recibido entrenamiento en el ejército para sobrevivir en cualquier escenario y sabían apañárselas con la comida y la limpieza en momentos de necesidad (el padre de Tomoko se había graduado en la academia militar). Aunque por lo general no solían acercarse a la cocina, cuando su madre estuvo hospitalizada, Tomoko fue testigo de cómo preparaba sopa de miso y hervía el arroz, y menuda sorpresa se llevó al verlo.

A los hombres de la generación de Kazuhito, en cambio, solo se les exigía que estudiasen para los exámenes de ingreso, punto final. Sus madres los habían mimado demasiado, los habían convertido en unos ineptos con las tareas del hogar. Las amigas de Tomoko siempre decían que en sus casas ocurría lo mismo.

En un primer momento, el plan había sido que sus hijas fueran a recogerla al hospital.

—Lo siento, mamá. ¡Te dan el alta justo el mismo día de la orientación en la guardería de Saho!

Su hija mayor, Maho, la había llamado por teléfono toda nerviosa una semana antes.

—Ah, da igual, no pasa nada.

—Le he pedido a Miho que vaya en mi lugar, no te preocupes. Me dijo que se cogería un día de vacaciones.

Pero Miho le había salido con algo similar:

—Lo siento, se suponía que no iba a coincidir, pero al final me han puesto una presentación muy importante justo el día que te dan el alta. Podemos preguntarle a la abuela, ella seguramente tendrá tiempo.

—Da igual, da igual. Puedo volver sola.

A decir verdad, que la anciana de setenta y tres años fuera a recogerla la agobiaría todavía más. Durante el tiempo que había estado ingresada, la había visitado con sus hijas y se había encargado de prepararle la comida a Kazuhito, todo ello sin contar el empleo a tiempo parcial que había empezado hacía poco. No estaba bien abusar de la señora.

—Desde un principio tenía pensado volver sola. En taxi no tardaré nada.

—Pero irás cargada con las bolsas.

—Tampoco pesan tanto. Si veo que no puedo, llamaré para que me lleven a casa, hay un servicio especial.

Ninguna de sus dos hijas preguntó por su padre ni si él tenía tiempo. Sabían cómo era. Estaban demasiado acostumbradas a un padre completamente ajeno a las cuestiones del hogar.

A cambio, Tomoko llevaba la casa como a ella le gustaba;

él jamás se había metido en esas cosas, ni en la educación de sus hijas o la economía familiar. Nunca se quejaba de nada que quedase dentro de esos límites, ya fueran clases extraescolares o viajes. Por supuesto, tampoco gastaba dinero en apuestas y solo bebía para acompañar a otros. Nunca le había pegado. El golf era su única afición y lo practicaba alegremente una vez al mes. Su desconexión de todo lo que conllevaba la casa no era malintencionada.

Tomoko tenía la sensación de que si hablaba de aquello con alguien de una generación un poco anterior, no entendería de qué se quejaba. Aun así, tumbada en el sofá, rodeada del polvo de su casa después de haber recibido el alta, su cuerpo rezumaba una desolación que no habría sabido definir.

Todo cuanto había hecho ese día era ir del hospital a su casa, pero el sueño la apresó en ese sofá.

Un mensaje de su marido la despertó:

Hoy podemos salir a cenar fuera o pedir algo a domicilio.

Pues claro, había que preparar la cena. Ya lo sabía, pero no pudo contener un suspiro. De todas las tareas domésticas que Kazuhito no sabía hacer, cocinar era lo que peor se le daba. No lo había hecho ni una sola vez para ella.

De acuerdo, llamaré para que nos traigan algo.

Tras responderle así, se levantó pensando en una *pizza* y echó un vistazo a los folletos que colgaban de la puerta de la nevera. Se los dejaban en el buzón de vez en cuando y los había guardado pensando que algún día podrían ser útiles. Desde que sus hijas se habían ido de casa, prácticamente nunca había pedido nada a domicilio. Mientras contemplaba las espléndidas *pizzas* de los folletos, se le escapó el segundo suspiro. ¿Por qué tenía que comer algo tan grasiento? ¿No habían quedado en que podían salir a cenar fuera o encargar algo a domicilio? Volver a salir a la calle recién llegada a casa del hospital para encontrarse con su marido y cenar juntos en algún lugar se le hacía cuesta arriba, por eso al final se había decantado por pedir algo a domicilio, pero ahora se daba cuenta de que no le apetecía comer aquellas dichosas *pizzas*.

Si hubiera sido su marido quien acabara de salir del hospital, ¿realmente le apetecería comer algo encargado a domicilio? ¿Se había parado a pensar en eso?

Abrió la nevera, sacó el arroz y lo lavó con cuidado. Tomoko siempre compraba el arroz en pequeñas cantidades, lo metía en botellas de plástico vacías y lo guardaba en el cajón de las verduras. Le añadió un poco de arroz integral germinado y otros cereales mezclados que conservaba de la misma forma.

Mientras se cocía el arroz, preparó un poco de caldo en una olla pequeña y le añadió pasta de soja frita troceada y puerro que guardaba en el congelador. Luego buscó en la despensa y añadió también un poco de pasta de gluten. Ese día no había nada de verduras, pero, como no había tenido tiempo para ir a comprar, poco se podía hacer, se dijo para sí.

Tomoko había procurado dejar la nevera prácticamente vacía antes de ingresar en el hospital. Rebuscó un poco en el congelador y encontró un paquete de cerdo con miso envasado al vacío que le habían regalado a mediados de año. Lo descongelaría y ya estaría listo el plato principal.

Creía que no tenía nada, pero al final se las había apañado para preparar una cena decente. Suspiró unas cuantas veces, orgullosa de sí misma.

La laparotomía que le habían practicado no le dolía en exceso, pero sí le habían recomendado que no permaneciera de pie mucho rato, así que cocinó la cena sentándose de vez en cuando para hacer pequeños descansos.

El teléfono sonó con la llegada de un nuevo mensaje de Kazuhito.

Si te cuesta hacer las cosas, ¿quieres que llamemos a mi madre?

Aunque se llevaba bastante bien con su suegra, sintió que llamarla esa noche solo sería una carga extra, por lo que apresuró a responder:

Tu madre está ocupada con el trabajo. Hoy ya lo tengo todo controlado.

Kazuhito solo intentaba cuidar de ella, pero, pese a los más de treinta años que llevaban juntos, de vez en cuando seguía cometiendo patinazos como ese.

Volvió a suspirar, soltando todo el aire de sus pulmones.

Al llegar a casa, Kazuhito se quedó mirando la comida que Tomoko había dispuesto en la mesa.

—¿Has cocinado? —fue todo lo que dijo.

Luego se cambió de ropa, encendió el televisor y empezaron a cenar. Después de que sus hijas se hubieran independizado, sus cenas siempre eran así, lo cual tampoco le disgustaba. Sin embargo, mientras contemplaba a su marido comiendo y viendo la televisión, Tomoko no pudo evitar pensar en un montón de cosas que quería decirle. En parte le preocupaba que Kazuhito diera por hecho que ella ya estaba recuperada y que podían volver a la vida de antes solo porque le había cocinado la cena.

—No me apetecía comer *pizza*.

—¿Eh? ¿Qué? —preguntó, levantando la mirada con el residuo de una sonrisa fruto de lo que ocurría en la televisión.

—No he cocinado porque tuviera ganas. Lo que pasa es que estaba cansada para salir a cenar fuera justo después de recibir el alta y me apetecía comer algo normal, aunque fuera simple. Por eso he cocinado.

Miró la cena que le había servido. Tenía los mismos platos que ella, solo que a él le había dado tres lonchas de cerdo y ella se había quedado con dos, ya que en el paquete solo había cinco. Ese simple hecho la irritó.

No había cocinado para su marido. Lo había hecho para ella, a él solo le había dado las sobras. Aun así, Kazuhito siempre recibía lo mejor o más cantidad, era algo mecánico.

El marido trabajaba fuera de casa y por eso había que alimentarlo bien. Él era quien traía el dinero y había que tratarlo como a un rey, agradecérselo debidamente. Eso era lo que le decía una vocecita en su interior. ¿Se lo habría oído decir a su madre? ¿O tal vez a su suegra? A ninguna de las dos. Nadie le había dicho nunca nada parecido, pero ese concepto había calado en ella de todos modos.

—Ya has oído lo que te ha dicho el médico. Durante un mes, deberías evitar trabajar de pie demasiado rato.

El doctor les había dado aquellas instrucciones a los dos el fin de semana antes de firmar el alta, pues Kazuhito solo la visitaba en el hospital los días festivos.

—Por eso te he dicho que podríamos haber llamado a mi madre.

—Tu madre solo me... —Pero se interrumpió. Se le habían quitado las ganas de hablar.

—Mi madre me ha preguntado mil veces si podía ayudarnos con algo. Pero, si te incomoda, también podemos llamar a Maho o a Miho.

Ellas tenían sus vidas.

—Las dos andan muy ocupadas.

—Entonces, ¿qué hacemos?

Kazuhito solo intentaba ser amable «dentro de lo que él era capaz».

—También es culpa tuya, mamá —le había dicho Maho un día—. Tendrías que haberle enseñado a cocinar o limpiar. Él ha estado contigo más tiempo que con la abuela, ¿no crees? No la culpes a ella por no haberle enseñado nada.

Tanto Maho como Miho querían mucho a su abuela y siempre se ponían de su parte.

No les faltaba razón, el problema era que de recién casados Kazuhito había andado muchísimo más liado que ahora en el trabajo y cada día volvía a casa de noche. Luego, cuando habían tenido a las niñas, había sido Tomoko la más ocupada, pero, entre cuidar de ellas y de la casa, poco tiempo le quedaba para empezar a enseñarle nada a su marido. Le salía más a cuenta hacerlo todo ella sola.

Para colmo, Kazuhito era muy torpe y lento con todo. Quizá por eso su madre había preferido no enseñarle nada.

Pero ¿cómo serían las cosas a partir de entonces?

Tras su paso por el hospital, de repente se preguntaba cómo iban a manejar su vejez. ¿Le tocaría a Tomoko seguir cocinando eternamente? ¿Y si ella se moría antes? ¿Acaso pensaba él sobrevivir a base de restaurantes o comida a domicilio? Seguramente ni se lo había planteado aún.

Lo contempló de reojo mientras miraba la televisión. Cuando le habían diagnosticado la enfermedad, había dejado de lado las clases de inglés a las que hasta entonces siempre había asistido. También había pospuesto las clases de cocina que había empezado con su suegra. Al fin y al cabo, era comprensible que le faltaran ganas para todo eso teniendo que ir al hospital cada dos por tres, ¿no?

Unos días después de recibir el alta, su amiga Chisato Kôno fue a visitarla.

—No hace falta que prepares nada. Yo traigo el té y los dulces —le había dicho.

Se presentó con una tarta cargada de fruta y té verde frío en botella. Las dos cosas las había comprado en un centro comercial de lujo, en Ginza. Al parecer, se había puesto de moda tomar té embotellado como si fuera vino. Chisato tenía muy buen gusto eligiendo esa clase de caprichos.

—Caray, pues te veo muy animada.

Tuvo que decírselo su amiga para darse cuenta de que sí, por fin había salido del hospital.

—Bueno, solo han sido diez días.

—Ya, pero supongo que me impresionó ver cómo te sacaban de la sala de operaciones acurrucada en tu camilla. ¡Me pareciste tan pequeñita!

El día de la operación, su hija Maho y Chisato la habían acompañado al hospital.

—Gracias por todo lo que has hecho —dijo, de repente con voz afectada.

Su nieta Saho también estaba, pero al parecer se había cansado pronto y había empezado a lloriquear.

—No te preocupes, Maho —había dicho Chisato entonces—. Yo me quedaré aquí hasta el final, así que vete a casa un rato. Cuando salga del quirófano te avisaré. El médico solo hablará de la operación con los familiares, así que tendrás que venir entonces.

Chisato había sido auxiliar de vuelo y sabía cómo tratar a la gente, siempre decía lo oportuno. Maho, por su parte, no tenía tiempo para hacerse de rogar, de modo que aceptó la propuesta sin pensarlo demasiado.

—Maho también te está muy agradecida. Dijo que eres muy considerada, te admira. Muchas gracias.

—No fue nada, en serio. ¿Sabías que una de cada dos personas enferma de cáncer? Lo que te pase un día a ti puede ocurrirme a mí al siguiente. Hay que aprender de estas cosas. Para mí es como estudiar la sociedad. Créeme: le he sacado su rendimiento.

Quitarse méritos era otro de sus puntos fuertes.

—Dime: ¿ya no tienen que hacerte nada más? ¿Te lo han extirpado todo con la operación?

—Bueno...

Medio año antes le habían encontrado lo que sospechaban que podía ser cáncer de endometrio durante la revisión médica que ofrecía gratuitamente la empresa de su marido. Después de aquello, había ido de hospital en hospital y clínicas privadas para someterse a varios exámenes, pasando también por expertos en medicina china que le habían propuesto alternativas para evitar la cirugía. Había dudado un poco, pero, tras una revisión completa en el hospital universitario de Ochanomizu, al final había decidido operarse.

Aquel había sido solo el primer paso, el escenario I, y el médico le había dejado claro que no podrían saber cuál sería el siguiente hasta que hubiera pasado por el quirófano.

—Ahora analizarán lo que me han extirpado y, en el mejor de los casos, no tendrán que hacerme nada más, lo que sería el escenario I A. En el peor, tendré que seguir con el tratamiento medio año más, según el médico, el escenario I B.

—¿Y cuándo te dirán algo?

—Dentro de más o menos dos semanas.

—Así que de momento no sabes nada, ¿no?

—Exacto. Supongo que por eso me cuesta relajarme.

Le habría gustado hablar de ello también con su marido, pero él parecía opinar que, como ya había oído las explicaciones del médico en persona, no hacía falta volver a sacar el tema.

—¿Y ya sabes qué día tienes que ir a que te den los resultados?

—Sí, el jueves de la semana que viene.

—¿Quieres que te acompañe?

Gracias. —La simple propuesta la hizo feliz—. Creo que puedo ir sola, pero tal vez te llame.

—Tengo tiempo, así que avísame si lo necesitas, ¿vale?

Al final solo se podía confiar en las amigas.

—Pero, bueno, si tuvieras que seguir con el tratamiento, no te pongas triste. Solo será medio año. Has tenido suerte de que te lo hayan detectado tan pronto.

Qué bien se le daba también consolar a la gente.

—Sí, tienes razón.

Desde que había vuelto a casa, aún no había podido limpiar como le gustaría y se notaba el cuerpo pesado, pero agradecía de corazón esa charla. Después de terminarse la tarta, Chisato permaneció sentada jugando con las tazas y recolocando los tenedores en los platitos. Aunque Tomoko bromeaba sobre los días que había pasado en el hospital, riéndose de las peculiares enfermeras o de la abuelita con la que había compartido habitación y que se creía la dueña del lugar, el extraño comportamiento de Chisato no le pasó por alto.

—Chisato, ¿hay algo que quieras contarme?

Esta bajó la cabeza como si fuera algo difícil de confesar y se puso a jugar de nuevo con los cubiertos. Semejante actitud no era nada habitual en ella.

—La verdad es que... estoy pensando en divorciarme.

Tomoko se quedó sin respiración.

—¿Ya lo habéis hablado?

—Sí, bastante. Pero ocurrió justo cuando tú te pusiste enferma, por eso no te había dicho nada.

—Pensaba que tú y Yoshiaki estabais bien.

Ella era una antigua auxiliar de vuelo y él trabajaba en una gran compañía aérea, donde se habían conocido, y luego se casaron. Ambos eran altos y siempre habían hecho muy buena pareja. Chisato ya había cumplido los treinta y sufría por su futuro cuando ese buen amigo suyo, también de su edad, le propuso matrimonio.

—No hace falta que sigas buscando, ¿no crees? —le había dicho.

Cuando su amiga se lo contó, Tomoko pensó que Yoshiaki quizá era demasiado directo, pero también masculino y encantador. Su única hija, Chiaki, todavía iba a la universidad.

—Vaya, con lo mal que debías de estar pasándolo y encima viniste a visitarme tantas veces... Lo siento mucho.

Tomoko se había pasado esos últimos meses hablando de las curas y los tratamientos sintomáticos que recibía en el hospital. En ningún momento había prestado atención a Chisato, que se había limitado a asentir y a escucharla sin confesarle lo que en realidad quería contarle. Se lo agradecía en el alma.

—No te preocupes, de verdad. Hablar contigo me ayudaba a distraerme... aunque no sé si queda muy bien que lo diga así.

Cuando Tomoko se debatía entre operarse o no, la opinión de Chisato, alguien externo a la familia, la había ayudado mucho.

—Como amiga, me gustaría que siguieras el tratamiento contra el cáncer más nuevo, Tomoko. No quiero que te arrepientas de no haberte operado a tiempo —le había dicho entonces.

—No pasa nada —respondió Tomoko, quitando hierro al apuro que su amiga manifestaba ahora.

Chisato se divorciaba por algo demasiado normal y corriente:

—Yoshiaki llevaba bastante tiempo con una amante, pero yo no tenía ni idea.

Hasta que un día, de la forma más insospechada, se había dado cuenta.

—Ese mediodía estaban hablando en televisión sobre los divorcios de parejas que llevan mucho tiempo juntas. Escuché lo que decían y me di cuenta de que el comportamiento de Yoshiaki encajaba con el de los hombres que, según contaban, estaban considerando divorciarse.

Según la televisión, los cuatro factores determinantes eran:

(1) De repente empiezan a volver tarde a casa.

(2) Se llevan el móvil al baño.

(3) Preguntan demasiado por los ingresos y ahorros de su mujer.

(4) Hacen búsquedas inmobiliarias con el móvil o el ordenador.

—Lo entiendes, ¿no? Un hombre puede poner muchas

excusas para volver tarde a casa, como que tiene más trabajo del habitual o lo que sea, pero al final siempre es por
una mujer. El segundo factor también está claro: se lleva el
móvil al baño porque tiene miedo de que la otra le escriba
cuando él no está y su mujer lo vea. En el caso del tercer
factor, está pensando concretamente en divorciarse y se pregunta cuánto dinero tendrá que pagarle a su esposa.

En realidad, el programa no era nada serio, solo habían
reunido a unos cuantos espectadores que se reían en plató
mientras daban las explicaciones.

—Yo también me reía mientras lo miraba. Me parecía
todo de ciencia ficción.

Sin embargo, las risas se le habían ido apagando poco a
poco, hasta que de pronto había empezado a llorar.

—Es que los tres primeros factores habían encajado todos. Por eso lloraba. Acababa de darme cuenta. En el fondo
llevaba tiempo dudando, solo que no me permitía aceptarlo. Había enterrado la sospecha en mi corazón, hasta ese
momento. Creo que simplemente intentaba fingir que no
me había dado cuenta. Qué tonta, ¿verdad? En el fondo lo
intuía.

Chisato soltó una risita avergonzada. Tomoko la miró y
le cogió la mano.

—Si fuera solo la primera fase o la segunda, aún habría
esperanza, pero, cuando llegas a la cuarta, eso ya no hay
quien lo arregle.

Temblorosa, había encendido el ordenador que compar-
tían y había mirado el historial. Estaba todo ahí: su marido
había estado buscando apartamentos de alquiler cerca de

estaciones de tren bien comunicadas con su trabajo en páginas web de diferentes inmobiliarias.

—Solo podía hacer una cosa.

Tenderle una emboscada al volver del trabajo solo le había servido para que él le pidiera el divorcio automáticamente. Fue casi como si lo hubiera estado esperando.

—Al fin y al cabo, Yoshiaki cambió de trabajo el año pasado, ¿te acuerdas? —dijo Chisato. Después de tantos años en esa gran compañía, la había dejado para ocupar un cargo de directivo en una nueva aerolínea de bajo coste—. Por eso me decía a mí misma que era normal que llegase a casa más tarde. Pero, al parecer, allí conoció a una azafatita joven, una con un contrato pésimo, casi como a tiempo parcial.

Chisato, que también había sido auxiliar de vuelo, nunca se refería a las de su condición con la palabra «azafata», pero se le escapó.

—Me dijo que nuestra hija ya era mayor y que podríamos plantearnos vivir de otra forma. Y luego se fue. Ahora lo estamos discutiendo con nuestros abogados.

—Y a ti... ¿te parece bien?

—Bueno... Al principio pensaba que, mientras yo no firmase los papeles, no podría divorciarse, pero subestimé el sistema. Los abogados me hicieron ver que los tiempos han cambiado.

—Oh, ¿en serio?

—Sí, una abogada especializada en divorcios me lo explicó. Muchos hombres se sienten cómodos teniendo a una amante sin llegar a divorciarse de su mujer, por lo que tampoco es imposible seguir con la relación. Podría simplemente esperar a que algún día regresara a casa. Pero resulta que, cuanto más tiempo pasa una pareja separada, más fácil es que al final se reconozca el divorcio. Incluso se han dado casos en los que se ha admitido después de varios años, me dijo.

—Y unos cuantos años pasan enseguida.

Chisato asintió. Cuando los hijos se hacían mayores, el tiempo pasaba volando.

—Al oír eso me di cuenta. No quiero estar con un hombre que juega con su amante y su mujer a la vez. Yo no soy así —concluyó—. Supongo que necesitaré unos cuantos consejos sobre el dinero, la hipoteca y todo lo que tenemos que dividirnos... ¿Puedo contar contigo?

Dijo aquello último con ojos humedecidos, pero más digna que nunca.

Según el famoso proverbio, todos los caminos llevan a Roma, pero, a sus más de cuarenta y cinco años, Tomoko se daba cuenta de algo: cuando te acercabas a los cincuenta, todos los problemas llevaban a la menopausia.

Una despertaba o, mejor dicho, se percataba por primera vez a los cuarenta y cinco. Ahora se daba cuenta de que por aquel entonces todavía había sido joven.

Empezó a experimentar sudores a principios de verano. Muchos lo considerarían normal dada la estación, pero la verdad era que se levantaba cada mañana con la cara, el cuello y el pecho empapados. En cuanto al cabello, parecía que la hubiera sorprendido un chaparrón.

No se encontraba bien y a menudo se despertaba al amanecer. Dejaba preparada una camiseta y una toalla al lado de
la cama para poder cambiarse enseguida. Cuando se quitaba
el pijama, la ropa pesaba. También iba a menudo al baño.
Si ya por lo general le costaba dormir, ahora pasaba noches
enteras sin pegar ojo.

De joven nunca se había levantado a medianoche para
ir al baño. Su difunta abuela solía lamentarse de lo moles-
to que era tener que salir de la cama dos veces cada noche
para orinar, pero ella no había caído en la cuenta de lo que
significaba.

Para no sudar por las noches, empezó a dormir con el aire
acondicionado encendido, pero entonces se le enfriaban los
pies y se le hinchaban. La única solución que encontró fue
refrescar la habitación y luego taparse con el edredón de
cintura para abajo, una costumbre que, a ojos ajenos, parecería de ricos.

Además, aquello no le ocurría solo en verano. Empezaba
a mediados de mayo y duraba hasta octubre.

Tras cumplir los cincuenta, Tomoko y su marido habían
decidido dormir separados. Cuando uno tenía frío, la otra
tenía calor y, cuando Tomoko se levantaba al amanecer, su
marido se desesperaba con el ruido. Por suerte, una de sus
hijas estaba casada y la otra trabajando, habían abandonado
el nido, por lo que disponían de habitaciones libres.

Las palpitaciones y los jadeos siguieron empeorando. A
veces se despertaba a medianoche con el corazón tan acele-
rado que pasaba miedo de verdad. Tenía que estar enferma.
Fue al hospital, preguntó a varias personas e investigó por

su cuenta. Al principio pensaron que quizá tendría algún problema de tiroides, pero, cuando el médico le hizo las pruebas pertinentes, le dijo que estaba perfectamente.

—Bueno, hay que tener en cuenta la edad —sugirió el joven doctor, bastante guapo.

Y entonces se dio cuenta de que todo lo que le ocurría era por la menopausia.

Cuando luego fue al ginecólogo, vieron que estaba muy baja de hormonas femeninas. Sí, no cabía duda: era el ataque de la menopausia.

Problemas para conciliar el sueño, falta de sueño → menopausia.

Mareos, zumbidos en los oídos → menopausia.

Picor inexplicable en pies y manos → menopausia.

Piel seca → menopausia.

Tomoko seguía teniendo un teléfono de los antiguos. Los dependientes de las tiendas de móviles, sus hijas e incluso su suegra se habían hartado de recomendarle un *smartphone*, pero ella se negaba a comprárselo porque insistía en que con su teléfono tenía de sobra. Al fin y al cabo, los antiguos también disponían de conexión a internet: así había buscado ella información sobre su posible enfermedad, a partir de sus síntomas. Entre muchos resultados, en efecto, le había salido la menopausia.

Y ahora, por último, el dedo anular de la mano derecha había empezado a dolerle. Cuando lo doblaba, sentía que el tendón le tiraba.

Eso era obvio que no podía tratarse de la menopausia, seguramente había estado utilizando demasiado el dedo o algo por el estilo. Lo buscó en su móvil y le salieron resultados como «tendinitis», «dedo en gatillo» y, al final, «síntoma muy común de las mujeres con menopausia avanzada». ¿Qué demonios? ¿Es que ni los dedos quedaban a salvo? Ahí fue cuando Tomoko se rindió. Todos sus males llevaban a la menopausia.

Tomoko tenía guardado en el fondo de su armario un conjunto de lencería La Perla que había comprado en la época cumbre de la burbuja durante un viaje a Italia con una amiga de cuando era estudiante. Era de seda, de color champán y con un delicado encaje tan repleto de bordados que le quitaba el aliento cuando lo miraba. Por desgracia, el color había cambiado un poco con los años y no se sentía lo suficientemente valiente como para volver a ponérselo; aunque se había conservado más o menos en el mismo peso, dudaba de que esa prenda ya dada pudiera sujetar sus «carnes».

En realidad, tampoco le hacía falta: ahora Tomoko llevaba ropa interior de la tienda Murasaki, la que estaba en la calle comercial de Jûjô. Su temperatura corporal bajaba de golpe y aquellas prendas la ayudaban a conservar el calor.

La primera vez que cruzó el umbral de esa tienda fue justo después de haber cumplido los cincuenta. Aunque hacía tiempo que la conocía y sabía que se encontraba en aquella calle, nunca había puesto un pie en su interior.

La sacaban en televisión cada dos por tres explicando que sus asequibles precios se debían a que se quedaban con las prendas de marcas famosas cuyo color o talla habían salido un poco defectuosos. Tomoko la había visto muchas veces, pero nunca se le había ocurrido comprar nada allí. En la entrada siempre había grandes cajas de cartón alineadas con carteles donde escribían a mano el nombre de los productos, como calcetines o medias, junto con el precio. Esto atraía a un enjambre de abuelitas del barrio, que rebuscaban en su interior como si fueran a zambullirse en ellas.

A decir verdad, siempre creyó que ella no estaba hecha para una tienda así. El día que entrara allí, su feminidad habría muerto.

Sea como fuere, Tomoko no utilizaba calcetines y siempre compraba varias medias de golpe en los grandes almacenes cuando iba a Shinjuku, de modo que no necesitaba aquello. Estaba convencida de que se ahorraba más comprando algo de calidad y usándolo bien.

Hasta que, unos años antes, tuvieron que asistir al funeral del jefe de Kazuhito. Era marzo y todavía hacía frío. Sabiendo que le tocaría aguantar el viento de pie en el exterior, fue al centro comercial, pero, al estar acercándose ya la primavera, no encontró medias gruesas y oscuras que combinaran bien con su vestido de luto.

De camino a casa pasó por la calle comercial y vio la tienda Murasaki, así que decidió detenerse allí.

—Disculpen... ¿No tendrían medias gruesas? Son para un funeral —preguntó algo tímida a una dependienta un poco mayor que ella pero muy elegante.

—Ah, pues sí, tengo unas perfectas para usted —respondió esta, con voz alegre—. ¡Calientan un montón!

Las medias negras que le ofreció no las había visto en

el centro comercial. Eran gruesas, afelpadas por dentro y al módico precio de doscientos noventa y nueve yenes. Decidió comprarlas y, de paso, adentrarse en aquella tienda que siempre había evitado para descubrir en ella calcetines gruesos y una camiseta de forro polar para estar por casa, que también compró.

Las gruesas medias protegieron a Tomoko del frío viento del norte durante el funeral. Eran cómodas y muy calentitas.

Después de aquello, se volvió fan de la tienda Murasaki. Cada vez que iba a la calle comercial para hacer sus compras, se paraba a curiosear. La ropa interior de invierno en especial era fabulosa y estaba diseñada para clientas de mediana edad. Para cuando se dio cuenta, había llenado los cajones de ropa interior de la tienda Murasaki, todavía por estrenar. Sus hijas se iban a reír de ella. Y es que, para Tomoko, descubrir esa tienda había sido un alivio. Y la ayudó a tomar consciencia de que ya era una señora.

La ropa para la gente mayor le sentaba bien, le gustaba. Era calentita y le permitía andar cómodamente. La burbuja había mimado a los hombres y había empujado a las mujeres a ser más femeninas, a estar siempre guapas. Ahora Tomoko se sentía reconfortada por haber sabido convertirse en una señora.

Fue justo entonces cuando le diagnosticaron el tumor.

Desde que aquella tarde Chisato le contó que se divorciaba, ella y Tomoko hablaban por teléfono todas las noches. Como Tomoko y su marido dormían separados, las dos mujeres pasaban una eternidad al teléfono cotorreando como cuando eran estudiantes.

—Nos casamos a los treinta, ¿verdad? Por eso me aseguraré de dividir entre los dos los ahorros que hemos reunido durante estos veinticinco años. Yo soy ama de casa, pero también es gracias a mí que Yoshiaki ha podido ganar todo ese dinero, ¿no crees?

A diferencia de cuando eran jóvenes, las conversaciones giraban en torno a fríos cálculos económicos.

—¿Eh? Pero ¿acaso sabes cuánto dinero tenía ahorrado tu marido antes de casaros? Yo no tendría ni idea.

—Yo tampoco, pero Yoshiaki se acuerda muy bien, me he llevado una buena sorpresa. Se ve que tenía ahorrados unos tres millones de yenes. Una parte de la ceremonia de la boda la pagamos con el dinero de los regalos, y el resto dice que lo sufragaron él y sus padres. A mí se me había olvidado por completo.

Chisato siempre llevaba ropa de calidad, era una mujer elegante. Tomoko era la primera vez que la oía hablar de problemas pecuniarios.

—Caramba. Yoshiaki siempre me había parecido un hombre muy generoso que no prestaba atención a esos detalles.

Se acordó de cuando todavía eran solteros y él nunca les dejaba pagar si salían a comer los tres. Aunque las costumbres cambiaban con el tiempo, lo tenía por un hombre que nunca permitía a una mujer sacar su monedero.

—Y yo también, ¿qué te crees? Es increíble lo que cambia la gente con el divorcio —dijo Chisato, con una risita sarcástica hacia sí misma que preocupó a Tomoko—. El otro día asistí a un seminario sobre divorcios y dinero de esa tal Sûko Kurofune que a veces sale en televisión.

—Oh, ¿hacen estas cosas?

—Hoy en día si investigas en internet, encuentras de todo. Y, bueno, aunque fue solo una aproximación, me hicieron un cálculo del dinero que podía recibir con el divorcio. Me lo explicaron poniendo como ejemplo una cantidad general para una pareja de mediana edad como nosotros, pero, en resumen, económicamente hablando siempre sale más a cuenta no divorciarte.

—Claro, es obvio.

—Si continuáramos casados como ahora, recibiríamos ciento treinta mil yenes de la pensión estatal y cien mil de la pensión del bienestar, lo que suma un total de doscientos treinta mil yenes al mes. El gasto promedio de una pareja de jubilados es de un poco menos de doscientos cincuenta mil yenes al mes, por lo que, si sacáramos lo que nos falta de los ahorros, no tendríamos demasiados problemas. Eso sin tener en cuenta enfermedades, asistencia médica o viajes, claro.

—Es reconfortante.

Tomoko se acarició el pecho algo aliviada mientras escuchaba a su amiga hablar de su divorcio. En su caso, por el momento su matrimonio no estaba en crisis.

—Nos casamos los dos a los treinta, tenemos la misma edad. Él empezó a trabajar inmediatamente después de graduarse, de eso hace ya treinta y tres años, los últimos veinticinco casado conmigo. Así pues, nos lo tenemos que dividir todo siguiendo una proporción de treinta y tres a veinticinco o, en términos aproximados, de cuatro a tres. La pensión, los ahorros y la jubilación, todo igual. Lo que recibiría de pensión disminuiría drásticamente. La estatal se dividiría a partes iguales, pero con la de bienestar él recibiría cuatro y yo tres. Por ejemplo, en nuestro caso, cada uno recibiría sesenta y cinco mil yenes de la pensión estatal, mientras que de la de bienestar Yoshiaki se quedaría con unos cincuenta y siete mil y yo unos cuarenta y tres mil. El dinero solo llegaría después de cumplir los sesenta y cinco, claro. Además, los cinco años siguientes a partir de ahora, hasta que Yoshiaki cumpla los sesenta, estará con otra mujer, por lo que esta también se llevará su parte.

—¿Qué? ¿Solo por cinco años?

—Luego están los veinte millones que ahorramos con la indemnización por dimisión que recibió cuando cambió de empresa y otras cosas.

Chisato y su marido tenían un piso en Shinjuku y su hija asistía a un instituto privado de secundaria y bachillerato. Con todo, habían logrado ahorrar veinte millones. Tomoko quedó admirada de lo bien que podía ganarse alguien la vida con la aviación.

—Estos ahorros también nos los dividiríamos siguiendo la misma proporción de cuatro a tres. Yoshiaki se quedaría con unos once millones y medio de yenes y yo con unos ocho millones y medio. Dicen que las mujeres solteras gastan más que los hombres. Este mes unos ciento cincuenta mil. Si me divorcio, teniendo en cuenta que los primeros diez años no recibiré todavía la pensión, aunque ganara unos setenta mil yenes al mes trabajando en algún empleo a tiempo parcial, tendría que tirar de ahorros para llegar a fin de mes. ¡Al cabo de ocho años no me quedaría ni un yen en la cuenta! Estaría a cero antes de empezar a cobrar la pensión.

—Eh, ¿solo con ocho años? ¡Tendrás sesenta y tres!

Se llevó la mano a la boca por la sorpresa. Era duro imaginarse a Chisato sin dinero. Era la última persona de la que se habría esperado algo así.

—Además, nos queda el problema de qué hacemos con la casa donde vivimos ahora. También tenemos una hija, por lo que probablemente sigamos viviendo allí ella y yo hasta terminar de pagar la hipoteca. Yoshiaki dice que debería considerar como compensación lo que él lleva pagando desde que se fue. Prefiero eso a quedarme sin casa, pero ¿hasta cuándo podré seguir pagando yo?

No tenía palabras.

—A veces me pregunto cómo hemos terminado así. De la noche a la mañana me encuentro con que todo ha cambiado.

Tenía razón.

—Cuando necesites hablar, estoy aquí, ¿vale? Aunque me temo que no puedo hacer mucho más que escucharte —le dijo Tomoko, desesperada por ofrecerle algún tipo de consuelo.

—Harías bien en considerar un poco el tema del dinero tú también, Tomoko —le dijo Chisato, y luego colgaron.

Al día siguiente cogió la libreta del banco y echó un vistazo a los ahorros que tenían. Se quedó atónita. Habría jurado que disponían de bastante, pero no les quedaba casi nada.

De repente, un día se daba cuenta de que el dinero se había esfumado. No lo habían invertido mal, ni se lo habían gastado en apuestas ni tampoco lo habían derrochado en cosas varias. Tampoco les habían estafado. Simplemente se lo habían ido puliendo en el día a día.

Cuando Maho, su hija mayor, se había graduado en el instituto, tenían ocho millones de yenes en la cuenta. Al principio de estar casados, su suegra les había regalado *El libro de cuentas del hogar* de Hani Motoko.

—Tampoco hay que ser tacaños, solo procurad ir apuntando lo que gastáis —les aconsejó.

Los padres de Tomoko vivían en la región de Chûgoku. Su padre trabajaba en la administración local y disfrutaban de una casa enorme que habían heredado de los abuelos. No es que fueran ricos, pero al no tener que pagar alquiler, y con la comida que recibían a menudo de los vecinos, no tenían muy arraigado el concepto de «ahorrar».

Muchos creían que vivir en el campo no costaba dinero, pero era muy habitual que cada hogar tuviera no uno, sino dos o hasta tres coches para desplazarse. Además, la vida social era mucho mayor que en la ciudad, por lo que al final se acababa gastando más. Asistir a los funerales de familiares o vecinos también costaba dinero, por no hablar de lo que se iba en los preparativos de los festivales, donde todo el mundo tenía que ir con ropa tradicional a juego y demás. También era normal hacer contribuciones a los templos o las asociaciones de vecinos y, por supuesto, regalar una determinada suma de dinero a familiares por graduaciones y bodas, igual que Tomoko lo había recibido en su momento.

En el barrio, todo el mundo estaba al corriente de la situación económica de cada uno, por lo que intentar escabullirse de los diversos actos sociales o escatimar gastos en comida, bebida o gasolina podía valerle a uno las críticas de los vecinos. Allí ahorrar no era una virtud.

Kotoko, Kazuhito y también su suegro, que por aquel entonces aún vivía, solo llevaron pastelitos de boniato cuando visitaron la casa de Tomoko. Ciertamente, habían acordado con antelación no llevar nada demasiado lujoso, pero aquello los cogió por sorpresa a todos. Años después, los vecinos seguían bromeando al respecto: «A Tomoko se la llevaron a cambio de un pastelito de boniato», decían.

Después de casarse se mudaron a la ciudad. El cambio de ambiente desconcertó un poco a Tomoko al principio, pero pronto se acostumbró a la indiferencia de los vecinos, tan típica de Tokio. Allí se sentía libre, una sensación similar a cuando se tumbaba en el suelo de su casa y estiraba los brazos y las piernas con toda su fuerza. En el pueblo no podía hacerlo, pues algún vecino podía entrar de repente, ya que no cerraban con llave, y pillarla en esa postura. «¿Aún es mediodía y ya quieres dormir?», le dirían.

Otro gran cambio fue tomar consciencia por primera vez de lo que significaba ahorrar. Se lo enseñó su suegra, que le explicó cómo utilizar el libro de cuentas, pero eso no la salvó de la sorpresa que se llevó cuando nació Maho y decidieron comprar su primer coche. Su esposo y su suegra se inclinaron por un *kei car*,[6] lo cual la dejó patidifusa. En el

---

6. Categoría fiscal de automóviles con reducciones de impuestos y seguros. (*N. de las T.*)

pueblo solo habrían elegido un coche así de ser el segundo o el tercer vehículo.

Aunque echaba de menos a su difunta madre quejándose por teléfono de lo tacaños que eran en Tokio, gracias a dicha tacañería habían conseguido ahorrar ocho millones. Un dinero que ahora ya no tenían.

Con el ciclo de dos años en la universidad de Maho y el de cuatro de Miho se les habían ido cinco millones, y luego había llegado la boda de Maho. A pesar de que la ceremonia había sido bastante frugal porque Maho había dicho que preferían prepararlo todo ellos mismos, entre la comida para conocer a la familia del novio, el suplemento por el vestido de novia (cuando había ido a la tienda se había enamorado de otro diferente al que había elegido primero y se habían salido del presupuesto) y el transporte para los familiares que vivían fuera, se habían ventilado un millón de yenes en un abrir y cerrar de ojos.

Algún tiempo después, la madre de Tomoko y luego el padre de Kazuhito habían fallecido y entre todos los hermanos habían tenido que pagar los gastos de los hospitales y los funerales.

Seguidamente, Tomoko se había puesto enferma. Si bien el seguro le había cubierto la operación, primero había visitado varios hospitales para hacerse un montón de pruebas que le habían costado un dineral.

Otro factor condicionante era el sueldo de Kazuhito, congelado durante los últimos diez años. Desde la crisis financiera de 2008, los beneficios de la empresa dedicada a fabricar instrumentos de precisión para la que trabajaba eran más bien bajos y no conseguía remontar el vuelo. Había perdido ya la cuenta de las veces que habían considerado fusionarse con otras compañías estadounidenses o chinas. Además, pese a haber cumplido ya los cincuenta, Kazuhito no había conseguido ascender a jefe de sección. Seguía siendo subjefe, un cargo que Tomoko no sabía cómo juzgar.

Y, por si fuera poco... ¿Cuánto les costarían ahora los cuidados de su suegra, Kotoko? Solo de pensarlo le entraba dolor de cabeza. Kazuhito tenía un hermano pequeño que vivía en Osaka y trabajaba en la empresa familiar de los padres de su mujer. Lo trataban prácticamente como a un hijo adoptivo. Tomoko solo lo había visto en algunas ceremonias familiares y desconocía por completo lo que los dos hermanos habían estado hablando al respecto, si es que lo habían hecho, pero no se atrevía a entrometerse por miedo a que entonces le tocara cargar a ella con el muerto.

El dinero se les había ido como si tuvieran agujeros en los bolsillos y, para cuando se dio cuenta, solo les quedaba un millón. Los veinte millones de Chisato eran como un sueño para ella.

Había pasado una semana desde que le dieron el alta; por fin podía salir a comprar. Como le habían prohibido montar en bicicleta el primer mes, fue andando a paso lento hasta la calle comercial de Jûjô.

—¡Oh!, ¿ya le han dado el alta?

La dependienta de la tienda Murasaki, donde hizo la primera parada, la recibió con una sonrisa. Antes de ingresar le había contado lo de la operación cuando había ido a comprar unos cuantos pijamas que se abrían por delante y, según comprobaba ahora, la mujer había tenido el detalle de acordarse.

—Sí, pero aún no puedo montar en bici.

Ella le respondió con una sonrisa natural y, después de asentir levemente con la cabeza, le recomendó un carrito para la compra con ruedas como los que utilizaban las ancianas. Costaba ochocientos noventa yenes. La tienda Murasaki también exhibía artículos variados como ese en los rincones. Acostumbrada a tratar con gente mayor como ella, enseguida supo lo que le convenía. Tampoco se le olvidó hacerle un descuento de doscientos yenes para celebrar que le habían dado el alta.

«Pasito a pasito voy acercándome a la tercera edad», pensó mientras caminaba. Su enfermedad, el divorcio de su amiga y el redescubrimiento de sus ahorros estaban cambiando muchas cosas en su interior.

En primer lugar, se había topado de bruces con la ineludible realidad de que tenían que empezar a ahorrar de nuevo para afrontar la vejez en condiciones. Y, segundo, ahora era consciente de que divorciarse de su marido no era una opción para ella.

Nunca se había planteado algo así antes, básicamente porque nada en él la había disgustado tanto como para eso. Sin embargo, su total ineptitud para los quehaceres domésticos la había empujado a reflexionar sobre su vida al salir del hospital.

Aunque a veces Kazuhito podía ser algo seco, en general

no era una persona fría. Todos esos años había trabajado duro para mantenerlas a ella y a sus hijas. Su suegra era una mujer sensata y las niñas, sus nietas, la adoraban.

Sin embargo, tras recibir el alta, por alguna razón había empezado a reconsiderar la clase de vida que llevaban y las dudas la asaltaron: ¿de veras seguiría cocinando tres comidas al día, limpiando y haciendo la colada junto a su marido eternamente? ¿Lo mismo un día tras otro?

Solo con imaginarlo, se le escapó un pequeño suspiro.

El pronóstico del que le había hablado Chisato para las mujeres que se divorciaban a su edad era muy duro y la había puesto cara a cara con la cruda realidad: por muchas pegas que le encontrara a su esposo, aguantarse era su única opción.

Aunque hasta el momento ni siquiera se había detenido a pensar en el concepto de «divorcio», darse cuenta de que para ella no era ninguna alternativa le provocó una extraña desazón. Ahora, cuando cenaba en silencio junto a su marido, sentía que la invadía un descontento cada vez mayor. ¿Por qué, pese a que ni siquiera sabía cocinar, se limitaba a comer en silencio sin darle las gracias? Los fines de semana se los pasaba durmiendo o saliendo con sus amigos para jugar al golf, su única afición, lo cual obligaba a Tomoko a pasar el sábado y el domingo igual que el resto de la semana: esperando a que su marido llegara a casa mientras le preparaba la cena.

¿Iba a ser igual cuando él se jubilase?

Tomoko encontró verduras en el supermercado que había en el centro de la calle comercial. Las había visto por casualidad apiladas en la entrada, estaban de oferta. Una col entera por cien yenes, media col china también a cien, al igual que una bolsa de cebollas... Lo metió todo en la cesta y se dirigió a la sección de la carne. Ese día un paquete de cien gramos de pechuga de pollo costaba cuatrocientos dieciocho yenes, más barato que los quinientos dieciocho que solía valer. Se quedó con el paquete grande de cuatro pechugas y fue a por el cerdo. Un paquete de cien gramos de carne cortada en lonchas finas costaba novecientos dieciocho yenes, de modo que cogió dos.

La calle Jûjô era famosa por la gran cantidad de platos preparados que vendían, a menudo los anunciaban en televisión. Había tiendas donde ofrecían albóndigas de pollo a diez yenes cada una, o una pieza de pollo rebozado más grande que la palma de la mano por ciento sesenta yenes. Además, todo estaba riquísimo.

Antes de ingresar en el hospital, Tomoko compraba allí a menudo. Preparar frituras era muy engorroso para comer solo dos personas y ahora que ya no estaban sus hijas pensaba que podía permitirse ahorrarse algún trabajo. Comprando algún platito, luego ella solo tenía que cocinar el arroz, la sopa de miso y alguna otra tontería.

Pero...

Ahora no podía permitirse el lujo de comprar comida preparada. Al volver a casa, se puso con las pechugas de pollo. Les quitó la piel a las cuatro, cortó dos en trozos y las pasó por el robot de cocina para picarlas. Luego dividió las pechugas en paquetitos de cien gramos y los congeló. Las dos restantes las cortó en tiras, las adobó con sake y jengibre, y las dejó reposar. Había oído en televisión que así quedaban más jugosas. Al cabo de un rato, las dividió en paquetitos y congeló la mitad.

Después separó y congeló una parte de la carne de cerdo. Luego trocoó la mitad de la col para hacer una ensalada, la puso en una fiambrera y la guardó en la nevera.

Estaba exhausta. Se sentó en una silla frente a la mesa del comedor y apoyó la barbilla entre las manos.

De joven hacía lo mismo en un santiamén. Volvía de su trabajo a tiempo parcial, hacía la compra para la cena, la preparaba, daba de comer a sus hijas, las bañaba, las acostaba y luego esperaba a que su marido regresara del trabajo prácticamente de noche.

Después de que sus dos hijas se independizaran, pensó que por fin tendría tiempo para ella. Nunca habría imaginado que, a su edad, tendría que volver a picar pechugas de pollo.

Echó un vistazo a la cocina. La media col de la ensalada, la col china y las cebollas seguían en la encimera. Había dejado la picadora sucia en el fregadero y la tabla de cortar y el cuchillo tal cual. Suspiró desde lo más hondo de su corazón. ¿Hasta cuándo tendría que seguir haciendo aquello?

—Qué remedio. Somos pobres, no tenemos dinero —susurró, y las lágrimas le brotaron de los ojos sin freno.

La verdad era que habían comido pollo la pasada noche. Había preparado un plato de arroz con tiritas de pechuga, huevo y cebolla, acompañado de sopa de miso y ensalada.

—Te ha quedado un poco seca la carne, ¿no? —susurró Kazuhito mientras comía.

Por lo general, solía comerse lo que le servían en silencio y sin protestar. Estaba bastante segura de que no lo había dicho con mala intención, con ninguna intención, en realidad. Simplemente soltó lo que pensaba sin más.

Pero Tomoko se enfureció. Estuvo a punto de arrojarle los palillos; de hecho, lo hizo mentalmente. Luego se levantó y se fue sin mediar palabra.

Kazuhito tenía razón, la carne estaba dura. Quizá la había cocinado demasiado o tal vez se hubiera equivocado al cortarla. No estaba rica.

Las pechugas no tenían la culpa. Dependiendo de cómo se cocinasen, podían incluso quedar más sabrosas que los muslos y también eran más sanas. Su profesora de inglés le había dicho un día que cuando llegó a Japón se había llevado una sorpresa porque en Australia las pechugas eran más caras que los muslos.

En conclusión, dependía de la forma de cocinarlas. Era lamentable que una veterana ama de casa como ella, con tantas horas en los fogones, cometiera semejante error. Se suponía que sabía lo suficiente de cocina como para atreverse a enseñar a otros. ¿Cómo se explicaba eso?

Se había equivocado, lo sabía. Aun así, no conseguía calmarse. Dentro de una semana le dirían si tenía que hacer radioterapia o no. Cuando empezara, debería volver a pasar unos cuantos días en el hospital y, aunque la dejaran volver a casa, se encontraría mal a menudo, según había oído.

¿Qué pensaba hacer Kazuhito entonces? Le daba vueltas al asunto como si ya estuviera todo decidido. Quizá lo hacía para defenderse, así no le dolería tanto cuando se lo comunicasen.

Medio año. El seguro lo pagaría prácticamente todo, por lo que los costes del tratamiento no serían tan altos, pero, sin poder cocinar ni limpiar, tenía la sensación de que ese millón de ahorros desaparecería antes de que se dieran cuenta. Sintió que volvía a dolerle el estómago, en el lugar donde la habían operado.

—Últimamente siempre está lleno, ¿no te parece? Creo que faltan hospitales y médicos —susurró Chisato mientras veían la televisión en la sala de espera.

—Lo siento.

Habían ido para que les dieran los resultados del tumor que le habían extirpado. Aunque tenía cita a las dos, ya pasaban veinte minutos de la hora y no parecía que fueran a llamarla pronto. Varias mujeres de entre veinte y ochenta años esperaban apretujadas en los sofás.

—No lo decía en ese sentido. Además, he sido yo quien se ha autoinvitado —dijo Chisato. Cuando Tomoko le había enviado un mensaje confesándole que se sentía algo insegura yendo sola, su amiga le había propuesto en el acto acompañarla. De autoinvitarse nada—. Al menos podemos hablar mientras esperamos.

—¿Te imaginas que quedáramos aquí para vernos como hacen las ancianas?

Se rieron sin fuerzas.

—Y... ¿Cómo va con Yoshiaki? ¿Se sabe algo más?

—Como al final decidimos que nos dividiríamos todo el dinero a partes iguales, pensé que las cosas avanzarían más rápido, pero...

Al parecer, no se ponían de acuerdo con los gastos de la manutención y los estudios de su hija, Chiaki, de veinte años.

—Cuando me pidió el divorcio con la cabeza gacha me prometió que cumpliría con todas estas cosas, pero ahora me sale con que nuestra hija ya tiene veinte años y no necesito cobrar ninguna manutención.

—¿Eh? Pero Chiaki todavía va a la universidad, ¿verdad?

—Claro. Dice que pagará la mitad de los estudios, pero que no piensa hacerse cargo de la manutención.

—Patético.

—La gente se vuelve muy fría cuando se divorcia. Supongo que su nueva novia le habrá lavado el cerebro, por eso dice estas cosas de repente.

Al final, el dinero siempre era objeto de discusión.

—Lo que más me preocupa es que Yoshiaki parece haberse acostumbrado a esta situación.

—¿Qué quieres decir?

—Pues lo que te conté el otro día. La abogada me dijo que los hombres suelen sentirse cómodos teniendo amante y mujer a la vez. La jovencita por un lado y el hogar con su hija y su ama de casa por el otro. Y van alternando. Creo que es lo que le pasa a él.

—Qué idiota.

Trataba a las mujeres como tontas. Tomoko se enervó solo con oírlo.

—Es lo que pienso cuando lo veo ir y venir de su casa a la nuestra y quejándose, diciendo que él también lo está pasando mal. Llevamos mucho tiempo juntos, lo conozco. Pero ¿cómo pretende que lo aceptemos? Ya decidimos separarnos, ¿no? Quiero hacerlo

—Claro —asintió Tomoko, a la vez que pensaba que había algo de luz en la expresión de su amiga.

¿Era posible que fuera precisamente ella la que todavía no se había rendido? Le pareció que era Chisato la que empezaba a acostumbrarse a esa situación; se quejaba, pero en el fondo se sentía aliviada.

Miró de reojo su perfil. No podía criticarla. Llevaba veinticinco años con su marido.

—Señora Mikuriya, señora Mikuriya, diríjase al consultorio tres —la llamó una enfermera joven con voz de pito.

La expresión de Chisato se tensó.

—Tomoko, Tomoko, te llaman.

En vez de responder, le estrechó la mano.

Las dos mujeres entraron en el consultorio agarradas de la mano como dos niñas de primaria. Chisato se escondía detrás de Tomoko, era evidente que estaba asustada. Primero se había hecho la valiente diciendo que la acompañaría para asegurarse de que no se desmayara, pero ahora era ella la cobarde. Tomoko no se lo tuvo en cuenta. Al fin y al cabo, el miedo de su amiga era una prueba de lo preocupada que estaba por ella.

Tomoko, en cambio, que era la principal afectada, se había relajado tan pronto como había puesto los pies en el consultorio. El ambiente era diferente, lo sentía. Parecía más alegre.

Quizá después de tantas visitas había aprendido a discernirlo. Tanto el joven médico como la enfermera que había a su lado parecían contentos, ya no había en ellos esa expresión lúgubre de antes. La tensión se había desvanecido.

—Siéntese, señora Mikuriya.

—Hoy he venido con mi amiga.

—Ah, también hay sitio para ella, adelante.

Había dos sillas, de modo que se acomodaron una al lado de la otra.

—Sobre los resultados de la prueba... —dijo el doctor, yendo directo al grano. Abrió la historia clínica con una sonrisa y Tomoko supo que no se equivocaba. Nunca le había sonreído, era la primera vez—. Felicidades. ¡Tenemos el escenario I A!

—¿Eh? —Aunque lo había adivinado por su expresión, se le escapó una exclamación de sorpresa.

—Es el escenario I A. El tumor que hemos extirpado solo medía un centímetro.

—Qué bien, Tomoko... —dijo Chisato, con voz ahogada.

Tomoko se volvió, asintió automáticamente y luego miró de nuevo al médico.

—Entonces, la radioterapia...

—No será necesaria.

A continuación, el doctor empezó a contarle el programa que seguirían a partir de ese momento. Durante los meses siguientes tendría que acudir al hospital una vez al mes y hacerse una tomografía al año. Tomoko lo escuchaba asintiendo con la cabeza, pero su mente estaba muy lejos.

No habría sabido decir si era su voz o la de otra persona, pero le pareció oír en su cabeza: «A partir de ahora. A partir de ahora. Todo empieza ahora».

—Ya veo, por eso hoy ha venido acompañada.

Chisato y Tomoko, mareada de los nervios, estaban sentadas delante de la rolliza Sûko Kurofune, la asesora financiera.

De camino a casa al salir del hospital, las dos mujeres habían hecho una pausa para tomar un té en una cafetería delante de la estación de Ochanomizu. Mientras escuchaba lo que le contaba Chisato, Tomoko empezó a pensar que, al igual que su amiga, estaría bien compartir lo que sentía con alguien y pedir su consejo.

—Lo siento, mi amiga me ha hablado tanto de usted que me entraron ganas de visitarla. Pregunté y me dijeron que daba charlas a grupos.

—Efectivamente. En una consulta individual sobre asesoramiento financiero es necesario comunicar el capital del que dispone la familia, lo cual incomoda a mucha gente. No obstante, si antes acuden con amigos para conversar juntos, todo fluye mucho mejor. Si bien es cierto que muchas personas me visitan solo de forma individual, yo opino que al principio cualquier formato es bueno. Siempre es posible solicitar una entrevista personal más adelante, a medida que vayamos profundizando, eso también es habitual.

Kurofune hablaba paseando sus ojos negros por la estancia. Qué diferente era de la experta que solía aparecer en televisión gritando: «¡8 x 12 son las cifras mágicas!»; al natural era amena y alegre. Consiguió que Tomoko se relajara. A diferencia de Chisato, cuyo divorcio estaba ya prácticamente decidido, Tomoko sufría al verse incapaz de dar una forma concreta a la angustia latente en su corazón. Eso era lo que más la preocupaba, pero tenía la sensación de que también merecía la pena pedir consejo sobre su situación económica. En cuanto al resto de las insatisfacciones e inquietudes vagas que la atormentaban, por muchas vueltas que les diera, no desaparecían nunca.

Cuando el médico le reveló su estado de salud, sintió una ligera alegría en el corazón. Por eso había decidido afrontar la desazón que todavía permanecía en su interior con actitud positiva.

Una sesión de una hora costaba seis mil yenes. Pagarían a escote, pero tres mil yenes seguían siendo una cifra importante. Aun así, Tomoko no se había desprendido de semejante cantidad con el convencimiento de que aquello fuera a ayudarla a poner orden en su cabeza, sino más bien por la necesidad de demostrarse a sí misma que estaba resuelta a solucionar sus problemas.

Aquella había sido su principal motivación, por eso no le pareció que estuviera dando un mal uso a esos tres mil yenes.

—De acuerdo. ¿Le parece bien entonces si hoy empezamos escuchando su historia, Tomoko?

—Claro, aunque no sé si sabré explicarme. Mis disculpas de antemano.

Tomoko empezó a hablar. Les contó cómo se le había ocurrido echar un vistazo a sus ahorros después de charlar con Chisato, momento en el que había descubierto que solo les quedaban un millón de yenes en la cuenta. Aunque ya no tendría que seguir pagando el tratamiento por el cáncer, físicamente se cansaba más de lo habitual y no estaba muy segura de poder ahorrar como lo había hecho de joven. Tampoco quería ser una carga para sus hijas en un futuro, pues ellas ya tenían su trabajo y su hogar, y, por último, desconocía también cuánto les costarían los cuidados de su suegra.

—Y luego... hay otra cosa que tampoco te he contado todavía, Chisato... —confesó, mirándola un poco de reojo antes de proseguir—: Hace unos días mi hija menor, Miho, vino a casa y me dijo que estaba saliendo con alguien.

—Pero eso está muy bien, deberías alegrarte de que te lo haya contado —intervino Chisato, jovial.

—Lo sé, pero... Miho nunca me había pedido consejo ni me había hablado de sus parejas. El que lo haga ahora, viniendo a verme a casa y todo, podría significar que se está planteando casarse.

—Y le preocupan los gastos que conllevaría eso, ¿no?

Como era de esperar de una experta en finanzas como ella, Sûko Kurofune lo pilló al vuelo.

—Exacto. Con la mayor sucedió lo mismo. Aunque dijo que lo organizarían ellos, al final siempre salen gastos por alguna parte. Quiero mucho a mi hija y me gustaría pagarle la boda, por supuesto. El problema es que tampoco sé cómo serán los padres del novio... ¿Y si quieren celebrarlo por todo lo alto? ¿Cuánto tendremos que ayudar nosotros? Anoche me puse a darle vueltas y no pude dormir.

—Entiendo —dijo Kurofune, levantando la mirada de la libretita donde había estado tomando notas—. Sobre el tema de la boda de su hija menor...

Tomoko se alegró de que fuera directa al grano. Solo disponían de una hora con ella y las dos querían pedirle consejo, así que fue un alivio ver que no se haría de rogar para darles respuestas.

—De momento lo dejaremos de lado. Al fin y al cabo, este no es su problema, Tomoko, sino el de su hija. Si la familia del novio quiere celebrar una boda por todo lo alto, eso es algo que debe hablar su hija con su pareja, no le concierne a usted. Ya son adultos, debe aprender a darse cuenta de esto. Además, ni siquiera ha conocido todavía a su pareja, no tiene sentido que se preocupe por eso ahora. Estoy segura de que, si solucionamos primero sus problemas reales, esto se arreglará solo, ya lo verá.

—De... De acuerdo.

Si sufría era precisamente porque no podía cortar por lo sano con la cuestión, pensó, algo molesta. Aun así, el que le aseguraran que aquello no era problema suyo también la reconfortó en parte.

—Con su suegra ocurre lo mismo. El cuidado de nuestros mayores no considero que sea algo que deba arrastrarnos a la pobreza. Los hijos tienen la obligación de cuidar de sus padres, pero siempre dentro del margen económico del que disponga cada familia, así se interpreta la ley. Si esto le genera problemas económicos, también puede separar legalmente a su suegra para que reciba asistencia pública de forma individual. Una vez más, estoy segura de que, en cuanto haya resuelto sus auténticos problemas, también encontrará una solución para esto, Tomoko. —Hizo una pausa para sorber un poco del té que la coporaba en la mesa, como si a continuación fuera a abordar lo más importante—. Después de escucharla, hay algo que me preocupa un poco. Usted dice que no sabe si tendrá fuerzas para empezar a ahorrar de nuevo. Me he fijado en que, mientras hablaba, ha mencionado a su marido varias veces. Que no sabe encargarse de ninguna tarea del hogar, que no siente ningún interés por las cosas de la casa, etcétera.

Tenía razón. Había asistido a aquella charla con la intención de hablar de sus problemas económicos, motivo por el que se había propuesto de antemano dejar de lado los disgustos que le daba su marido. Kazuhito no era exactamente un inútil ni una mala influencia para ahorrar, pero sin querer, y a pesar de su propósito inicial, se le habían escapado algunas quejas.

—¿Podría ser que, en realidad, lo que le pasa es que no está contenta con él?

—Bueno, me molestan algunas cosas, pero... Llevamos juntos muchos años, es normal que salgan quejas por ambas partes. A todas las parejas de nuestra edad les debe de ocurrir lo mismo, ¿no?

Tomoko miró de reojo a su amiga. No quería hablar demasiado de su marido también por consideración a Chisato, a quien se le acercaba la hora de divorciarse. Ella pareció entender sus sentimientos, pues la miró y asintió como diciendo «No te preocupes por mí».

De joven, cuando se lo presentaron, Kazuhito le había parecido un chico serio y comedido con las palabras. Le recordaba muchísimo a su padre, nacido en los primeros años del siglo xx, y ya estaba harta de los irresponsables que corrían por ahí.

Quizá lo había sobrevalorado. Había dado por hecho que era un tipo taciturno pero que podría confiar en él cuando lo necesitara, hipótesis de la que al final solo se había cumplido la primera parte.

—Escuchando a Chisato me he dado cuenta de que no puedo permitirme un divorcio. Aun dividiendo la pensión y todo, las mujeres siempre estamos en desventaja. Además, nosotros no tenemos tantos ahorros.

—Verá, si bien es cierto que he hecho algunos cálculos para asesorar a Chisato en su nueva vida, todo lo que he pensado para ella ha sido con el deseo de que viva tranquila sin perder de vista la realidad, no para sumirla en el pesimismo.

—Pero divorciarme...

—No le estoy diciendo que tenga que divorciarse, Tomoko. Pero lo que no quiero es que piense que tiene que conformarse con todo lo que no le gusta porque no tiene suficientes ahorros. Primero deje a un lado el dinero y piense qué es lo que más desea en realidad, por favor.

—De acuerdo.

—El divorcio no es el final de la vida, sino el comienzo de una nueva.

Tomoko se volvió hacia Chisato.

—Claro. Lo siento, Chisato.

—¿Qué dices? Entiendo perfectamente cómo te sientes.

Ambas se rieron.

—Bien, ¿qué les parece si nos centramos en soluciones concretas? Deberíamos empezar con lo que las dos pueden hacer ahora.

Al volver a casa después de la compra, Tomoko metió la comida en la nevera y abrió el monedero. Sacó el tique, contó los billetes, los ordenó y los volvió a guardar. Luego estudió el tique con atención, comprobó lo que se había gastado y lo metió bajo el imán que había en la puerta de la nevera. Así no se olvidaría de gastar lo que había comprado. Era uno de los trucos que le había enseñado Sûko Kurofune.

—Solo comprobando lo que le queda en el monedero y ordenando las cuentas notará mucha diferencia. Más que cocinar cosas baratas para no gastar o comprar todo lo que encuentre bien de precio, prefiero que se asegure de no desperdiciar nada y evite comprar en exceso. Si hace esto, no hay ningún problema si luego se hace con algún plato precocinado porque se encuentra cansada. Puede permitírselo. Lo más importante ahora es su salud.

—¿De verdad? ¿Cree que puedo comprar comida preparada?

—Por supuesto. Sus hijas se han independizado sin problema, ¿no? Estoy segura de que usted y su marido solos gastan menos que antes. Cualquier cosa que compre le saldrá más rentable que salir a comer fuera. A cambio, le pediré que al final del mes ahorre un poco más. La última semana no vaya a comprar, arrégleselas con lo que quede en casa o en la despensa. Puede tener pensadas algunas recetas para gastar las sobras. No se preocupe, en cualquier nevera hay comida para una semana. Verá lo bien que sienta hacer algo de limpieza.

—Entiendo.

Entonces se acordó de la tarde en la que había regresado del hospital. Aunque creía que no le quedaba nada en la nevera, se las había apañado para preparar una cena decente.

—Primero, debe empezar por lo que puede hacer. Luego, en cuanto a lo de su marido, ¿qué le parece si acuerdan algún día a la semana para comer separados?

—¿Eh?

—Antes ha dicho que iba a clases de inglés, ¿verdad? Aunque solo sea esa noche, ¿por qué no deja que su marido cene solo? Puede cocinarse lo que a él le apetezca o salir a comer algo fuera. Intenten hacer un poco de vida por separado, quizá así descubran cómo quieren afrontar su vejez.

Se imaginó lo fácil que sería su vida de ser eso posible. En realidad, después de clase los compañeros siempre iban a cenar juntos antes de volver a casa, pero Tomoko nunca se apuntaba porque tenía que preparar la cena de Kazuhito.

—Debería evitar situaciones que le hagan pensar que se está sacrificando por su marido. Eso solo les traerá desgracia a los dos.

Le pareció haber visto a Chisato asintiendo con pesar a su lado.

Ese día para cenar prepararía sopa, arroz, tofu con soja fermentada y huevo y, de plato principal, hígado de cerdo salteado con ajo. La sopa ya la tenía hecha, usaría la que le había sobrado de la mañana, mientras que el tofu y la soja solo tenía que sacarlos del envoltorio. Lo único que le faltaba por cocinar era el plato principal. He aquí otro truco de Kurofune: combinar sopa y verduras de forma que una de las preparaciones solo tuviera que sacarla de un paquete.

Cuando hiciera la compra, aparte del tofu y la soja fermentada, debía llevarse a casa varios tipos de alga, tofu de huevo, pastel de pescado y demás, cosas que no precisaran de ninguna preparación. Luego, solo tendría que concentrarse en el plato principal, para el que, de vez en cuando, podía permitirse el lujo de comprar algo precocinado en una de esas deliciosas tiendas de la calle Jûjô.

Kazuhito regresó a casa pasadas las ocho de la tarde. Como siempre, después de cambiarse, se sentó a la mesa y estiró la mano para alcanzar el mando a distancia.

—¿Podrías esperar un momento antes de encender la televisión? Quiero comentarte algo.

—¿El qué?

Soltó el mando tal y como le pidió. Luego la miró, con la incógnita aflorando en sus ojos. No había nada turbio en su expresión. Ni se le pasaba por la cabeza que Tomoko tuviera alguna queja u opiniones propias.

Ahora se daba cuenta del tiempo que hacía que no hablaban mirándose a los ojos.

—Cada jueves voy a clase de inglés, ¿recuerdas?

—Claro.

Tomoko dudaba que de verdad se acordara de sus clases, pero Kazuhito asintió con absoluta naturalidad.

—Me gustaría que los jueves te las arreglaras solo con la cena.

Lo soltó de golpe.

—¿Qué quieres decir con eso?

Pues eso. Puedes cocinarte lo que quieras o salir a comer fuera. Incluso puedes ir a cenar a casa de tu madre. Solo te pido que los jueves me eximas de tener que cocinar.

—¿Por qué? —preguntó, malhumorado.

—Después de la clase todos se van a cenar juntos con la profesora y hablan de muchas cosas. Yo siempre había querido apuntarme, pero me quedaba con las ganas para venir a cocinarte la cena. Ya no quiero seguir aguantándome.

Con la comida esperándolo delante sin poder catarla todavía, su marido parecía un niño.

—He estado enferma, ¿recuerdas? Eso me ha ayudado a decidirme. No quiero reprimirme más, quiero tener un poco de libertad. ¿No podrías dejarme descansar una vez a la semana? Por eso...

—De acuerdo —dijo Kazuhito, seco, y luego volvió a coger el mando para encender la televisión.

Tomoko suspiró. En realidad, deseaba descansar dos días a la semana. No solo por las clases de inglés; estaba cansada de años y años cocinando y ocupándose de todas las otras tareas del hogar. Le habría gustado decirle aquello a su marido.

Entonces recordó las últimas palabras de Sûko Kurofune antes de terminar la sesión:

—Avancemos paso a paso, no hay que precipitarse. No intente cambiarlo todo de golpe.

Sí, exacto. Paso a paso. Quizá, dejándolo solo un día a la semana, Kazuhito también se daría cuenta de unas cuantas cosas. Quizá reflexionaría.

Al menos no se había opuesto radicalmente a la idea.

Tomoko cogió los palillos y empezó a comer igual que él. El hígado salteado estaba un poco salado y se le atragantó, pero lo masticó con fuerza y se lo tragó.

# 6

## Personas ahorradoras

No hace mucho, yo, Tita, pasé por ese momento de grandes dudas que ocurre una vez cada dos años.

Exacto: finalizó el contrato de mi *smartphone*.

Estoy segura de que me entendéis perfectamente: esta decisión que parece tan trivial tendrá un gran impacto en mis gastos durante los próximos dos años y en mi vida diaria.

Encima, mi novio (quien, después de graduarse en una facultad de Bellas Artes, trabajó de becario en una empresa antes de que lo contrataran) es el tipo de persona a la que no le importa tener este tipo de ataduras y se cambiará de iPhone en cuanto salga uno nuevo al mercado.

Para ello, es usuario de cierta empresa «S», que ofrece un plan de renovación cada vez que sale un nuevo producto. Siempre usa el modelo más caro y, encima, el Plus, el de la pantalla más grande. Económicamente, ¿cómo puede permitírselo? Me preocupa un poco el tema, especialmente si pienso casarme con él algún día.

«Si pensamos en cómo es la vida de hoy en día y en las cosas a las que solemos dedicar más tiempo, ¿no te viene a la mente el *smartphone*? Lo consultamos muy a menudo, hay gente que está todo el rato usándolo; con él puedes leer, escuchar música o incluso descargarla. Por eso, aunque sea un producto algo caro, si lo dividimos entre los 365 días del año y calculamos a cuánto nos sale por día, el gasto no es tan disparatado. No es como si compraras una joya que solamente utilizas un par de veces al año».

Ya veo... Así es como piensa él...

¿Eh? Espera... ¿¡Eso significa que él cree que no es necesario comprar un anillo de compromiso!?

Bueno, mejor cambiemos de tema...

Esta manera de pensar tiene relación con su experiencia viajando por Asia y de cuando fue a Australia como estudiante durante medio año.

«Cuando fui a un Starbucks en Singapur, unos chicos que estaban a mi lado no paraban de hablarme. Me preguntaron si podía compartir con ellos mi línea wifi, de dónde era y estas cosas. ¡Y luego me pidieron que les guardara las cosas mientras iban al baño! ¿Cómo podían pedirle algo así a alguien que acababan de conocer? ¡Si no estábamos en Japón, sino en el extranjero! Pensé que era porque Singapur es un lugar seguro y confiaban mucho en los japoneses... pero, cuando me fijé, caí en por qué se fiaban tanto de mí.

Y era porque, simplemente, llevaba el último iPhone y un ordenador de Apple. Antiguamente, la gente solía cuidar mucho su imagen: compraban buenos zapatos, ropa bonita, bolsos de marca, etc. Pero ahora no es así; mucha gente con dinero lleva zapatillas desgastadas, camisetas y vaqueros. Actualmente se le da más importancia a los aparatos que usas que a tu ropa. Es un lenguaje universal, un pasaporte entre las personas con las mismas sensibilidades».

Algo así dijo.

Bueno, no creo que esa experiencia tenga toda la culpa, pero sí una parte.

Yo también he estado usando el iPhone 5s gracias a la empresa «D» hasta ahora. Cuando lo cambié hace dos años, no daba la impresión de ser un modelo tan antiguo. Me gustó el diseño, así que no tuve ninguna queja. Incluso pensé en seguir usándolo.

Sin embargo, ahora que hay tantos rumores de que van a lanzar el iPhone 8, he empezado a plantearme el cambio a un iPhone 7 o, como mínimo, a un iPhone 6s.

Sobre todo, lo que me empujó a pensar así fue la empresa «D». Cuando fui a hacerles una consulta, me dijeron que, aunque no cambiara de modelo, las tarifas serían las mismas (quizá fue coincidencia, pero incluso la chica que me atendió por teléfono tampoco me pareció muy simpática).

Parece ser que ahora las empresas de telecomunicaciones se dedican a ser bordes con sus clientes más fieles. Están impulsando un plan para que, aunque lleves mucho o poco tiempo en una empresa, te vayas a otra.

Además, últimamente también se pueden encontrar tarifas para *smartphone* baratas, incluso en compañías pequeñas.

Al final... ¿Cuál es la manera más económica de utilizar un *smartphone*? ¿Qué compañía es mejor?

Después de haber escrito tanto, Miho Mikuriya suspiró y volvió a leerlo todo detenidamente desde el principio. «No está mal», pensó.

Pero era demasiado largo.

El tema de ese día era cuál era la compañía de *smartphones* que ofrecía mejor calidad-precio, pero ya había escrito un montón antes de abordar el tema principal. Encima, aunque había puesto atención en ir dejando espacio entre líneas, se veía todo muy negro y el texto muy apretado.

«La historia que me ha contado Shôhei ha sido tan guay... Cuando hemos quedado hoy y le he dicho que iba a escribir una entrada sobre los *smartphones*, ha salido eso en la conversación».

Después de romper con Daiki, con quien había estado saliendo desde la universidad, se apuntó al curso de ahorros Kurofune y empezó a verse a menudo con Shôhei Numata, un chico que se sentaba a su lado. Era agradable, delgado y no demasiado guapo; era perfecto para Miho. Él vivía en Akabane y, cuando ella decidió buscar un piso cerca de Jûjô, la distancia entre los dos se redujo. Habían utilizado la excusa de la búsqueda inmobiliaria para verse y ahora vivían a cinco minutos de distancia en bicicleta.

Sin embargo, Shôhei no se había apuntado al curso porque estuviera interesado en ahorrar. Le gustaban los grupos de estudio, las conferencias y los encuentros matutinos para aprender. Siempre estaba buscando en internet cursos baratos para inscribirse y participaba en todo lo que podía. Parecía que tenía pensado montar su propio negocio en el futuro.

Aun así, entendía todos los esfuerzos que hacía Miho para ahorrar y solían pasar los días entre semana en casa de uno de los dos, ya que comer en casa era mucho más barato que hacerlo fuera.

En realidad, incluso cuando se mudó, le dijo «Podrías haberte venido a mi casa» y Miho no supo si lo decía en serio o en broma, pero pensó que no era muy buena idea vivir juntos antes de casarse, encima estando tan cerca de la casa de sus padres. De todos modos, aunque no salieran fuera a hacer cosas, hablar con Shôhei era muy divertido. Le aportaba muchas ideas para el blog y esto se lo hacía saber a sus lectores. Incluso a veces recibía comentarios del tipo: «Tita, tu novio es un chico muy interesante» o «Estoy de acuerdo con la opinión de tu novio».

Por eso había querido incluir la conversación que había tenido con él... pero, si lo dejaba así, los lectores se iban a aburrir antes de llegar al tema principal.


Miho movió el ratón y con el cursor seleccionó y borró desde la frase que empezaba con «Encima, mi novio» hasta «incluso en compañías pequeñas» en un solo clic.

Había borrado casi todo el texto. «Qué lástima...», pensó. Pero decidió que no lo desecharía del todo, sino que guardaría esa parte y ya la subiría otro día.

Miho se acomodó delante del ordenador y procedió a escribir el resto de la historia.

Llegué a la conclusión de que el iPhone era el que ofrecía la mejor relación calidad precio del mercado. Sí, ya sé que existen muchos otros modelos aparte del iPhone, no soy una fanática de Apple. Por ejemplo, mi hermana, utiliza un Android bastante antiguo (Nexus 5) de Google por algo menos de 2000 yenes al mes con la compañía «Y»... (Creo que esta opción también es muy buena). Sin embargo, me parece más fácil comparar si nos centramos únicamente en el iPhone.

Y así es como lo voy a hacer.

¡Empecemooos!

La forma más eficiente y barata de hacerse con un iPhone es yendo a una tienda Apple, comprar un nuevo iPhone y elegir una tarjeta SIM (la más barata posible dentro de las necesidades de cada cual en cuanto a gigas y llamadas mensuales).

Sé que muchos, después de leer esto, estaréis dudando de lo que estoy escribiendo, pero, después de hacer algunos cálculos, esta ha resultado ser la manera más económica.

Actualmente, el iPhone más nuevo, el de 16 gigabytes, cuesta 66744 yenes con impuestos incluidos. Si lo dividimos entre veinticuatro meses, son 2781 yenes al mes. Una tarjeta SIM de uso ilimitado cuesta más o menos unos 3000 yenes. Así que... ¡Tachán! ¡Ya puedes usar el internet que quieras, que todo te saldrá por menos de 6000 yenes! Yo elegí este plan porque no tengo wifi en casa, pero tened en cuenta que hay tarjetas SIM mucho más baratas que esta.

En comparación, con la compañía «D» el nuevo iPhone con cinco gigabytes de wifi sale por 8 000 al mes (en realidad, puede salir un poco más caro si añadimos el coste de las llamadas). Adquirirlo en una tienda Apple sale unos 2000 yenes más económico. Además, si decidís utilizar ese plan durante cuatro años en lugar de dos, la cuota mensual baja. Eso sí, solo lo ofrecen si compras el modelo más nuevo. Muchas empresas más baratas todavía no tienen a disposición el iPhone 7, así que, si tenéis pensado usarlo durante bastante tiempo, sale mucho más rentable coger lo más nuevo de Apple. Encima, hay tarjetas SIM baratas que tienen un contrato de permanencia muy corto o casi inexistente. Algunas compañías permiten cambiar después de unos meses, medio año, un año o incluso un mes (cobrando gastos de gestión). Por lo tanto, si durante ese tiempo encontráis otro proveedor con buenas condiciones, podéis cambiaros. Y, si os compráis un modelo de Apple, cuando vayáis al extranjero podéis comprar una tarjeta SIM de prepago en el país e insertarla.

Era domingo, bueno, mejor dicho, ya era la una de la madrugada del lunes. En cuanto saliera el sol, empezaría una nueva semana.

Pero Miho aún no dormía, sino que seguía dándole a las teclas.

Miho había empezado a bloguear la misma noche del

primer día del curso de ahorro. Al principio, lo hacía sin ninguna intención.

Ahorrando sola no conseguía buenos resultados: se frustraba enseguida y terminaba malgastando. Miho solía caer en la tentación de comprar cuando estaba cansada al salir tarde del trabajo; iba a una panadería de calidad que estaba abierta hasta las diez de la noche o, si era aún más tarde, iba a comprar algún dulce en una *konbini*. Al llevar un seguimiento de sus gastos, empezó a preocuparse. Cuando habló con su hermana, esta le dijo: «Con rellenar el libro de cuentas no es suficiente». Por esta razón empezó a escribir un blog a diario, ya que el hecho de tener lectores la animaba a ir ahorrando como si ellos la estuvieran viendo.

Justo entonces, hizo un curso con la profesora Kurofune y, de alguna manera, su entusiasmo logró motivarla.

¡Fui a una conferencia de la profesora Kurofune para celebrar la publicación del libro *8 x 12 es un número mágico*!

El contenido de esa entrada estaba claro desde el principio y logró escribirlo del tirón.

El blog de ahorros de Cacahuete: ¡a por una casa y un perro de acogida!

El nombre del blog ya indicaba qué tipo de contenido iba a publicar y en él se refería a sí misma como «Tita, la Cacahuetita». Al mismo tiempo, también se abrió una cuenta en

Twitter, «Cacahuete@Blog de ahorro», para poder tuitear y compartir nuevas actualizaciones.

Afortunadamente, unos días más tarde, la profesora Kurofune la encontró a través de un buscador y compartió el blog de Miho en su cuenta, la cual tenía decenas de miles de seguidores.

> Este es un artículo sobre la conferencia que di en una librería hace unos días sobre *8 x 12 es un número mágico*.
> Está muy bien escrito. Muchas gracias, señorita Cacahuete.

Gracias a eso, las visitas a esa entrada del blog aumentaron muchísimo, hasta casi las cuatro cifras, lo cual fue un gran comienzo.

El día antes de que la profesora Kurofune escribiera ese tuit, estuvo a punto de quedarse sin ideas y subió un artículo con la frase que le había dicho su abuela: «La forma en la que alguien gasta tres mil yenes determina su vida (quizá)». En él hablaba de las palabras de su abuela, sobre qué tipo de tetera usaban su madre y su hermana y sobre que ella aún no había encontrado la adecuada. Esa entrada también terminó funcionando bastante bien.

Fue entonces cuando decidió no solamente hablar sobre su propia experiencia en ahorrar, sino que, de vez en cuando, también lo hacía sobre la situación económica de otros miembros de su familia.

Cuando escribió un artículo muy sincero sobre cómo tuvo que despedirse de su querido perro Cacahuete y que había decidido empezar a ahorrar para comprarse una casa con el fin de tener perros de acogida, recibió muchos comentarios del tipo «Te entiendo, mi perro también murió y lloré muchísimo» y, así, poco a poco sus seguidores fueron aumentando.

Habían pasado casi diez meses desde que se conocieron y se estaba acercando el cumpleaños de Miho cuando Shôhei, de repente, le dijo: «Tenemos que hablar».

No estaban casados, ni siquiera habían intercambiado anillos ni nada parecido, pero ya habían hablado de matrimonio y, de algún modo, se había convertido en un hecho consumado.

En las primeras citas, él ya había empezado a hablarle sobre el matrimonio y, al cabo de unas cuantas más, le había preguntado cómo sería su familia ideal, cuántos hijos quería, etc. Su anterior pareja, Daiki, había dejado de hablar de esas cosas en cuanto consiguió un trabajo, por lo que a Miho le resultaba muy agradable y le ponía muy contenta poder hablar de estos temas.

—¿Por qué tienes tantas ganas de casarte? —le dijo a Shôhei.

—Quiero formar mi propia familia y asentarme lo antes posible —le respondió él, muy serio.

Miho le preguntó si esa urgencia por formar su propia familia era porque tenía un concepto idealizado de esta o si, por el contrario, era porque había tenido problemas en casa de sus padres.

—No sabría qué decirte...

—¿Y eso?

—A ver, no hubo abusos, no es que fuera una familia pro-
blemática ni nada de eso, pero... —Shôhei se quedó un rato
pensando, mirando a lo lejos—. Es algo floja.

—¿Floja?

—No, a ver... Nunca hubo ningún problema grande, pero
éramos todos muy pasotas y no teníamos ningún sentido de
la familia. Ahora empiezo a entender qué nos pasaba, pero
antes no lo comprendía.

—¿Cómo son tus padres?

—Mis padres no son violentos ni abusones ni nada de
eso. Son buena gente como cualquier otra, pero no sabría
decirte más. Apenas he hablado con ellos de cosas serias. Al
parecer, mi padre dejó el trabajo cuando yo estaba en el instituto, pero tampoco estoy muy seguro de eso. Por otro lado,
cuando le dije que quería ir a una facultad de Bellas Artes,
ni me apoyó ni se opuso. Yo insistí muchas veces: «¿Te parece bien?». «¿De verdad puedo ir a una facultad de Bellas
Artes?». «La matrícula es muy cara, lo sabes, ¿verdad?». Y,
cuando se lo pregunté a mi madre, se rio y me dijo que dejara de ser tan serio. Me sorprendió mucho la manera en la
que me lo soltó, pero supuse que quería crear una relación
de amistad entre madre e hijo, ya que me has dicho muchas
veces que tu madre también suele hablar así.

La casa de los padres de Shôhei estaba al este de Jûjô,
en una ciudad que limitaba con Saitama. Shôhei había vivido con ellos hasta su época universitaria y, al parecer, se
fue a vivir solo a Akabane cuando empezó a trabajar como
becario.

Cuando él le dijo de repente «Quiero que nos casemos», a Miho no le sentó mal, así que no había duda de que a ella también le gustaba mucho Shôhei. Y, cada vez que se veían, se sentían más atraídos el uno por el otro.

Miho pensaba. «¿De qué querrá hablar tan de repente? ¿Querrá que decidamos el restaurante para ir el día de mi cumpleaños?», mientras esperaba a Shôhei en un restauran te de comida rápida enfrente de la estación de Jûjô a primera hora de la mañana. Cuando se conocieron, él aún era un becario novato, por lo que no le era tan difícil quedar como ahora, cuando verse entre semana era casi imposible.

Aunque se suponía que el trabajo de Miho era muy flexible, tenía que estar en la oficina antes de las diez de la mañana, mientras que él entraba un poco antes del mediodía y trabajaba hasta las tantas de la noche, ya que hacía bastantes horas extras. Si tenían muchas ganas de verse, solían quedar para desayunar. Las llamaban «citas matutinas» y charlaban mientras tomaban un menú barato.

—Pensaba comentártelo durante el fin de semana, pero creo que, cuanto antes lo hablemos, mejor.

Los ojos de Shôhei estaban algo rojos, ya que tenía un trabajo urgente que entregar a finales de mes.

—¿Qué pasa? ¿Es algo de lo que no podemos hablar por LINE?

—Tengo que decírtelo cara a cara, es importante.

—¿Y de qué se trata?

—La verdad es que... Anteayer recibí una llamada de un número desconocido.

—¿Y quién era?

—Me dijeron que me estaba retrasando en la devolución del préstamo estudiantil.

—¿Cómo? ¿Es que pediste un préstamo? —Era la primera noticia que tenía sobre el tema.

—No. Yo no tenía ni idea de eso. Mis padres lo decidieron y rellenaron todo el papeleo sin consultarme. —Miho se quedó callada, sin saber qué decir—. Tras la llamada me puse en contacto con mis padres y me dijeron que lo habían pedido para pagar mis estudios. Se ve que devolvieron una pequeña cantidad mientras yo estudiaba, pero que, ahora que ya estoy trabajando, tengo que terminar de pagarlo yo.

A la mente de Miho afluyeron un montón de preguntas.

—¿Eh? Pero ¿no me dijiste que habías estado trabajando para pagar la matrícula y ayudar a tu familia con los gastos de casa? ¡También me contaste que te habías ido a estudiar al extranjero gracias al dinero que habías ahorrado trabajando! —Se acordaba muy bien porque, al enterarse de aquello, le impresionó mucho que fuera una persona tan capaz.

—¡Y así lo hice! Cada mes les entregaba cincuenta mil yenes. Pero con eso pagaban el alquiler, los gastos y el coste de la universidad. Mis padres me dijeron que con eso no podían hacer milagros. Verás, es que las facultades de Bellas Artes son muy caras...

Miho estaba de acuerdo con lo que habían dicho los padres de Shôhei. Sin embargo...

—¿Y? ¿Cuánto es? El total del préstamo... —Había intentado preguntarlo aparentando naturalidad, pero su voz se quebró un poco.

—Lo debo casi todo, que fueron ciento veinte mil al mes.

—¿Qué? ¿Ciento veinte mil...?

—Resulta que mientras estás estudiando no te cobran intereses, pero una vez que te gradúas te cobran un tres por ciento... Así que en total son 5 760 000, sin intereses. Pero, como devolvieron un poco, quedan por pagar 5 500 000 yenes. Obviamente, no podré pagarlo todo de golpe, así que tendré que ir devolviéndolo poco a poco. —Fue todo tan impactante que Miho se quedó sin aliento—. Siento mucho soltarte esto así, de repente.

Miho seguía sin poder decir nada y Shôhei bajó la cabeza. Al verle en esa postura, ella volvió en sí.

—No es culpa tuya, Shôhei... —Sin embargo, al pensar de quién era, no llegó a ninguna conclusión—. Pero eso... ¿tienes que devolverlo tú?

—¿Cómo? —Shôhei levantó los ojos y la miró fijamente.

—Es que, bueno... tú no firmaste esos documentos, ¿no? Ni siquiera sabías que habían pedido un préstamo...

—También lo he pensado —dijo asintiendo—. Yo no tenía ni idea de nada y encima está firmado con la letra de mis padres. Pensé que, si encontraba alguna excusa, podría evitar ese pago, pero fue gracias a eso por lo que pude estudiar en la universidad de mis sueños. No puedo negarlo y, además, es el motivo por el que encontré trabajo en un despacho de diseño. —Eso era cierto. Aunque había terminado estando muy ocupado y mal pagado—. Así que no puedo fingir que no pasa nada. Además, si mis padres murieran con esta deuda, yo la heredaría igualmente.

—Pero el préstamo era de ciento veinte mil al mes y tú pagabas cincuenta mil, así que ciento setenta mil por doce son más de dos millones al año. ¿Tan cara es la facultad de Bellas Artes?

—Los gastos universitarios son unos ciento cincuenta mil. Pero además hay que pagar comida y alojamiento.

«Sus padres, al menos, podrían haberse hecho cargo de los gastos de comida y alojamiento mientras su hijo estudiaba...», pensó Miho, pero no logró decirlo en voz alta.

—Lo siento, hace poco que lo sé y aún no tengo muy claro cómo debería sentirme.

«Claro... Shôhei debe de ser el primer sorprendido...».

De repente, recordó la conversación que habían tenido anteriormente sobre los padres de Shôhei. Miho no sabía nada de ellos. Para ella, sus padres eran personas que la arropaban y protegían. A veces se gritaban, se peleaban y en alguna ocasión había discutido con su padre porque no expresaba bien sus sentimientos, pero nunca la habían hecho sentir insegura. Si conociera que los padres de Shôhei eran abusones u horribles, podría entenderlo. Pero no sabía nada de ellos...

Miho intentó imaginarse sus caras. No se parecían a ninguno de los padres de sus amigas, en su mente aparecían como unas manchas blancas y vacías. No lograba visualizar sus rostros... Pero, aun así, esas caras blancas la miraban sonriendo.

«Hablaré con mi hermana sobre esto. Ella sabe mucho de intereses y estas cosas...», pensó Miho y se dio cuenta de que seguía rumiando sobre el tema.

—No sé qué podría hacer...

Su madre, Tomoko, guardó silencio con las cejas frunci-
das. Estaban todas reunidas en el salón de la familia Mikuriya: Miho, Tomoko, Maho y su abuela, Kotoko.

Kotoko, que solía ser muy alegre, no decía nada.

Unos días antes, cuando estaba hablando con su hermana Maho sobre el préstamo de Shôhei, esta la atajó en seco:

—Esto es muy grave. No puedo aconsejarte sobre algo
referente a tanto dinero —le dijo y la encaminó a que hablara con sus padres.

Un viernes por la noche, cuando su cuñado, Taiyô, no
estaba en casa porque tenía guardia, Maho fue a cenar con
Saho a casa de sus padres. Su padre tampoco estaba, había
tenido que acudir a una fiesta de empresa y no volvería
hasta pasadas las diez, así que Maho le preguntó a Miho si
quería ir.

Sin embargo, esta se sentía un poco incómoda ante la
idea de hablar de dinero y de su novio con su madre y su
hermana, así que le pidió a su abuela que también fuera.
Pensó que ella sería capaz de mantener a raya a su madre,
que últimamente estaba un poco sensible (ella decía que era
por culpa de la menopausia).

—¿Ya ha decidido cómo va a pagar el crédito? —preguntó Maho con rostro serio.

—No es un crédito, sino un préstamo estudiantil.

—¿No es lo mismo?

—Creo que no... Shôhei me contó que ha hablado con la
financiera donde lo solicitaron y le han dicho que tiene que
devolver alrededor de treinta mil al mes.

—Nada de aproximaciones. ¿Ha preguntado la cantidad exacta?

Maho sacó el móvil del bolso y abrió la aplicación de la calculadora.

Miho repasó las cifras que había apuntado en el bloc de notas de su *smartphone* después de hablar con Shôhei.

—Creo que eran unos treinta mil quinientos yenes.

—El préstamo fue de unos 5 500 000, al mes unos 35 000, con un interés del tres por ciento... —Se empezaron a oír murmullos y toquecitos en la calculadora—. Veinte años. Necesitará veinte años para poder devolverlo todo.

—¿Tanto tiempo?

—¡Solamente los intereses ya suben a 1 820 795 yenes! Aunque diga que son 5 500 000, en realidad tiene que devolver un total de 7 320 795 yenes.

—Treinta mil al mes durante veinte años es muchísimo dinero... —dijo Tomoko con un hilo de voz.

Lo sabía. Miho lo sabía mejor que nadie.

Había empezado a ahorrar hacía un tiempo y se acababa de mudar a Jûjô. Había revisado el dinero que gastaba en alquiler, teléfono, seguro de vida, etc. Además, se llevaba la comida al trabajo y, por fin, había conseguido llegar al punto de poder ahorrar unos cuarenta mil al mes, así que era muy consciente de lo que comportaban esos treinta mil.

—Me opongo a este matrimonio —dijo su madre levantando la mirada.

—¿Eh? —Miho estaba mentalizada para tener que escuchar distintas opiniones, pero no esperaba que llegaran a ese punto.

Miho siempre había sido la estudiante modelo de la familia Mikuriya. Había asistido al mejor instituto de su distrito y ella misma eligió su universidad. Sus padres raramente se enfadaban con ella o se oponían a lo que decidiera.

—Y lo siento, porque no sé qué clase de persona es.

—Pues deberías conocerlo —murmuró Miho, pero su madre negó con la cabeza.

—Seguro que debe de ser una buena persona. Es quien tú has elegido, Miho. Por eso no te estoy diciendo que rompas con él, solo te pido que esperes un poco para casarte. Piénsatelo bien antes de hacerlo. —Lo estaba diciendo de una manera muy sutil, pero, al fin y al cabo, se estaba oponiendo a ello.

—¡Pero no es culpa suya que sus padres pidieran el préstamo! ¡Shôhei no sabía nada de esto!

—Bueno, no saquemos conclusiones precipitadas. Haz lo que dice Tomoko y piénsatelo un poco. Tampoco es que quieras casarte hoy o mañana, ¿verdad? —interrumpió finalmente la abuela—. Tráelo un día a casa y así lo conozco. ¿Te parece bien? Así al menos sabré qué clase de persona es.

—Me encantaría que lo conocieras, abuela. Es una persona muy buena y seguro que te das cuenta enseguida de lo inteligente que es.

—Lo siento mucho, suegra, pero preferiría que no lo hiciera —dijo Tomoko con voz firme. Insólitamente, su madre estaba contradiciendo a la abuela.

—Tomoko...

—No quiero que tenga la impresión de que la familia acepta su relación solo por el hecho de que usted lo conozca.

—Nunca había oído a su madre oponerse tan firmemente a su abuela. Miho se volvió a dar cuenta de lo grave que era la situación—. No tenía intención de decir esto, pero... —Tomoko suspiró—, suegra, se lo diré para que lo entienda: no me opongo por culpa del dinero. Si Miho se casa, tendrá una relación paternofilial con sus suegros. No estoy en contra de su pareja, pero sí de unos padres que piden un préstamo sin consultar a su hijo y luego le obligan a devolverlo cuando se acumulan los intereses.

—Pero Miho se casaría con él, no con sus padres —interrumpió Maho.

Tomoko la miró fijamente.

—La vida de casados es muy larga. Nunca sabes qué puede pasar. Todo es perfecto si tu pareja es un buen hombre o si solo te has casado con él, no con su familia. Pero Japón sigue siendo una sociedad que no está preparada para estos cambios. Maho, tú también estás casada, así que deberías saberlo.

—Bueno... Tienes razón.

Sonó el timbre: su padre había vuelto. Tomoko se levantó y fue a abrir la puerta.

—En el pasado, no era tan extraño que la gente se casara con una deuda tan grande —dijo Kotoko en voz baja mientras miraba en dirección a la entrada.

—Anímate —añadió Maho dándole una palmada en el hombro a Miho—. Podría ser peor: los padres del prometido de una amiga la aseguraron por cien millones.

Miho se preguntó si su hermana la veía tan mal como para sacar el tema de su amiga.

—¿Y qué le pasó?

—Lo discutió muchas veces con su prometido, pero al final no llegaron a un acuerdo y rompieron el compromiso.

Eso no animaba a Miho en absoluto.

—¡Ya estoy en casa!

Su padre entró en el salón y miró a Miho. Tomoko se lo había contado todo rápidamente en el pasillo. Pero, aunque estuviera enterado de ello, su expresión era la misma de siempre.

—Hola —dijeron las tres al unísono.

Tomoko seguía teniendo la misma expresión de antes.

—Voy a cambiarme —dijo su padre y, al instante, se dirigió al dormitorio.

—Miho, tienes que hablar con tu padre.

—Lo sé.

Mientras su madre ponía la cena en la mesa, su padre apareció con ropa de estar por casa, zapatillas y un jersey. En cuanto este empezó a comer, Miho fue a contárselo todo rápidamente. Su hermana y su abuela los miraban desde el salón, rezando en voz baja.

—No pienso decir nada al respeto.

—¿Cómo? —Tomoko fue la primera en alzar la voz.

—Yo no pienso oponerme. Es la persona a la que quieres, ¿verdad? Háblalo con tu madre —dijo su padre con toda naturalidad sin dejar de comer.

—Querido, de verdad... ¿Qué? —dijo Tomoko llevándose una mano a la frente— ¡Siempre igual! ¡Huyendo de las decisiones importantes para quedar bien!

—Mamá, no creo que papá lo haga con esa intención.

—¡Siempre me deja a mí como la mala! ¡Que sepas que estoy totalmente en contra de lo que diga tu padre!

Su madre se levantó, entró en su habitación y cerró la puerta bruscamente. Su padre se quedó mirándola con la boca abierta.

«Papá, en vez de poner esa cara, ¿por qué no dices lo que sientes?», pensó Miho molesta. Pero ahora no podía preocuparse por las discusiones de sus padres, así que miró a su abuela y a Maho.

—¿Qué debería hacer?

—Sigo pensando que deberías hablarlo tranquilamente con ellos —dijo la abuela Kotoko, firme—. Son tus padres y es normal que estén preocupados. Siete millones es mucho dinero.

—Son cinco millones y medio.

—Si le añades los intereses, son más de siete millones.

—Ya, pero...

Kotoko se volvió hacia su hijo.

—Y tú ya puedes hablarlo con Tomoko.

—De acuerdo —dijo su padre, y siguió comiendo.

Cuando Miho miró a su hermana Maho, esta se encogió de hombros. Era como si quisiera decirle «Yo no quiero involucrarme demasiado» y «Eres tú quien tiene que decidir».


Jûjô era un barrio de mentalidad muy abierta, pero el lugar donde nació y vivió Shôhei lo era aún más.

Miho ya era consciente de ello. Lo había visto en algún programa nocturno de televisión. Era «la ciudad que nunca duerme»: los bares nocturnos no cerraban hasta pasado el mediodía y al lado de la estación había un pequeño distrito de entretenimiento. Pero Miho nunca había pensado en ir a ese lugar. Había leído en una revista que allí había bares muy baratos llamados *sonboro*, en los cuales podías emborra charte por menos de mil yenes. Pero era totalmente distinto si acudía a la zona para ir a visitar la casa de su prometido.

Miho salió de la estación un poco nerviosa.

La familia de Shôhei vivía a diez minutos a pie de la estación, en una casa de madera. Después de pasar por una calle llena de bares, se salía a una calle residencial de casas de madera y apartamentos.

Shôhei tenía dos hermanos mayores; él era el pequeño de la familia. Y la casa no era de propiedad, sino alquilada.

—¡Kanako! ¡Estoy aquí! —gritó Shôhei en voz alta al llegar mientras llamaba a la puerta.

Los golpes resonaban con fuerza y Miho se cohibió.

—¿Quién es Kanako?

—Mi madre.

Y, justo en ese momento, la puerta se abrió. Apareció una mujer de mediana edad llevando en brazos a un perrito que lo miró y sonrió.

—Bienvenido.

—He venido con una amiga.

La mujer miró en dirección a Miho.

—¿Una amiga? Querrás decir tu novia.

Kanako llevaba el cabello teñido de color marrón y unos pantalones rosas. Era un tipo de prenda que se pondría una mujer de veinte años, pero a ella le quedaban bien.

—¡Ah! Encantada de conocerla, me llamo Miho Mikuriya —dijo haciendo una grandísima reverencia. Se inclinó tanto que parecía que iba a tocar al suelo.

—Lo sé. Shô ya me ha hablado de ti. Tengo la casa hecha un desastre, pero adelante, pasa.

Era más normal y simpática de lo que esperaba. Miho se sintió algo aliviada.

En el pasillo de la entrada había muchas revistas y montones de ropa vieja apiladas.

—Sabiendo que venía alguien a casa, podrías haber limpiado un poco —se quejó Shôhei a su madre.

—Es que me has avisado con muy poco tiempo...

—Ah, lo siento.

Unos días antes, cuando volvió a salir el tema del dinero, Miho le volvió a preguntar qué clase de padres eran los suyos, ante lo cual él directamente la invitó: «¿Te apetece ir a mi casa de visita?». Aunque había dicho que quería saber cómo eran, en realidad le daba vergüenza admitir la verdad: realmente lo hacía por el préstamo.

—No te preocupes. Aunque me lo hubieras dicho antes, esta casa siempre está así, ya lo sabes. —Se rio al contradecirse.

En una sala de ocho tatamis, había dos sofás enormes, una mesa y dos televisores. Todos los muebles eran enormes, así que la estancia parecía estar abarrotada. En uno de los televisores, el hermano de Shôhei (o eso suponía) estaba jugando a los videojuegos y, en el otro, estaba el padre mirando un partido de golf. Tanto el hermano como su padre tenían un ligero sobrepeso y se parecían bastante.

Shôhei había salido más bien a su madre.

El hijo mayor trabajaba en una constructora cerca de casa y seguía viviendo con ellos, pero el segundo ya se había casado y apenas iba a verlos. Padre e hijo, el mayor, estaban sentados cada uno en un sofá y Miho se acomodó en un respaldo.

—¡Eh! ¡Vosotros dos, sentaos juntos! ¡Que no dejáis sitio para que se siente la novia de Shôhei! —gritó la madre.

El padre se levantó y se colocó al lado de su hijo mayor, que seguía jugando. Durante ese rato, los dos apenas miraron a Miho. Ella pensó que debía presentarse o al menos decirles su nombre, pero no vio la oportunidad de hacerlo.

—Puedes sentarte aquí. —Y, tal y como le había dicho Kanako, Miho se instaló donde había estado el padre. El sitio estaba aún algo caliente y eso la incomodó un poco.

La madre de Shôhei trajo té solamente para Miho, Shôhei y ella. Le dieron las gracias y tomaron un sorbo. Miho no se sintió con ánimo para continuar bebiendo porque al padre no le habían servido nada. No hablaron; simplemente se pusieron a ver la televisión.

—¿Juegas al golf? —preguntó el padre mirando a Miho.

Fue tan repentino que ella se señaló a sí misma y le preguntó:

—¿Me lo dice a mí?

—Sí.

—Ah. No, yo no. Pero mi padre sí que juega...

—Ah...

Y se volvió a hacer el silencio.

—Disculpe... ¿Y usted? ¿Juega al golf? —le preguntó Miho incapaz de aguantar más ese ambiente tenso.

—¿Yo? —preguntó el padre.

—Eh... Sí.

—¡Qué va! —contestó riendo a carcajadas.

—Eita es más de motos —le dijo Shôhei.

—¿Motos?

—A Eita le gusta ir en moto —le explicó Kanako.

Miho por fin se dio cuenta de que en esa familia se llamaban todos por el nombre. Shôhei siempre se había referido a ellos como «mi padre» y «mi madre», así que hasta ese momento no tenía ni idea.

—Ah, ya veo... ¿Y suele ir bastante en moto?

—No, para nada. ¿No ves lo gordo que está? Dice que se cansa mucho y que está muy viejo para eso. ¡El otro día se compró una moto nueva con un préstamo de dos millones y ni siquiera la usa! —dijo Kanako y, sin entender muy bien por qué, todos, excepto Miho, empezaron a reírse a carcajadas.

—¿No te parece increíble? —le preguntó Shôhei riendo.

—¡Para ya! —dijo Kanako hablando de manera muy informal, tal y como le había comentado Shôhei.

Las cosas siguieron igual hasta que se acercó la hora de cenar. Shôhei se levantó y dijo:

—Bueno, nosotros nos vamos.

—Ah, de acuerdo.

No dijeron nada más al respecto y, en el momento de irse, solamente Kanako los acompañó hasta la puerta.

El hermano mayor de Shôhei había estado todo el rato

jugando a los videojuegos y no había mirado a Miho ni una sola vez.

—Oye... —dijo Miho tímidamente mientras iban caminando a la estación.

—¿Qué?

—No sé, bueno... ¿He hecho algo raro?

—¿Eh? ¿Cómo?

—Es que no sé si he hecho algo mal o me he comportado de manera extraña...

—¿Eh?

Al ver la cara de Shôhei, que demostraba que sinceramente no estaba entendiendo nada de lo que le estaba diciendo, Miho decidió no preguntar más.

«Esta familia es así...», pensó.

Solo le habían ofrecido té, pero no la habían saludado ni se habían presentado. Tampoco habían hablado ni comido juntos. Pero no tenía la sensación de haberles caído mal. O al menos eso creía. Tampoco parecía importarles mucho la deuda.

Por otra parte, podía entender que Shôhei sintiera que no podía distanciarse de su familia o que no podía ser cruel con ellos. Aun con todo lo que habían hecho, era consciente de que no eran malas personas. Simplemente, no sabían comportarse como adultos. Y probablemente, el hecho de formar parte de esta familia fue lo que hizo que Shôhei pudiera perfeccionar su talento para el arte.

Después de tomar algo con Shôhei en un bar barato frente a la estación (la cuenta no subió a más de tres mil yenes), Miho volvió a Jûjô.

«¿Qué voy a hacer? —pensaba Miho mientras volvía sola a casa—. ¿Qué debería hacer ahora?».

La entrada de hoy no va sobre algo que me haya pasado o que se me haya ocurrido, sino más bien sobre una cosa que os quiero preguntar.

Chic@s, ¿qué haríais si os enterarais de algo sorprendente sobre vuestra pareja o de sus familiares? Algo que pueda llegar a suponer un obstáculo en vuestra relación. Pero ¿y si la culpa de todo eso no es suya, sino de sus padres?

¿Y si vuestros padres se oponen firmemente al enterarse?

Es que... si me caso con él... mi objetivo, que es el nombre de este blog, es posible que no se haga realidad. Así de grave es la cosa.

¿Qué haríais en mi lugar?

Machie no había cambiado en absoluto: seguía vistiendo en tonos marrones (iba con el *outfit* completo: chaqueta y falda marrón). A Miho la invadió la nostalgia al verla.

—¡Cuánto tiempo sin verte! Cuando recibí tu correo diciéndome de quedar, me puse muy contenta, Miho —dijo Machie alegremente mientras se cogían de las manos—. Siento haberte hecho venir hasta Asagaya. Mi madre no se encuentra muy bien y no puedo dejarla sola mucho rato. Y mi casa actual no está preparada para recibir visitas...

—¿Tu madre no se encuentra bien?

—Creo que hicimos mal en mudarnos. Su corazón empezó a fallar de repente a finales del año pasado. Pero no pasa nada, solo necesita hacer reposo en casa.

En cuanto entraron en una cafetería enfrente de la estación, Machie empezó a hablar.

Una semana antes, al escribirle un correo, Machie ya le había contado que ella y su madre se habían mudado de su casa (que parecía una mansión) a un apartamento de alquiler delante de la estación.

—Entonces, ¿esa casa...?

—La vendimos.

—Ah.

—¡Pero fue una venta positiva! —En realidad, ya hacía tiempo que un agente inmobiliario les iba detrás preguntándoles si querían vender el terreno—. Ahora están derribando la casa y en su sitio construirán un edificio de apartamentos. Mi madre y yo vamos a vivir en uno de ellos. Donde estamos ahora es solamente un lugar provisional.

Machie había perdido algo de peso, pero Miho la veía más contenta y con un aspecto más saludable. Su peinado también había cambiado un poco: llevaba el flequillo hacia un lado, lo que hacía que su cara quedara más despejada.

—A mi madre le afectó mucho abandonar aquella casa, le tenía un gran apego emocional. Pero, curiosamente, cuando yo dejé la empresa le pareció una buena oportunidad.

Aunque Machie no comentó nada, Miho suponía que, con la venta, habrían recibido una gran cantidad de dinero.

—A mí me gusta bastante nuestra residencia temporal delante de la estación. A ver, si la comparo con la otra casa, es bastante pequeña, pero es cálida, el baño es muy bonito y es muy cómodo salir de casa con solamente una llave. Mi madre también comentó que deberíamos habernos mudado antes.

—Vaya... ¿Y ahora a qué te dedicas?

—No es nada del otro mundo, pero ahora estoy estudiando para ser cuidadora. Viendo como está mi madre, me doy cuenta de que algún día necesitará a alguien que cuide de ella. Y creo que a mi edad es un buen momento para empezar a estudiar.

—¿Cómo que no es nada del otro mundo? Creo que es un trabajo maravilloso.

—Cuando mi madre se encuentre un poco mejor, tengo pensado trabajar a media jornada durante un tiempo en una residencia. También planeo estudiar para ser notaria, ya que he oído que así podría ser la tutora legal de personas mayores. Y, si además me sacase el título de gerente de cuidado de ancianos, seguro que no tendría problema para encontrar trabajo.

«Ah... Así que es eso...», pensó Miho.

Machie estaba deslumbrante. Y no era porque se hubiera cambiado de casa o porque hubieran vendido su terreno a un buen precio, sino porque había encontrado su propósito en la vida, su meta.

—¿Y tú, Miho? ¿No querías hablar de algo?

—Verás... —Miho no sabía por dónde empezar y vaciló un poco—. La verdad es que estoy saliendo con alguien.

—Oh...

—Él quiere que nos casemos, pero...

Miho le contó todo lo del préstamo estudiantil de Shôhei, y Machie la escuchó con mucha atención.

—Ciertamente, cinco millones y medio es una cifra importante... —Machie no dijo nada durante un rato.

«Todo el mundo reacciona igual al oír la cantidad...», pensó Miho. Al principio era «solo un préstamo», pero, en cuanto mencionaba la cantidad, la gente se quedaba callada.

—¿Sabes? Una cosa que aprendí cuando dejé la empresa es... —dijo Machie levantando la mirada— que puedes hacer todo lo que te propongas, no importa cuando empieces. Estuve más de veinte años en el mismo empleo y pensé que, si me iba de allí, mi vida se acabaría, pero no fue así.

—Cierto...

—Hoy en día, no hay nada absoluto.

—¿Tú crees?

—Creo que todo el mundo es capaz de empezar de cero en cualquier momento y en cualquier lugar. Con deuda o sin ella.

«Machie siempre ha sido una mujer muy buena, pero también ha madurado mucho...», pensó Miho.

Hoy he quedado con una antigua compañera de trabajo. Decidió dejar la empresa por varios motivos y ahora está estudiando para ser cuidadora. También se está esforzando mucho para sacarse el título de notaria y, además, en el futuro planea ser gerente de cuidado de personas mayores.

Según ella, por más que ahora no tenga los conocimientos, mientras estudie y trabaje en una residencia (dice que es bastante fácil encontrar trabajo), se sacará el título de notaria y gerente de cuidado... Así, en un futuro no le faltará trabajo. Hablar de esto me ha animado muchísimo.

Me he dado cuenta de que, aunque lo pierdas todo, siempre puedes empezar de cero. Desde la «confesión» he estado un poco deprimida, pero siento que, después de esta charla, me siento preparada para seguir adelante.

Ahora mismo estoy satisfecha; me gusta mi trabajo y me llevo bien con mis compañeros. Pero también quiero darlo todo en este blog.

Y por eso hoy quiero contaros cómo me siento.

La verdad es que me enteré de que mi novio tiene una deuda de cinco millones y medio de yenes. Todo ese dinero es de un préstamo estudiantil que él desconocía, fueron sus padres quienes lo pidieron sin consultarle nada.

Si nos casamos, tendremos que devolver más de treinta mil yenes cada mes durante los próximos veinte años.

Estoy segura de que podríamos conseguirlo si ambos nos esforzáramos, pero esto significa que tendríamos que renunciar a otras cosas que normalmente podríamos hacer con ese dinero.

Dentro de veinte años, tendré más de cuarenta y, aunque hayamos conseguido pagarlo todo, sería como si empezáramos de cero. Cuando pienso en eso, aunque lo quiero mucho... no puedo evitar sentir miedo.

Sinceramente, no sé qué hacer. Si me caso, tengo claro que quiero tener hijos y comprarme una casa. ¿Acaso no podré ni siquiera cumplir estos simples sueños?

Al día siguiente de escribir la entrada del blog, Miho recibió una llamada de Shôhei por LINE. Se le notaba la voz cansada.

—Lo he leído... —No era una videollamada, solamente oía su voz. Después de decir eso, los dos se quedaron un rato en silencio.

—Lo siento —No sabía por qué se estaba disculpando, pero le salió así.

—No, creo que es normal que reacciones así después de todo lo del préstamo. Yo también me sorprendí mucho en su momento. Entiendo tu inseguridad.

—Sí...

—Me alegra saber cómo te sientes de verdad.

—Sí...

—Pero... también me ha dolido un poco —dijo riendo—. Supongo que tenía la esperanza de que no le dieras tanta importancia.

—¿Cómo que «tenías la esperanza»? ¿Qué quieres decir?

—No sé, seguramente esperaba que me dijeras algo como «¡Lo devolveremos juntos!» o algo así...

—A ti tampoco parece importarte mucho.

—¿El qué?

—Tu deuda, digo, el préstamo.

—Claro que me importa. ¿Cómo no va a hacerlo?

—¿En serio? Pues no lo parece.

—Ah, ¿no?

Miho dudó, pero pensó «Tengo que decírselo todo».

—Cuando fuimos a ver a tus padres, no hablamos en ningún momento del préstamo. Yo no saqué el tema... pero pensé que tú iniciarías la conversación para saber qué opinaban ellos al respecto. Al menos eso es lo que yo esperaba que hicieras.

—Aunque lo hubiera hecho, ya sabes cómo son...

—Tienes razón. Me di cuenta de que no les importan en absoluto estas cosas. Comentaron que tenían otra deuda por la moto y como si nada... —Se detuvo aquí. No podía seguir diciendo cosas negativas de sus padres a su pareja—. Ya no soy capaz de visualizar un futuro.

—Sí, tenemos que hablar de eso.

—¿Tú crees?

—¿Eh?

—¿De qué deberíamos hablar? Sé perfectamente quién tiene que pagarlo. Pero... pensaba que tus padres podrían haberme dado una explicación para que yo me quedara más tranquila.

—Eso... es poco probable.

—¿Verdad? —No hacía falta decirle esas cosas a Shôhei; sabía perfectamente a quién le tocaría devolverlo—. Mira... No es eso. No espero nada de otras personas, pero tú y yo debemos pensar en lo que haremos a partir de ahora. La realidad es así y no va a cambiar... tendré que ir mentalizándome. Supongo.

«Exacto. Al fin y al cabo, soy yo quien tiene que aceptar si meter una deuda de cinco millones y medio en mi vida...».

—No sé si estoy entendiendo lo que dices, Miho.

—Ah, ¿no?

—Al final, creo que los dos necesitamos un poco de espacio para poder pensar.

—¿Qué? —dijo Miho. Después de eso, no añadió nada más, porque interiormente había pensado lo mismo.

—Me he dado cuenta después de leer tu blog. No puedo obligarte a que te involucres en esto. Te dejaré tiempo para que puedas pensar. Si en cualquier momento te apetece hablar, ya sabes que puedes encontrarme en LINE o por correo...

Miho quiso decirle «¡No es eso, no me importa que me involucres en tus asuntos!», pero sintió que esas no eran las palabras adecuadas para lo que realmente sentía en ese momento, así que se quedó callada.

—Nos vemos. Cuídate mucho, Miho —dijo Shôhei con voz suave.

Antes de que Miho pudiera contestar, la llamada se terminó.

En la entrada de hoy, y ya que pronto será el día del respeto a los ancianos, he decidido que mi abuela Funeko (seudónimo) haga acto de presencia.

Ya he escrito varias veces sobre ella y muchos de vosotros habéis comentado cosas como: «Tu abuela es muy guay» o «Me encanta leer sobre ella». Así que le pregunté a mi abuela de qué hablaría si tuviera un blog. Sorprendentemente, mencionó varios temas muy interesantes. Por ejemplo, «Cómo conseguí un trabajo a los setenta y tres años», «Maneras de hacer que un macerado quede rico en poco tiempo» o «Lo que mi madre me contó sobre el incidente del 26 de febrero».

Pero hoy vamos a hablar sobre un tema que creo que

os puede interesar y del que mi abuela sabe muchísimo: la jardinería.

El título es: «La jardinería de cien yenes».

Creo que a muchas personas les gustaría tener un poco más de verde en sus hogares, pero muchas no saben cómo empezar y a otras se les mueren hasta las plantas de interior.

Me puse a meditar sobre qué tipo de plantas querría tener si viviera sola. Pensé en que a mí me gustaría que fueran bonitas y económicas, así que... ¡Lo primero es ir a la tienda de todo a cien yenes!

Allí tendréis que comprar el mayor tiesto que haya y un saco de compost. Cuanto más grande, mejor. Cualquier forma sirve. Si son tiestos para semilleros, también servirán.

Una vez lo tengáis todo, echad tierra en el tiesto. En el fondo hay un agujero, así que ponedlo encima de un plato.

Luego id al supermercado. Comprad cebollas tiernas, perejil y, si os gusta, *pak choi*. Esto ya depende de cada cual, pero es importante que elijáis verduras con raíces.

Os recomiendo cultivar hierbas aromáticas porque no se suele necesitar gran cantidad para condimentar la comida y, si vivís solos, no necesitaréis más que eso. Es muy útil tenerlas en casa e ir usándolas poco a poco.

Cuando las hayáis comprado, cortadlas a cinco centímetros de la raíz (una vez hayáis quitado las hojas, usadlas para cocinar; las que no uséis, podéis reservarlas en frío). Después, dejadlas en remojo durante uno o dos días y, pasado este tiempo, escurridlas y plantadlas en el tiesto. No necesitáis una pala, simplemente haced un agujero con unos palillos e introducidlas.

Sed creativos a la hora de plantarlas. Decidid cómo queréis colocarlas. Las cebolletas en la parte trasera y el *pak choi* en la parte delantera... Si creéis que vais a usar más perejil que *pak choi*, siempre podéis comprar un semillero en una zona de jardinería (no suele costar más de cien yenes). Y, si las ponéis a cierta altura, conseguiréis tener un rinconcito verde hecho de plantas aromáticas en la cocina.

Después regadlas generosamente, hasta que salga agua por debajo. Al cabo de un mes, más o menos, las plantas estarán listas para ser cosechadas. Si las vais cortando poco a poco, veréis que les irán creciendo nuevos brotes.

Y adjuntó una foto del tiesto de hierbas aromáticas que había creado su abuela.

«Ya veo, es cierto que con solo esto parece todo más verde. Las cebollas han crecido muy rápido y el perejil, que hace poco estaba muy corto, se ha puesto muy bonito...», pensó Miho.

—¿Crees que es interesante contar esto? —preguntó preocupada Funeko (es decir, la abuela de Miho, Kotoko) mirando el ordenador—. Pero si esto lo hace todo el mundo...

—Qué va... No es verdad. —Mientras Miho dejaba lista la entrada del blog, Kotoko le servía un té negro muy aromático que había preparado en esa tetera tan bonita que tenía—. Abuela, ¡esto está delicioso!

—Es Darjeeling. Lo compro en pequeñas cantidades en

una tienda especializada. Se mide la cantidad con una cucharilla, se hierve el agua y luego le pongo el «sombrerito» en la tetera —Junto a la tetera había una tapa que Kotoko había tejido a mano. Estaba hecha con una tela acolchada, con mucho algodón en su interior, así que era muy blandita—. Por cierto, ¿no solías quedar los días festivos con Shôhei? ¿Ha ocurrido algo?

Miho ya le había hablado a su abuela sobre el blog. Se lo había marcado en su *smartphone* y parecía que lo leía de vez en cuando.

—Bueno...

—¿Es por el dinero?

—Escribí sobre el préstamo y hubo varias reacciones al respecto.

De hecho, fue más que eso. Dos días más tarde, un conocido bloguero y escritor tuiteó sobre ello:

Esta mujer está preocupada por el préstamo de su prometido. Me gustaría darle ánimos, pero cinco millones y medio es muchísimo dinero. ¿El sistema no podría hacer nada por ella?

Y, después de esta frase, puso un enlace al blog de Miho. Algunos blogueros retuitearon el enlace y muchos usuarios contestaron dando su punto de vista. Las visitas aumentaron hasta los cinco dígitos y los comentarios en el blog se multiplicaron espectacularmente.

Sin embargo, no todo lo que recibió fueron mensajes positivos. Entre comentarios como «Ánimo» o «Sé cómo te sientes, Tita», también había otros como «No deberías casarte con alguien como él», «Creo que has sido tú quien se ha equivocado buscando a un chico así. Si el dinero es tan importante para ti, deberías haber tenido en cuenta esta premisa», «Siento lástima por tu novio, si tú, siendo su pareja, escribes esto de él...», «No devolver el dinero que le han prestado es lo mismo que ser un ladrón», etc.

Miho se deprimió mucho e incluso empezó a sentir algo de miedo. Algunas personas habían malinterpretado sus palabras totalmente.

«Es muy difícil expresar cómo te sientes a muchas personas...».

Pero inmediatamente escribió una entrada:

Muchas gracias por todas vuestras opiniones. Lo pensaré con calma.

Sin embargo, desde entonces, no había vuelto a escribir nada sobre el préstamo. Pero, aun así, quería continuar con el blog, por eso decidió que Kotoko hiciera su aparición.

—¿No tienes cosas más importantes que hacer aparte de escribir en el blog?

—¿Qué?

—¿Hablaste con tus padres sobre Shôhei?

—No. Si hace nada que fui a conocer a los padres de él...

Miho le explicó a Kotoko todo lo que pasó cuando fue a casa de los padres de Shôhei. Le contó cómo se sorprendió al ver un ambiente tan distinto al de la casa de sus padres, que decían tener otras deudas y que creía que seguramente pensaban de forma diferente sobre estos temas, pero que, en el fondo, no le parecieron malas personas...

—Vaya...

—¿Qué opinas? ¿Qué harías tú en mi lugar, abuela?

—Es una situación complicada... —dijo Kotoko, dubitativa.

—Dijiste que antes no era tan extraño que la gente tuviera deudas tan grandes, ¿no?

—Sí, pero los precios eran diferentes. Antes, hasta cierto punto, cuando los precios subían, los salarios también lo hacían. Así que, si te esforzabas, podías llegar a devolverlo. Además, en un período de diez años seguro que el total de la deuda también cambiaba un poco. Pero ahora... Hoy en día la economía va bien, pero, si volvemos a una deflación, el valor de esta deuda subirá.

—¡No me pongas más nerviosa!

Kotoko negó con la cabeza.

—No lo hago con esta intención. Además, como dijo Maho, eres tú quien se va a casar, así que solo tienes que tener las cosas claras. Piensa que los hombres buenos escasean.

—Ya no estoy segura de si Shôhei es bueno...

—Si se esfuerza en su trabajo, no es violento, no apuesta ni bebe en exceso, ya es suficiente. —Kotoko comenzó a hablar sobre un conocido suyo, Yasuo, y una escritora, Kinari, que hacía poco que habían empezado a vivir juntos—. Yasuo no es una persona que gane mucho dinero, pero, para Kinari, él ya era suficiente.

—¿Qué vio de bueno en él?

—Seguramente para ella, si iban a tener hijos, le importaba más que él estuviera presente que no el dinero. Creo que Kinari pensó así.

—Ya veo...

—Al final, eres tú quien debe decidir, Miho. Tú eres la responsable de tu vida. Ni tus padres ni yo podemos hacernos cargo de ella.

Esas palabras, que pretendían reconfortar a Miho, eran aterradoras.

Al mes siguiente, tras no tener noticias de Shôhei durante un tiempo, Miho recibió un mensaje:

Me han dado la oportunidad de diseñar el cartel para el concierto del dúo clásico europeo Favorite.

Desde que entré en la empresa, siempre he estado participando en trabajos como asistente, así que esta es la primera vez que tengo mi propio proyecto.

El cartel se colgará en varias estaciones de la compañía JR a partir del día 1 del mes que viene, en especial en las más cercanas al lugar del concierto: Ueno, Roppongi, Shibuya, etc.

Si tuvierais la oportunidad de verlo, me haría mucha ilusión que os pararais a observarlo y pensarais: «Esto lo ha diseñado Shôhei Numata»...

No iba dirigido solo a ella, era un correo que tenía varios destinatarios.

Hacía varias semanas que no hablaba con Shôhei y, cuando vio su nombre en la bandeja de entrada, se puso muy feliz. Se deprimió un poco al ver que era un correo grupal e, inmediatamente, llamó a su abuela.

—Oye, abuela... La otra vez dijiste que no te molestaría conocer a Shôhei, ¿verdad? ¿Te apetecería ir a ver un cartel que ha diseñado?

Era la primera vez que Maho vería un cartel diseñado por Shôhei, pero había visto su proyecto final de la universidad, así que estaba segura de que estaría muy bien hecho.

—Me hace mucha ilusión que me invites, Miho. Pero deberías ir con tu madre.

—¿Eh? ¡Pero si no querrá ir! Está totalmente en contra de Shôhei...

—Yo no lo creo. Estoy segura de que querrá saber cualquier cosa sobre su hijita. Pero, tranquila, si te dice que no, iré contigo.

—Pero...

—Sois madre e hija...

No había contactado con su madre desde el día en el que se opuso a su matrimonio. Se sentía un poco incómoda, así que decidió escribirle un mensaje directo y breve.

Pronto colgarán un cartel diseñado por Shôhei. Me gustaría ir a verlo el día 1. ¿Quieres que vayamos juntas?

Su madre contestó medio día más tarde, cuando Miho ya se estaba dando por vencida.

De acuerdo. Iré.

Decidieron encontrarse en Shibuya en cuanto Miho saliera de trabajar.

Esa mañana, antes de entrar al trabajo, no vio ningún cartel entre las estaciones de Jûjô y Shinjuku. Después del trabajo, Miho se dirigió al punto de encuentro, en la taquilla de la salida de Hachikô, y, al lado de su madre, vio a su padre. Llevaba una cartera, así que seguramente también acababa de salir del trabajo.

—Papá, ¿también estás aquí?

—Dijo que también quería venir.

Miho miró a su padre y este asintió.

—Porque es importante.

—¿Eh?

—He venido porque es importante para ti, Miho.

Al no saber qué contestar, Miho se quedó callada. Pero su madre intervino:

—¿Vamos a buscarlo?

Primero fueron a dar vueltas por las instalaciones de la estación.

—Mamá, ¿estás bien para caminar?

Habían operado a su madre el mes anterior y, al ver como se preocupaba por su salud, esta le dedicó una leve sonrisa.

—Sí, puedo caminar. Es más, parece que necesito hacerlo para que mi cuerpo se recupere mejor.

—Últimamente, nos pasamos los días libres paseando —dijo su padre riendo.

—¿Cómo?

Que los dos fueran a dar un paseo juntos era algo que Miho, cuando vivía con ellos, no se podría haber imaginado. ¿Tanto había cambiado su vida desde que volvían a estar ellos dos solos en casa?

—A tu padre, sorprendentemente, le gusta mucho caminar. Se ejercita jugando al golf, así que puede pasear más relajadamente.

«Por la expresión que acaba de poner mamá, diría que le ha dado vergüenza decir eso. ¿O me lo parece a mí?».

Estuvieron caminando alrededor de la JR y llegaron a dar la vuelta a los grandes almacenes Tokyû, pero no encontraron ni rastro de ese cartel. Cada vez que veían un cartel de algún concierto, Miho iba corriendo a comprobarlo, seguida lentamente por sus padres. De alguna manera... era como si hubiera vuelto a ser niña otra vez.

Miho era su hija pequeña, así que rara vez habían salido los tres juntos de esa manera. Siempre habían ido con Maho, la mayor.

«No. Hubo una vez».

Durante el festival deportivo de segundo de primaria, Maho cogió la gripe y no pudo ir, así que se quedó en casa de la abuela y sus padres acudieron juntos a la jornada deportiva. Volvieron caminando los tres cogidos de la mano. Ese día, Miho estaba muy preocupada por su hermana, pero también se sentía muy contenta de haber podido monopolizar a sus padres. Estaba tan emocionada que se tropezó varias veces. Maho y ella se llevaban muy bien, pero Miho deseaba la atención completa de sus padres.

Se puso un poco melancólica al recordar su infancia.

«Papá siempre le dejaba los asuntos de casa a mamá, pero ese día vino al festival...», recordó Miho.

—Pues parece que no está por aquí.

Estuvieron buscando por todas las instalaciones de la JR, pero no encontraron el cartel de Shôhei.

—Pues quizá estará en el metro... —dijo el padre en voz baja.

—El metro...

—Podemos echar un vistazo a otras estaciones de la JR de vuelta a Jûjô. Cojamos el metro.

Ese era el lugar que Miho siempre intentaba evitar.

El metro de Shibuya era enorme y estaba siempre abarrotado de gente. Incluso Miho, que no solía usar esa estación, lo sabía. Encima, a partir de las seis de la tarde era hora punta.

—Pero, mamá, ¿estás bien? ¿Aún puedes caminar?

—Esto no es nada, estoy perfectamente. —Al ver a Miho tan preocupada, su madre le dedicó una sonrisa más amplia que antes.

—¡Primero hay que ir a las taquillas! —dijo su padre con más energía de costumbre.

—Sí.

«No hay duda de que es mi padre».

Mientras se dirigían a las escaleras que bajaban al metro, Miho miró la espalda de sus padres, que iban delante de ella, y pensó: «Aunque no encontremos el cartel, estoy satisfecha».

Pese a que estaban en contra de Shôhei, sus padres se estaban esforzando mucho.

Sin embargo, tampoco encontraron el cartel ni en la planta de las taquillas ni en la de las tiendas.

—Pues tendremos que comprar un billete y bajar al andén —comentó el padre.

—Tranquilos, es suficiente. Ya iré a buscarlo otro día en otra estación. Y, cuando lo encuentre, os avisaré.

—Pero ya que estamos aquí... ¿No tienes curiosidad? Vayamos a dar una vuelta por los alrededores del metro, anda.

—Su padre se adelantó y se puso en la cola para comprar los billetes.

—Creo que la abuela le dijo algo a tu padre —comentó su madre mientras las dos esperaban.

—¿La abuela? ¿Y qué le dijo?

—Que es la pareja de su adorada hijita y que debería ser más proactivo e implicarse más.

—¿De verdad?

—También le dijo que poco a poco dejaríamos de poder implicarnos en tus asuntos como familia.

—¿A qué se refería?

—A que, si terminas casándote y teniendo hijos, puede que sea la última vez que tomemos parte en tus decisiones, Miho —dijo su madre sonriendo con tristeza.

—¡Eso no es verdad!

—Venga, ¡vamos! —Su padre volvió y repartió los billetes.

—Creo que es la primera vez que uso un billete de metro.

—Ahora que lo dices... yo también.

Miho y su madre se miraron y sonrieron.

«Sois madre e hija...»: las palabras de su abuela resonaron en su cabeza.

—Vayamos primero a la planta inferior, la de la línea Fukutoshin, y después ya iremos subiendo poco a poco.

Después de bajar dos escaleras mecánicas larguísimas, llegaron a la planta inferior.

—Nunca había cogido esta línea. Hay que ver lo profunda que es, ¿eh? — dijo su madre sorprendida.

—Es que la línea Fukutoshin fue la última que se construyó y ya no tenían espacio.

Justo cuando bajaron al andén, llegó un tren repleto de un gran número de pasajeros.

—Lo siento. Me adelantaré y, si lo encuentro, volveré a buscaros. Vosotros id despacio, sin prisa.

Miho quiso empezar a correr, pero su madre la detuvo.

—No corras cuando hay tanta gente, es peligroso. No te preocupes por mí, vayamos todos juntos. Si caminamos despacio, incluso podemos ver ambos lados del andén.

Su padre también estuvo de acuerdo con esas palabras y asintió con la cabeza.

—Lo siento. Gracias...

Miho se disculpó de nuevo.

Estaba justo en el centro del andén. Le parecía una broma no haberlo encontrado hasta entonces, pero, cuando Miho lo localizó a diez metros de distancia, supo enseguida que se trataba de ese. Cuando vio el cartel de Shôhei por primera vez, sintió una punzada en el corazón.

—¿Qué pasa? —preguntó su madre al notar que Miho aceleraba el ritmo.

—Creo que es ese —señaló.

Al acercarse a mirarlo, comprobó que se trataba del cartel para el dúo clásico que Shôhei había mencionado en el correo.

—¿Es este?

—Sí. Estoy segura.

Los tres se pusieron enfrente del cartel y lo observaron.

Era mucho más grande de lo que esperaban.

El fondo era negro, como un cielo nocturno, y tenía pintados unos puntos dorados muy pequeños. Parecían estrellas, pero, si uno se fijaba bien, se podía observar el perfil de una mujer y la luna. Los labios de la mujer tenían una pequeña mancha roja que parecía un corazón flotando en el cielo. El lugar, la hora del concierto y el nombre del dúo estaban escritos con el mismo color dorado.

«Es muy bonito —pensó—. A primera vista parece simple, pero es increíble...».

—¿Será goma laca? —murmuró el padre.

—¿Eh?

—Parece que solo sea una foto, pero creo que lo hizo con goma laca, después fotografió la imagen y la editó.

Al decir eso, Miho se dio cuenta de que, en una esquina, había una marca en forma de nube y pensó que seguramente era el brillo de la goma laca.

—Tienes razón, papá.

—No puedo negar que es impresionante —gruñó la madre.

El padre puso la mano en el hombro de Miho.

—Podrías invitarlo a casa y así nos puede explicar cómo lo ha hecho.

—¿Eh? ¿En serio?

Involuntariamente, Miho miró a su madre, que aún estaba contemplando el cartel con una pequeña arruga entre las cejas.

—Si tenemos que rechazarlo, hagámoslo después de conocerlo. Si no, creo que nos arrepentiremos —dijo el padre.

Y la madre, finalmente, soltó un suspiro.

—Entonces, ¿se dio cuenta? —Al siguiente día festivo, Shôhei fue de visita a casa de los Mikuriya vestido de traje y se quedó muy sorprendido por el hecho de que el padre de Miho hubiera adivinado cómo había hecho el cartel—. Exacto. Hice el original con laca, le saqué una foto, lo subí a un programa informático y la edité. Si soy sincero, me costó mucho tiempo y dinero. Mis superiores comentaron que tendría que haberlo hecho todo por ordenador, pero creo que no habría conseguido darle esa profundidad. Fue bastante duro —dijo Shôhei, que se alegró mucho al ver que lo entendían. Se inclinó hacia delante, pero recordó que estaba en casa de su novia, sonrió tímidamente y bebió el té que le acababa de servir la madre de Miho, Tomoko.

—Y... ¿estas técnicas las aprendiste en la universidad? —preguntó Tomoko mientras se sentaba al lado de Kazuhito después de servir el té.

Aunque en un principio no tenía ninguna intención de conocerlo, parecía que esta vez se estaba esforzando en saber mucho sobre él.

—Sí. En la universidad me enseñaron todas las bases. Pero lo que he aprendido en la empresa no tiene comparación. La tecnología es puntera y mis superiores tienen un nivel espectacular, por lo que estoy creciendo mucho gracias a ellos.

Shôhei sabía que los padres de Miho estaban al corriente del asunto del préstamo y que se oponían a su relación, pero, aun así, no dudaba en responder a sus preguntas. Incluso parecía que estaba disfrutando mucho de la conversación.

– Parece ser una buena empresa —dijo el padre. Normalmente, era un hombre de pocas palabras, pero ese día estaba hablando mucho.

—Hace tiempo, un profesor me dijo que muchas cosas no se aprenden hasta que empiezas a cobrar. Y es verdad. La empresa en la que estoy es muy estricta y aprendes mucho. Quizá haya mucho trabajo y no esté bien remunerado, pero es muy gratificante y las relaciones entre compañeros son muy buenas, así que eso es una gran ayuda. —El padre de Miho asintió riendo ante ese comentario—. Otro profesor de la universidad comentó que, si una empresa es como mínimo buena en una de las tres áreas, salario, tipo de trabajo, relaciones entre compañeros, puedes continuar en ella sin problemas. Pero, si fallan todas, deberías dimitir antes de sufrir un colapso mental. Mi empresa es buena en dos de ellas, así que creo que no me puedo quejar... —En cuanto dijo esto, Shôhei se rascó la cabeza y rio. Y, como si les hubiera contagiado la risa, los padres de Miho también se echaron a reír.

Miho, que estaba sentada a su lado, empezó a recordar.

Un día, cuando llevaba poco tiempo saliendo con Shôhei, fueron a Shinjuku y ella se compró un vestido en una tienda. Al llegar a casa, se dieron cuenta de que un dobladillo del vestido estaba mal cosido. Volvieron inmediatamente a la tienda, pero el dependiente les contestó bruscamente que no se podía retornar. Pese a ello, Shôhei negoció con él sin enfadarse ni subir el tono de voz y consiguió que le dejara devolverlo. Y Miho pensó que era una persona muy de fiar.

Se percató de que Shôhei, desde que había entrado a trabajar en esa empresa, había mejorado su lenguaje y sus modales y, además, también se había vuelto más fuerte. Se habían estado viendo de manera tan seguida que no se había dado cuenta de esto antes.

—Verás... —dijo la madre mirando al padre y luego a Shôhei—. Me gustaría invitarte a comer, pero hace poco que he salido del hospital y no estoy lo suficientemente bien para ponerme a cocinar...

—Ah, sí, Miho me lo contó. Siento haber venido en un momento así.

—No, tranquilo. Fuimos nosotros quienes le pedimos que te invitara. Pensábamos pedir comida a domicilio. ¿Qué te apetece más, *sushi* o anguila?

Shôhei miro a Miho, quien asintió como diciendo «Pide lo que te apetezca».

—Pues... ¿*Sushi*?

—Genial, pues pediremos *sushi*.

No pararon de charlar ni incluso después de que el restaurante de *sushi* les llevara la comida. Hablaron sobre en qué club estuvo Shôhei en el instituto, qué le hizo decidirse por estudiar arte y sobre qué tipo de niña era Miho de pequeña, entre otros temas de conversación.

—Esta sopa la ha hecho usted, ¿verdad? —dijo Shôhei mientras cogía uno de los tazones que había cerca del *sushi*.

—Ah, sí. La he preparado yo.

Dentro del bol había unas cuantas almejas abiertas. Era la manera que tenía la madre de mostrar respeto al chico que muy probablemente se casaría con su hija.

—Está muy buena. El *dashi* le da un toque muy rico.

—Normalmente uso *dashi* granulado, pero como hoy teníamos visita he preferido hacerlo directamente con alga *konbu*.

—Vaya... Mi madre es muy mala cocinera, así que es la primera vez que tomo algo tan bueno fuera de un restaurante.

Miho notó una pequeña tensión en el ambiente en cuanto Shôhei sacó el tema de su familia.

—Verás, Miho nos lo contó todo... —dijo la madre dejando los palillos, enderezándose—. Ya sabes, lo del préstamo estudiantil.

—Sí.

Shôhei, que casi había terminado de comer, también dejó los palillos.

Miho se fijó en que su madre casi no había probado bocado. Se la veía muy serena, pero seguramente estaba bastante nerviosa.

—Mi marido y yo hemos estado hablando... —Se miraron y el padre asintió.

—Mamá, no saquéis el tema ahora...

—No, Miho, verás...

—No pasa nada, lo entiendo —las interrumpió Shôhei—.

Sé que este tema les ha causado muchas preocupaciones. Lo comprendo, porque es una gran cantidad de dinero, pero ese dinero se pidió para que yo pudiera seguir estudiando, así que creo que debo afrontarlo y ocuparme yo mismo de devolverlo. —Shôhei inclinó la cabeza—. Lo siento mucho, si al final deciden estar en contra, lo entenderé, pero... ¿Podrían darnos un tiempo? Aunque ahora mismo no podamos casarnos, mientras seguimos juntos podré ir devolviendo el dinero o quizá encontremos otra manera de pagar la deuda. —Entonces Shôhei les explicó el plan en el que había estado pensando—: Llevo tiempo dándole vueltas, pero creo que, si me mudo a un lugar más barato y reduzco los gastos, podría devolver gran parte del dinero. También he hablado con mi empresa y me han dicho que puedo trabajar en otro sitio durante los días festivos... así que mi idea es buscar un empleo a tiempo parcial para ir pagando la deuda.

Los padres de Miho se miraron.

—¿Tienes pensado hacer todo eso?

—Sí. Aunque me sabe mal que Miho tenga que esperar a que lo solucione...

Al escuchar esto, el padre dijo:

—Tomoko, ¿no crees que ya es el momento? —dijo el padre mirando a su mujer como si le estuviera pidiendo perdón con los ojos. La madre asintió levemente—. La verdad es que... nosotros también tenemos algunas ideas.

—¿Qué?

Miho sintió una punzada en el pecho, como si estuvieran a punto de decirle algo terrible. Su madre la miró a los ojos e hizo un pequeño movimiento de cabeza hacia ella, como si quisiera decirle que no se preocupara...

—Hemos estado hablando mucho acerca de esto. También lo hemos consultado con mi madre, la abuela de Miho. De los cinco millones y medio, hemos decidido que os daremos quinientos mil como regalo de bodas. Los cinco millones restantes os los dejaría mi madre. Su idea es que liquidéis la deuda en un solo pago. Estos cinco millones se los iréis devolviendo a mi madre durante los próximos diez años con un interés del uno por ciento. Firmaréis un contrato y en total os saldrá más o menos a unos cuarenta y cuatro mil al mes. De esta manera, si los dos os esforzáis, el impacto que puede representar esto en vuestro futuro es mucho menor. ¿No creéis?

—Papá... —Hacía mucho tiempo que no veía a su padre hablar tanto y con tanta convicción.

—Pagar casi dos millones en intereses es totalmente innecesario. Si se lo devolvéis a la abuela en diez años y tenéis hijos en un futuro, lo habréis terminado de pagar antes de que necesitéis el dinero...

—Si tenéis hijos o le pasa algo a tu abuela, miraremos de nuevo la manera en la que lo podéis devolver —interrumpió Tomoko.

—¿Por qué hacen todo esto? —exclamó Shôhei. No eran palabras de agradecimiento ni gratitud, más bien de sorpresa—. ¿Por qué hacen todo esto por una persona como yo?

—Porque somos una familia. Miho es un miembro muy importante de mi familia, es mi hija y quiero que sea feliz —dijo la madre, nerviosa—. Voy a serte sincera... Todo este dinero, tanto nuestros quinientos mil como los cinco millones de la abuela, no es poco, es una cantidad muy seria. Quiero que entiendas que para nosotros también es un esfuerzo hacer esto. Y también... queremos que hagas feliz a Miho.

—Papá... Mamá Gracias.

—Deberías agradecérselo a tu abuela. Fue ella quien lo sugirió —le dijo la madre a Miho cuando esta inclinó la cabeza.

—Supongo que ya lo habrán escuchado de Miho, pero yo nunca he recibido cariño por parte de mis padres. Así que es posible que a veces no actúe como debería, pero, si esto llegara a pasar, háganmelo saber, por favor —Shôhei se levantó e hizo una profunda reverencia—. Muchísimas gracias. Jamás olvidaré esto que han hecho por mí.

—Contamos contigo.

Miho vio que no solamente ella, sino que también Shôhei estaba llorando.

... Así pues, de momento, el tema del préstamo está resuelto.

Vamos a devolver el dinero en los próximos diez años. Seguro que se nos hará largo y serán días duros. A veces sigo sintiendo miedo. Estamos intentando alquilar un piso cerca de la casa de mi abuela, es decir, de Funeko. Tenemos la intención de ir a su casa directamente cada vez que nos toque devolverle una parte. Pero, sorprendentemente, a mi abuela parece que no le importa mucho este tema.

Mi abuela me dijo: «Es que hoy en día casi no encuentras un sitio que te dé un uno por ciento de interés seguro».

Como siempre, es una abuela con visión de futuro.

¿Cómo creéis que terminé aceptando todo esto?

Pensé que todo en esta vida son experiencias y oportunidades. Y la deuda es una de ellas. Así que ya os iré explicando por aquí cómo lo vamos haciendo.

Hay muchas cosas en esta vida sobre las que no tenemos ningún control. Como, por ejemplo, la edad, las enfermedades, el sexo, el tiempo...

Y creo que esta piedra que ha aparecido en nuestro camino, la deuda, es una más de ellas. Así pues, ¿no es extraño pensar que no podremos llegar a ser felices solo porque estamos endeudados? Es una tontería pensar así, ¿verdad?

El dinero y los ahorros son para que la gente sea feliz. No deben convertirse en un fin.

Estas son palabras de mi abuela, pero, ahora, yo también lo creo desde el fondo de mi corazón.

Esta edición de *El desafío de Miho*, de Hika Harada,
se terminó de imprimir en Grafica Veneta S.p.A. (Italia)
en marzo de 2023.

Para la composición del texto se ha utilizado la tipografía FF Celeste,
diseñada por Chris Burke en 1994 para la fundición FontFont.

Duomo ediciones es una empresa comprometida con el medio
ambiente. El papel utilizado para la impresión de este libro
procede de bosques gestionados sosteniblemente.

PEFC/18-31-226

Este libro está impreso con el sol. La energía que ha hecho posible
su impresión procede exclusivamente de paneles solares.
Grafica Veneta es la primera imprenta en
el mundo que no utiliza carbón.